ZITRONENBLAU

UNVERBLÜMT VERLIEBT

JO BERGER

FSC
www.fsc.org

MIX

Papier aus ver-
antwortungsvollen
Quellen
Paper from
responsible sources

FSC® C105338

JO BERGER

IMPRESSUM

Deutsche Erstveröffentlichung
Copyright © der deutschsprachigen Ausgabe 2022
by Jo Berger
All rights reserved

©Jo Berger 2022
c/o Die Bücherfee Karina Reiß Heiligenhöfe 15 c
37345 Am Ohmberg
E-Mail: kontakt@jo-berger.com
Website: www.jo-berger.com
Lektorat/Korrektorat: Sabine Albrecht www.benisa-werbung.de
Coverdesign: Jo Berger
unter Verwendung von:
Depositphotos: 11069104©PicsFive, 306780196 ©t_n_06

ISBN: 9783756231317
Herstellung und Verlag: BoD-Books on Demand, Norderstedt

Bibliografische Information der Deutschen Nationalbibliothek: Die deutsche
Nationalbibliothek verzeichnet diese Publikation in der Deutschen Nationalbibliografie;
detaillierte bibliografische Date sind im Internet über dnb.dnb.de abrufbar.

CHANGE IT, LEAVE IT OR LOVE IT

Wenn dir etwas nicht gefällt, ändere es, liebe es oder verlasse die Situation. Anni Rosen kann weder raus aus ihrer Situation noch ist sie in der Lage, sie zu ändern, geschweige denn, sie zu lieben. Unvermittelt steht sie vor der Frage: Wie geht man mit etwas um, das die eigene kleine Welt zusammenbrechen lässt? Sie findet verschiedene Antworten, doch sind es auch die richtigen?

Wir Menschen sind wahre Meister darin, uns selbst in die Tasche zu schummeln. Anni bildet da keine Ausnahme. Und warum? Weil nicht sein kann, was nicht sein darf. Und vieles, was anfangs kompliziert scheint, ist am Ende erschreckend einfach.

In Zitronenblau stecken einige Erkenntnisse, die ich nach dem Ende einer langen Ehe gewonnen habe. Wer meine Romane kennt, weiß, dass ich alles gebe, meine Leser nicht einfach nur lesen zu lassen. Während des Schreibprozesses versetze ich mich geistig, gelegentlich auch körperlich in die Lage meiner Protagonisten, um sie glaubwürdig handeln zu lassen. In keinem anderen Roman bin ich so nah an der Hauptfigur gewesen, wie an Anni Rosen.

„Du fragst mich Kind, was Liebe ist? Ein Stern in einem Haufen Mist."

Heinrich Heine

Okay, das mit dem heißen Gerry ist nur ein feuchter Traum (leider). Aber hey, eine echt scharfe, unerreichbare Sahneschnitte anhimmeln ist erlaubt, oder?

Eure Anni

1

NIPPELSTARRER

Anni

o bin ich, warum zur Hölle ist es mitten in der Nacht hell und was ist das für ein Krach?

Ich öffne die Lider – uh, hell! – und schirme mit einer Hand die Augen ab. Durch das Fenster fallen die Sonnenstrahlen in einem schrägen Winkel ins Zimmer und ich rekapituliere pfeilschnell: Aha, ich liege auf der Couch, es ist vermutlich nachmittags und draußen toben die Nachbarskinder mit dem Hund.

»Komm, Rico, spring! Juchhuh! Noch mal, noch mal! Uuuund hopp!«

Na, die haben Spaß. Aber … Igitt! Was klebt mir da im Gesicht? Und auf dem Sofakissen? Was ist das?

Ich pflücke mir das klebrige Dings von der Wange, setze mich schlaftrunken auf und habe keinen Schimmer, wie das Stückchen Eispapier dorthin gelangt ist. Egal. Da ist noch ein Schokosplitter dran, ich lecke ihn ab. Schmeckt noch. Der letzte Bissen vom Eis allerdings muss wohl vom Stiel aufs Sofakissen gefallen sein. Nein, das lecke ich jetzt nicht ab.

Premiere: Eis nicht fertiggegessen. Kreuz im Kalender machen!

Ich lege das Papier zur Seite und gähne. Der Tag hat mich mehr geschlaucht als vermutet. Der Körper holt sich eben, was er braucht. In meinem Fall fast ein Jumbo-Vanilleis mit Schokosplittern und eine Mütze voll Schlaf. Trotz dauerbellendem Riesenpudel.

Als Nächstes ziehe ich mir das verrutschte Haarband vom Kopf, vergesse die Haarklammer, mit der ich das Band an Ort und Stelle halten kann – also manchmal klappt das – und reiße mir dabei eine blonde Strähne raus. Die Drecksklammer ist mit der Locke hinterrücks eine symbiotische Verbindung eingegangen. Nur um mich zu ärgern. Als ob mich meine verflixte Mähne nicht schon genug nerven würde.

»Aua! Mist.«

Das ist mal wieder typisch. Da will ich nur mal kurz nach einem harten Arbeitstag und einer langen Fahrt auf der Autobahn entspannen, penne auf einem Eis ein und skalpiere mich fast.

Seit die Firma vor einem halben Jahr von Heidelberg nach Frankfurt gezogen ist, war es das mit dem kurzen Arbeitsweg. Seitdem bin ich jeden Tag mit Möhre über eine Stunde einfache Strecke auf der Autobahn. Heute sind es sogar anderthalb gewesen.

Möhre ist mein alter, aber treuer, orangefarbener Corsa und verleiht mir einen Hauch von Understatement. Möhrchens Sitze sind so alt, dass sie fast durchgescheuert sind, und an einer Stelle quillt die Füllung raus. Bei mir quillt ein bisschen Bauchspeck über die Jeans. Wir haben also was gemeinsam. Ich würde mein Auto für nichts auf der Welt eintauschen. Okay, Möhrchens Klimaanlage funktioniert nur, wenn sie gute Laune hat. Ansonsten heizt sie, völlig egal, wo der Schalter steht. Aber ich liebe mein kleines Auto, spreche mit ihm und es antwortet gelegentlich mit einem surrenden »Hui«. Auch bei hundert Sachen. Heute hätte ich allerdings auf die zusätzliche Wärme im Wageninneren verzichten können, denn für Anfang Oktober ist es ungewöhnlich warm. Na ja, dafür war der August verregnet und viel zu kühl. Jetzt haben wir eben einen echten Altweibersommer, wie man hier sagt.

Ein neuer Wagen müsste her, aber ich tue mich mit dem Gedanken schwer. Möhre und mich, das trennt man nicht so einfach. Ich könnte mit dem Zug fahren, um sie zu schonen, aber ich hasse es, in überfüllten Abteilen zu sitzen. Wenn da die Klimaanlage ausfällt, wirds richtig lustig. Und das passiert wohl häufiger, wie mir Kollegen erzählen.

Ich denke, ich werde das Thema Homeoffice noch mal ansprechen. Ich bin Webdesignerin, ein Job, den ich größtenteils auch von zu Hause erledigen könnte. Aber die doofe Haferfleck will davon nichts wissen. Meine Chefin Hortense Haberbeck ist der albtraumgewordene Wachhund der Abteilung und hat gern seine Schäfchen um sich versammelt.

Blöde Kuh!

Ich glaube, sie ist ein Cyborg. Ein biologischer Organismus aus Mensch und maschinellen Bauteilen. So hölzern, wie sie sich manchmal bewegt, und so streng, wie sie guckt, müsste sie mal dringend geölt werden. Oder gevögelt, würde Tobias sagen – und dabei keine Miene verziehen. Früher habe ich seinen trockenen Humor gemocht. Mittlerweile ist er nur noch trocken. Ohne Humor.

Ich seufze. Wann kommt mein Mann von seiner Geschäftsreise zurück und welcher Tag ist heute?

Nach einem Blick auf meine Smartwatch weiß ich dann auch: Es ist Freitag.

Oder auch Freutag, wie Tobi immer sagt. Einer seiner Running Gags. Nach tausend Wiederholungen nicht mehr wirklich witzig. Heute kommt er zurück. Das heißt: Sex. Yeah!

Oh, ich muss noch Steaks besorgen. Muss ich? Ach nein, die habe ich gestern schon geholt. Und ein Stückchen Wurst angeboten bekommen. Ja, ich bin klein, aber herrje – ich bin dreißig, nicht drei!

To do: Duschen, Ganzkörperpeeling Marke: Butterweich und pfirsichzart und alles abrasieren bis auf die Kopfhaare. Ich hasse es, wenn Tobi mit dem Kopf zwischen meinen Beinen steckt und meckert, weil es ihn wieder pikst. Das törnt echt ab.

Das tun die juckenden Pickelchen nach der Rasur im Bikinidreieck aber auch.

Wie auch immer, ich muss erst mal richtig wach werden und mich sortieren, denn nach dem unüblichen Nachmittagsschläfchen mit verrenkten Gliedern auf dem Sofa behauptet meine innere Uhr, es wäre verdammt früh morgens. Und was macht man morgens?

Richtig. Kaffee trinken.

Draußen jauchzen Lara und Laura, während der Hund dazu bellt. Ich ignoriere den dumpfen Kummer in mir, den dieses Bellen verursacht, und zerknülle das Papierfitzelchen zusammen mit der Haarsträhne in meiner Hand.

Ein Wunder, dass ich bei dem Krach überhaupt eingeschlafen bin. Und das, noch bevor ich mein Eis fertig gegessen habe. Das ist mir auch noch nicht passiert. Zum Glück ist Tobias noch nicht zu Hause. Andererseits wäre ich nicht mit Eis eingeschlafen, wenn er hier gewesen wäre. Wahrscheinlich hätten wir einen Spaziergang die Straße runter unternommen bis zum romantischen Hinterhofbiergarten vom *Alt Hendesse*, das Wochenende eingeläutet und eine Kleinigkeit gegessen.

Und Tobi hätte mir in seiner sonoren Art von der Geschäftsreise nach Zürich erzählt. Dabei interessieren mich seine ausschweifenden Ausführungen über neue Standorte für die Produktion von Etikettendruckmaschinen ungefähr genauso brennend, wie tote Eintagsfliegen am zweiten Tag aus dem Obstkorb zu schütteln.

Unter lautem Jauchzen der Nachbarsmädchen und Ricos freudigem Bellen schlurfe ich in die Küche, schalte die Kaffeemaschine ein, starre stumpfsinnig auf das rote Blinklicht und warte, bis es von Rot auf Grün umspringt. Dann drücke ich auf den Knopf. Der Kaffee tröpfelt in die Tasse und mir schraubt sich der träge Gedanke in den Kopf, dass ich heute noch irgendwas erledigen muss. Etwas Wichtiges.

Ganz sachlich nachdenken, Anni, sage ich zu mir und nippe am Lebenselixier, als mir die Titelmelodie von Fluch der Karibik lautstark durch Mark und Bein fährt.

Kaffee schwappt über den Tassenrand und ich kann gerade noch verhindern, dass meine Jeans was abbekommt. Danke auch!

»Hi, Mama. Was gibt's?«, nehme ich den Anruf entgegen und wische den Kaffeefleck vom Boden.

»Du denkst an meinen Philodendron?«

»Täglich mehrmals mit wachsender Begeisterung.« Ich setze mich auf den Küchenstuhl und nehme einen Schluck aus der Tasse.

»Annalisa.« Ihre Stimme steigt in unerträgliche Höhen. »Du hast doch nicht etwa vergessen, den Philo zu besorgen!?«

Bei meinem vollen Namen nennt sie mich nur unter Extrembedingungen. Allerdings sind deren Grenzen abhängig vom Gattennervfaktor, vom Hormonhaushalt oder dem Antibiotikumgehalt der Vortagesmahlzeit oder alles zusammen. Manchmal reicht bei meiner Mutter lediglich eine ungeplante Änderung des Tagesablaufes. Und der sieht für morgen vor, dass ich zum Abendessen aufschlage und ihr einen supergünstigen Philodendron – nur heute und solange der Vorrat reicht – aus dem Discounter mitbringe.

»Mama, beruhig dich. Die Pflanze steht schon hier und freut sich auf dich. Tobi will allerdings nicht mitkommen. Er ist erst heute Abend zurück von der Geschäftsreise.«

»Und dann kann er nichts essen?«

»Mama … Er will nach der langen Fahrt lieber einen ruhigen Tag haben, bevor er am Montag …«

»Bei uns ist es ruhig. Sehr ruhig. Es fahren so gut wie nie Autos vorbei.«

»Ich weiß, aber ich komme trotzdem allein.«

»Wenn es sein muss. Aber vergiss den Philo nicht! Ich kenne dich, wenn du unter Stress stehst, vergisst du gern mal was.«

»Ich habe Kaffee, keinen Stress.«

»Zu viel Kaffee ist ungesund, Liebes.« Ihre Stimme bekommt diesen unverkennbaren Klang der besorgt mahnenden Mutter. »Er lässt deinen Blutdruck ansteigen, die Bitterstoffe greifen die Magenschleimhaut an und es kann zu Unruhe und Schlafstörungen kommen.«

»Keine Sorge, habe eben stundenlang auf dem Sofa geschlafen.«

»Auf dem Sofa? Das ist aber gar nicht gut für die Halswirbelsäule. Kind, du solltest …«

»Mama, wir sehen uns morgen, ja?«

Nach dem Gespräch stehe ich ein klein wenig orientierungslos in der Küche herum. Was wollte ich vorhin eigentlich tun? Also, außer Kaffee trinken.

Ah ja, etwas Wichtiges erledigen.

Auf dem Fensterbrett liegt der Abholzettel für ein Paket. Den habe ich gestern aus dem Briefkasten gefischt, als ich nach Hause gekommen bin. Normalerweise nehmen Sabina, meine Nachbarin, und ich unsere Päckchen gegenseitig entgegen, wenn einer von uns nicht da ist. Aber vielleicht hat sie die Klingel nicht gehört, weil sie im Garten war. Kommt vor. Sie nimmt oft genug Pakete für mich entgegen. Vor ein paar Tagen habe ich mir aus einem dänischen Shop ein hellblaues Milchkännchen aus Porzellan bestellt. Mit ein paar bunten Blümchen darin wird es den alten Terrassentisch optisch aufwerten. Ein beprimeltes Kännchen. Hübsch.

Tobias hasst Dekozeug. Aber Gegensätze ziehen sich ja bekanntlich an. Wenn er mich nicht hätte, würde er in einer völlig schmucklosen, aber superpraktischen Schwarz-Weiß-Chrom-Glas-Wohnung leben. Im Laufe der letzten acht Jahre hat er sich jedoch ganz gut mit meiner Liebhaberei arrangiert und ignoriert Fransenbordüren an Kissen genauso erfolgreich wie Blümchen-Jumbo-Tassen.

Ich kann gar nicht genug bekommen von witzig-romantischen Gadgets für die Küche, wie Geschirrhandtücher mit Spitzenborten, unterschiedliche Tassen, je pastelliger, verspielter und beblümelter, desto schöner! Gestrickte Topflappen aus Dänemark, verzierte Notizbücher, Postkarten und Spitzenvorhänge. Und kleine Schildchen in Kräutertöpfen, Döschen für allerlei Krimskrams, Kissen und Decken, flauschig und verspielt.

Eines der fünf Zimmer meines Hauses dient nicht nur als Kammer für Bügelbrett und Staubsauger, es ist voll mit Bastelmaterial für meine kleinen Herzschmeicheleien. Im Laufe der Jahre hat sich einiges angesammelt. Nicht alles gestalte ich selbst, ich liebe auch Magnetschilder mit lustigen Sprüchen wie »Lass mich, ich muss mich da jetzt reinsteigern« (von meiner Schwester Malia) oder »Soll ich dir helfen oder bekommst du das allein kaputt?« (von Nascha, meiner Freundin) oder »Ich bin nicht klein. Ich bin platzsparend«. Selbst gekauft.

Draußen machen die Mädchen mit dem Gartenschlauch Jagd auf den Hund. Ich gucke weg, setze mich, lege die Füße hoch und schlürfe den dröflten Kaffee des Tages. Dabei ignoriere ich erfolgreich das zerknüllte Eispapier neben der Mülltonne. Ich treffe nie. Wirf mir einen Ball zu und er landet an meiner Stirn. Garantiert. Meine

Stärken liegen in anderen Dingen. Dekorieren, schöne Grafiken basteln, Eis essen. Und irgendwie haben die Eisverpackung und ich etwas gemeinsam. Wir sind beide verknittert. Nach dem Kaffee werde ich die widerspenstigen und seit neuestem schulterlangen Haare entwirren und mir eventuelle Eisklebereste abwaschen und … Oh nein! Um wie viel Uhr macht der Paketshop zu?

Mist! In einer halben Stunde!

Ich rase unter der Dusche durch, binde mir ein buntes Haarband um den Kopf und schlüpfe in meine Lieblingsjeans im Vintagestyle. Möhre bleibt für heute stehen, ich werde das Rad nehmen. Dann muss ich mir keinen Parkplatz suchen.

Gerade verzweifle ich an dem Versuch, die verdammten Häkchen vom BH zu schließen, da klingelt es an der Tür.

»Momentchen!«, brülle ich, werfe den BH in die Ecke und ziehe hastig ein Shirt über. Zeitgleich geht eine Nachricht auf meinem Handy ein. Auf dem Weg zur Tür werfe ich einen Blick darauf. Aha, Tobias kommt später. So gegen neun. Vielleicht auch zehn, kann er jetzt noch nicht sagen.

»Hey, Anni.« Sabina streckt mir strahlend ein Paket entgegen. »Ist gestern schon für dich gekommen, hab's aber vergessen, weil Laura ihre Jacke drübergeworfen hat.«

Sabina trägt einen grünen, völlig fleckfreien Jumpsuit und Glitzersandalen dazu. Wie schafft sie es nur, als Mutter von zwei Kindergartenmädchen plus Hund plus Halbtagsjob so verboten gestylt auszusehen? Aber ihre Haare … Okay, da stimmt was nicht, aber …

Noch ein Paket?

»Danke, Bina. Ah, das Solarlicht. Stimmt. Hab ich auch vergessen. Die Lieferung hat Wochen gedauert.« Ich nehme das Paket entgegen und versuche, die weiße Masse in ihrem Haar einzusortieren. »Ähm … du hast da was im

Haar. Ist Mike schon zu Hause? Das sieht aus wie … Okay, es könnte auch Körperlotion sein.«

Sabina lacht und streicht über ihre dunkle lange und glatte Haarpracht – ich würde töten für solche Haare. »Ach nein, das ist nur Zuckerguss. Wir haben vorhin einen Kuchen verziert.«

Sie leckt das Zuckergusssperma vom Finger. Das erinnert mich an etwas, dass ich heute Nacht vielleicht auch noch tun würde. Also, ohne Zuckerguss, und vorausgesetzt, Tobi ist nicht zu müde. Leider ist er die letzten Monate oft müde.

»Und danach hast du dich umgezogen«, spreche ich meinen Gedanken laut aus.

»Nein, wieso? Magst du nachher rüberkommen, ein Glas Wein trinken und was essen? Wir grillen.«

»Vielleicht. Tobias kommt heute etwas später aus Zürich zurück. Und ich muss ein Paket holen. Also jetzt.«

Sie lacht und zeigt auf meine Brüste.

»So? Weißes, dünnes Shirt ohne BH. Schlechte Idee. Man sieht deine Nippel.«

Och nö, ne?

Ich verdrehe die Augen, blicke an mir hinunter, gebe ihr zähneknirschend recht und stelle das Paket neben die Garderobe. Die besteht aus einem Birkenstamm mit unterschiedlichen und kunstvollen Haken. Selbst gemacht. Darauf bin ich besonders stolz.

»Bina, ich muss los. Ich sage dir nachher Bescheid, ob wir noch rüberkommen, ja?«

Der Fahrtwind kühlt angenehm und ich genieße die kurze Fahrt bergab zum Dorfkern.

Ich rolle an dem hübschen, knallrot gestrichenen Häuschen der Weinwirtschaft *Alt Hendesse* vorbei – treten muss ich nicht, es geht durchgängig bergab – und freue mich schon jetzt darauf, mit Tobi dort morgen Abend zu sitzen. Auch, wenn er wieder Wurstsalat mit Bratkartoffeln oder Zwiebelrostbraten bestellen wird. Mein Tobi ist eben ein Gewohnheitsmensch. Ach, ich liebe den schnuckeligen Hinterhofbiergarten mit seinen alten und efeubewachsenen Mauern.

»Huhu, Frau Rosen!«, höre ich plötzlich eine weibliche Stimme.

»Hallo, Frau Bergmann«, rufe ich der Besitzerin der Bäckerei Mahlzahn zu und bremse etwas ab. Sie wischt gerade die Kreidetafel sauber und schreibt was Neues drauf.

»Morgen gibt es wieder Johannisstreusel. Soll ich Ihnen einen zurücklegen?«

»Nicht nötig, danke.« Dann rolle ich weiter um die Kurve.

In einem supersüßen Fachwerkhäuschen an der Ecke hat vor einem halben Jahr eine Tonwerkstatt eröffnet. Fand ich süß, kann man was draus machen. Oder auch nicht.

Das Schaufenster und auch das Innere des Ladens sind so lieblos gestaltet, dass ich mich frage, wie kreative Menschen so wenig Sinn für Dekoration und Arrangement haben können. Ich gebe ihnen maximal noch ein halbes Jahr. Irgendwie passt der Laden nicht in unseren kuscheligen Vorort mit seinen schiefen Fachwerkhäuschen, den Kopfsteinpflastern und süßen Geschäften, wie die kleine Bücherstube direkt neben der Tiefburg.

Die Ruine ist total romantisch und war lange Zeit der Stammsitz der Herren von Handschuhsheim. Im Jahr 1770 wurde dort das Skelett eines Ritters in einem Hohlraum hinter einer Wand gefunden. Der steckte sogar noch in seiner Rüstung. Eine der vielen Sagen, die um den eingemauerten Ritter ranken, besagt, dass er ein Verhältnis mit einem Burgfräulein der Burg Hirschhorn gehabt haben soll, was natürlich zu dieser Zeit ein Unding gewesen ist. Zur Strafe hat man ihn kurzerhand lebendig eingemauert.

Auf dem Vorplatz des alten Gemäuers der ehemaligen Wasserburg sprudelt das Leben. Menschen sitzen auf Bänken an der alten Grabenmauer, hinter der früher Wasser gewesen ist, oder an den Tischen des Cafés unter knallroten Sonnenschirmen oder schlendern einfach nur gemütlich um die Burg herum und besuchen die kleinen, hübschen Geschäfte, die sich ringsherum befinden. Und ich hätte jetzt große Lust, mich auf die Mauer vor der Burg zu setzen und ein Spaghettieis zu essen.

Aber ich muss ein Paket abholen. Und die Zeit wird knapp.

Kurz bevor sich der Schlüssel in der Tür des Paketshops dreht, begehre ich nassgeschwitzt Einlass und wedele mit dem Abholschein.

Ich kann nicht sagen, ob mein verzweifeltes Lächeln oder meine durchschimmernden Nippel der Grund sind, warum der Inhaber mich noch reinlässt, aber das ist mir jetzt auch egal. Ich habe mein Kännchen, er sein Nippelbild. So hat jeder was davon.

Allerdings ist das Paket größer als vermutet. Nun gut, ich hatte mal eine stylische Fliegenklatsche bestellt, die in einem Karton kam, der wahrscheinlich für Schneeschuhe gedacht war. Warum also nicht auch eine kleine Milchkanne in einem Paket für einen Reisetrolley?

Und wie transportiere ich das Teil auf dem Rad? In den Lenkerkorb passt es schon mal nicht. Es bleibt der Gepäckträger als einzige Alternative. Nur müsste ich das Paket irgendwie fixieren. Kurzerhand ziehe ich meinen Gürtel aus und schaffe es, mein Juwel einigermaßen festzuzurren. Dann schwinge ich mich aufs Rad.

Der Weg zurück wird länger dauern und anstrengender sein, weil's bergauf geht. Aber Bewegung ist wichtig, tut gut, und ich bekomme seit Monaten viel zu wenig davon.

Seit ich täglich mehrere Stunden auf der Autobahn verbringe. Und seit Bandit nicht mehr bei uns ist.

Immer noch ein saublödes Gefühl.

Ich vermisse die langen Spaziergänge mit meinem großen, verrückten Husky, seine treuen Augen, wobei eines hellblau und eines dunkel gewesen ist. Er hat immer ausgesehen, als würde er lachen.

Ich drücke eine Träne weg und überlege, ob ich etwa dreihundert Meter Umweg über den nächsten Zebrastreifen nehmen soll, um auf die andere Straßenseite zu kommen.

Kein Umweg! Schwungvoll trete ich ins Pedal und bin schon mit dem Vorderreifen auf der Straße, als mich eine schrille Stimme abrupt abbremsen lässt.

»Vorsicht!«, brüllt jemand.

»Ach du liebe Güte«, ruft eine Frau irgendwo hinter mir.

Beim nächsten Luftschnapper rast ein Wagen so schnell an mir vorbei, dass mir die Haare wehen, und ich stelle hektisch den Lenker quer.

Gerade noch so schaffe ich es, nicht mit dem Rad umzukippen, da höre ich ein: »Weg da!«

Zwei Mountainbiker halten auf mich zu. Okay, nur einer, der andere bremst ab, aber der vordere ist zu schnell. Dazu schlingert er noch an einer Fußgängerin vorbei, die in diesem Augenblick über die Straße gehen will. Dann ist er bei mir. So schnell, dass ich wie die Maus vor der Schlange paralysiert die Luft anhalte.

Im letzten Moment kommt er mit einem atemberaubenden Bremsmanöver seitlich vor mir zum Stehen. *Tack*, macht es, als sein Hinterreifen meinen touchiert.

»Stehen Sie immer halb auf der Straße?!«, sagt er zu meinen Brüsten und nimmt seinen Helm ab.

Ich hätte doch den BH anziehen sollen.

»Sind Sie fertig mit der Überlegung, ob die beiden echt

sind?«, rutscht es mir über die Lippen und er hebt irritiert den Blick.

»Wie? Oh, Verzeihung, ich …«

»Euch Männern ist es egal, ob Brüste natürlich sind, oder? Hauptsache …«

»Ist es nicht auch egal, ob es den Osterhasen gibt? Die Eier bringt er trotzdem«, kontert er schlagfertig. Finde ich normalerweise gut, heute jedoch nicht. Von dem kurzen Adrenalinschub schlägt mir das Herz immer noch bis in den Hals.

»Davon scheinen Sie ja reichlich zu haben!«

»Leider nur zwei.« Er lächelt und um seine braunen Augen bilden sich Lachfältchen. »Das eben hätte echt übel ausgehen können.«

Sein Lächeln nimmt mir den Wind aus den Segeln.

»Ist ja noch mal gut gegangen«, erwidere ich sanft. Flirte ich etwa? Geht gar nicht! »Ich habe nur vermieden, mich lemminggleich auf die Straße zu stürzen, als da so ein Macho das Gaspedal durchgedrückt hat. Aber nett, dass Sie nachfragen. Schönen Tag noch!«

Nur weg von diesen irre schönen Augen.

»Verzeihung. Ich bin nur so …«

»Ja, ich auch.« Warum stehe ich immer noch bei ihm? Keine Ahnung, aber mein Körper entwickelt gerade ein Eigenleben und beschließt, nicht auf mich zu hören.

Alter Falter, sieht der Kerl gut aus! Wie der junge Gerard Butler. Sssexy! Und so volle dunkle Haare. Leicht wellig sind sie auch noch.

Verzeihung, Tobias. Du kannst ja nichts für deine Glatze.

In meinem ganzen Leben habe ich noch nie einen so schönen Mann gesehen. Meine Blicke wandern von seinem markanten Gesicht hinunter zu sehnig muskulösen Armen. Der Kerl könnte ohne Weiteres den Actionhelden in einem Hollywood-Blockbuster spielen. Er ist groß, hat einen athletischen, perfekt definierten Oberkörper und ein

Sixpack, das sich unter dem eng anliegenden hellblauen Trikot deutlich abzeichnet.

Hellblau. Wie mein neues Kännchen.

Plötzlich ruft sein Bikepartner. »Hey, Josh. Ich geh schon mal in die Drogerie, ein Coolpack für mein Knie holen. Alles gut bei dir?«

Aha, ein Josh Gerard Butler.

Stopp! Das sollte mir ganz egal sein.

»Alles bestens, Leon«, ruft er zurück, ohne den Blick von mir abzuwenden, und ich merke, wie mir die Wangen warm werden.

»Wie heißen Sie?«, fragt er mich völlig aus dem Off.

Und weil ein fremder Mann mich nicht so frech anbaggern oder mit unverblümtem Nippel-Starren nach meinem Namen fragen darf, sage ich nur: »Finden Sie es raus.«

2

SAFRANSCHUBSER

Joshua

F inden Sie es raus?

Mit dieser Antwort habe ich nicht gerechnet. Auch nicht, dass die kratzbürstige Blondine unvermittelt losfährt und mir überhaupt gar keine Chance gibt, herauszufinden, wie sie heißt. Ich kann ihr nur hinterherstarren – und den knackigen Po bewundern. Schöne Beine hat sie auch.

Da gibt es nichts zu rütteln, die Frau ohne Namen ist hübsch, hat große, unschuldige, ozeanblaue Augen und strohblonde Locken, die mit einem bunten Band um den Kopf in Schach gehalten werden.

Finden Sie es raus … Wie denn? Soll ich ihr hinterherfahren?

»Verdammte Harke«, zische ich zwischen den Zähnen hindurch und presse die Lippen aufeinander. Da lässt mich diese kesse Blondine einfach stehen. Mich!

Leons blonder Wuschelkopf taucht neben mir auf. »Die haben hier keine Coolpacks. Muss in die Apotheke. Auf dem Heimweg liegt eine. Du bist morgen am See?«

»Ja. Kannst du denn schon wieder aufs Board?«

Leon führt einen erfolgreichen E-Bike-Laden mit

Radverleih und betreut mehrere Seen im Umkreis mit Stand-up-Paddling-Stationen. Er ist Sportler durch und durch. Aber mit ihm Mountainbike zu fahren, ist eine Herausforderung. Ihm ist kein Abhang zu steil, kein Weg zu schmal und kein Trail zu schwierig. Bei einem spontanen Drop vorhin – ein gerader Absprung, wobei die Landung tiefer liegt als der Absprung – hat er sich allerdings überschätzt und ist aufs Knie gefallen.

Ich blicke suchend zur anderen Straßenseite, kann die Blonde jedoch nirgends entdecken. Mist, ich habe nicht mitbekommen, in welche Seitenstraße sie abgebogen ist. Locke ist unwiderruflich weg und ich Idiot hab's versemmelt.

Leon klopft mir auf die Schulter. »Logisch kann ich aufs Board. Das bisschen herumstehen schadet dem Knie nicht. Allerdings können wir ein paar Tage leider nicht gemeinsam für meinen Marathon trainieren. Und morgen muss ich im Laden sein, sorry. Ich weiß, du hast zwei Boards gebucht, aber du kannst deiner Felicia ja zeigen, wie es geht.« Er sieht auf die Uhr und grinst. »Dann fahre ich mal los. Ich habe heute Abend noch ein Date.«

»Die Dunkelhaarige vom Biergarten letzte Woche? Heißes Teil.«

»Nein, die ist verheiratet. Eine andere. Habe sie erst gestern bei einem SUP-Schnupperkurs kennengelernt und wir treffen uns heute in der Altstadt. Vielleicht spazieren wir den Philosophenweg hoch.«

»Leon, Leon … Das machst du immer mit deinen neuen Eroberungen. Schaffen sie den Weg hoch, ohne aus der Puste zu kommen, kommen sie in die engere Wahl.«

»Quatsch. Die Aussicht von dort oben ist romantisch. Frauen mögen das.«

»Frauen mögen auch edel ausgeführt werden und Kerzenschein. Vielleicht mehr als eine halbe Stunde den Berg hochkeuchen?«

»So hat eben jeder seine Strategie. Du deine, ich meine.« Leon zuckt mit den Schultern.

»Der Frauentyp spielt dabei auch eine Rolle, vermute ich. Du pickst dir nur die Sportgranaten raus. Aber auch die sind einem romantischen Abend bei Kerzenschein nicht abgeneigt.« Ich setze den Helm auf und steige aufs Rad. »Wir telefonieren?«

»Klar. Und sobald mein Knie Ruhe gibt, können wir gemütlich die Dreißig-Kilometer-Marke anstreben.«

»So, wie ich dich kenne, klingelst du spätestens übermorgen durch.«

Leon grinst, wir verabschieden uns und fahren in unterschiedliche Richtungen davon. Leon nach Dossenheim, ich nach Heidelberg-Schlierbach. Vor mir liegt noch gut eine halbe Stunde Fahrt, in der ich überlege, ob ich die Damen meiner Wahl anstatt in ein feines Restaurant auf einen Spaziergang einladen sollte. Erst danach das Restaurant sowie der obligatorische Drink bei mir zu Hause? Ich weiß nicht. Klingt anstrengend. Ich mache nicht gern viel Aufhebens um eine Sache, die von vornherein klar ist. Warum erst spazieren gehen, wenn wir sowieso im Bett landen? Ein schönes Restaurant, Kerzenschein und ein bisschen Alkohol reichen in der Regel.

Außer, die Kleine haut mir einfach ab. Ich habe ihr nicht mal meine Telefonnummer zustecken können.

Zwei Stunden später sitze ich im romantisch-historischen Fine-Dining-Restaurant Le Gourmet einer Frau gegenüber, die ich mir wohl beim ersten zufälligen Treffen in einer Bar schöngetrunken haben muss. Allein das Ambiente um mich herum und das vorzügliche Menü trösten mich über die Tatsache hinweg, dass ich das Mädel im Laufe des Abends irgendwie loswerden muss, ohne sie zu kränken oder vor den Kopf zu stoßen.

Schwierig. Ich bin ja kein Unmensch.

Ich will nur meine Freiheit nicht aufgeben. Und insbesondere diesen Abend nur äußerst ungern mit einer Frau vögeln, deren Stimme an das Kratzen einer Gabel auf Schieferplatte erinnert und die mir seit der Vorspeise von den neuesten Ereignissen bei DSDS erzählt.

Dieter Bohlen soll wieder dabei sein. Aha, ist ja hochinteressant. Ich bin trotzdem höflich – sie kann ja nichts für ihre Stimme –, genieße das rustikale Flair auf stilvollem Parkett und mit rotem Samt bespannten Wänden, den vorzüglichen Weißwein und die Muscheln mit einem köstlichen Safran-Fenchel-Topping.

»Was ist das?« Christine nimmt ein Safranfädchen zwischen Daumen und Zeigefinger und hebt es hoch.

»Das ist Safran.«

»Und was ist Safran?«

Das Klingeln meines Handys rettet mich vor einer Antwort. »Entschuldige, da muss ich dran«, sage ich eilig. »Was Geschäftliches. Ich bin gleich wieder da.«

Das mit dem Geschäftlichen ist nicht mal geschwindelt.

Auf dem Weg zur Herrentoilette nehme ich das Gespräch meines Geschäftspartners Daniel Ebeling entgegen.

»Joshua! Endlich kriege ich dich an die Strippe. Siehst du nicht auf deine Nachrichten? Schon vor ein paar Stunden habe ich dir eine Frage gestellt.«

»Nein, ich war unterwegs. Es ist Freitag, da haben die meisten Menschen ab Nachmittag frei.«

»Wir nicht, wir leiten den Laden. Wir arbeiten immer und rund um die Uhr.«

»Du vielleicht«, sage ich und kontrolliere im Spiegel den Sitz meines anthrazitfarbenen Sakkos. »Freizeit ist wichtig. Lohnende Pausen einlegen, Ruheinseln schaffen. Sonst kippst du irgendwann um. Aber was ist denn so wichtig, dass du mich am Wochenende sprechen musst?«

»Wenn du dich mal bequemen könntest, nach Frankfurt zu kommen, hätten wir das bei einem gemütlichen Mittagessen in der Stadt besprechen können«, sagt er vorwurfsvoll.

Ich sehe Daniel förmlich vor mir, wie er sich im Bürosessel zurücklehnt, den Wohlstandsbauch herausstreckt und sich über sein schütteres Haar streicht.

Mein einst bester Freund aus Studientagen und seit ein paar Jahren Mitinhaber unserer Firma GrowDeLuxe hat sich im Laufe der Jahre nicht gerade zu seinem Vorteil entwickelt. Früher ist er eine Sportskanone gewesen, immer auf Achse und gut drauf. Ein offener, lebensbejahender Mensch. Mittlerweile ist aus dem kernigen Frauenschwarm ein unfittes Michelinmännchen geworden, der kaum jünger als fünfzig aussieht, obwohl er genauso alt ist wie ich.

Bislang ist jedoch jeder Versuch gescheitert, mit ihm darüber zu reden. Eine Phase. Geht vorüber. Sagt er.

Wir sind unterschiedlich wie Tag und Nacht und gerade deswegen ergänzen wir uns. Er ist der Finanztyp, ich mehr der Kreative. Eine effiziente Kombination. Das haben wir schon früh festgestellt und eine gemeinsame Firma gegründet. Am Anfang hätte keiner von uns gedacht, dass sich GrowDeLuxe Sportswear & Shoes in ganz Europa einen Namen machen würde. Offenbar haben wir mit funktionellen und heißen Modetrends, bei denen sportliche Outfits und Boyfriend-Artikel dominieren, aufs richtige Pferd gesetzt.

»Du wolltest das Rauchen aufgeben«, sage ich knapp.

»Ganz nebenbei weißt du, dass ich mehr die unsichtbare Eminenz im Hintergrund bleiben möchte. Außerdem schließen sich die Begriffe *gemütlich Essen* und *Frankfurt-Innenstadt* gegenseitig aus. Du könntest auch in mein Büro nach Schlierbach kommen. Um die Ecke ist ein fantastischer Biergarten. Aber lassen wir das. Was ist jetzt so dringend?«

»Du musst Rodriguez vertreten, er liegt nach einem Tauchunfall im Krankenhaus. Wie du weißt, sind ab Donnerstag …«

»… drei Verkaufsshops in Spanien zu eröffnen. Ich weiß. Haben wir niemand anderen, der das übernehmen könnte? Wie sieht es mit Gruber aus? Der spricht perfekt Spanisch.«

»Mit der Familie auf einer USA-Rundreise.«

»Spanien, hm? Also gut. Wenn ich eingehend darüber nachdenke, hätte ich sowieso Lust auf Rioja, spanische Oliven, Tapas, Iberico und Manchego.«

»Du sollst nicht Dolce Vitaen, sondern arbeiten, Joshua von Greiffenberg.«

»Dolce Vita ist Italien, Kumpel. Nur so am Rande. Aber wie wäre es, wenn du zur Abwechslung kreativ tätig wirst, die nächste Kollektion mit den Designern besprichst, optimale Shopstandorte ermittelst und Spanisch lernst? Ich arbeite. Ziemlich effektiv sogar. Ansonsten wären wir nicht da, wo wir sind.«

Ab und zu muss ich meinen Geschäftspartner ein bisschen zurechtstutzen.

»Alles gut, Freund. Ach ja, ich sitze gerade über der Optimierung der Personalkosten. Schätze, wir müssen uns zumindest in der Hauptfiliale etwas verschlanken.«

»Personalabbau? Ich sehe spontan nicht, dass wir einen zu großen Mitarbeiterstamm hätten. Wie kommst du darauf? Aber gut, das ist deine Baustelle zusammen mit der Personalabteilung.«

»Richtig. Trotzdem müssen wir beide einen eventuellen Sozialplan absprechen.«

»Gut, dann setzen wir uns eben nächste Woche kurz zusammen.«

»Schön, dann bis Montag.«

In der Zwischenzeit hat meine weibliche Begleitung jede Menge Safranfädchen am Tellerrand aufgehäuft.

»Liebe Christine«, beginne ich. »Leider müssen wir den Abend vorzeitig beenden. Ich muss auf eine kurzfristig anberaumte Geschäftsreise und entsprechende Vorkehrungen treffen. Es tut mir unglaublich leid. Wenn du magst, bringe ich dich selbstverständlich gerne nach Hause.«

Zu meiner Verwunderung bekommt sie Schluckauf. Nein, kein Schluckauf. Sie lacht nur. Und winkt ab.

»Na, Gott sei Dank. Mann, bin ich erleichtert!« Zweimal Schluckauf, dann beugt sie sich vor, als verrate sie mir ein Geheimnis. »Ich kann nämlich mit dem ganzen Schickimicki und Safranzeug und Muscheln nix anfangen. Ist mir zu abgehoben. Aber nach Hause fahren kannst du mich gerne. Die Busfahrt hierher war echt lang.«

»Von wo kommst du denn?«

»Von Ludwigshafen.«

»Oh.« Das arme Mädel hat den weiten Weg auf sich genommen, nur um im Safran herumzustochern und sich unwohl zu fühlen. Das ist mir mehr als unangenehm. Natürlich werde ich sie nach Hause fahren.

Später am Abend sehe ich mir die drei Standorte der Shops sowie die Eröffnungstermine an und muss breit grinsen. Leon wird sich freuen, dass wir beide den Marathon gemeinsam laufen können, wenn ich schon zufällig in der Gegend sein werde.

Und vielleicht sollte ich meine Strategie in Bezug auf Frauen überdenken.

Insbesondere in Bezug auf eine blondgelockte Radfahrerin. Ich muss unbedingt in Erfahrung bringen, wer sie ist. Nach meiner Reise.

3

NERVENNAHRUNG

Anni

Volles Haar und glühende Gerard-Butler-Augen hin oder her, das spielt keine Rolle. Ich bin in einer festen Beziehung. Sehr fest. Total fest. Schon lange richtig fest.

Okay, träumen und schmachten sind erlaubt. Ich darf mir ganz für mich alleine vorstellen, wie ich mit den Fingern durch seine dunklen Haare fahre, seinen Atem auf meinem Bauch spüre und … Mist! Mein Puls ist jenseits des Tempolimits.

Was daran liegt, dass ich schon mal deutlich fitter gewesen bin. Ich schnaufe, als wäre ich noch nie mit dem Rad den Berg hochgefahren und meine Oberschenkel brennen wie die Hölle.

Pause! Dringend!

Ich halte an, atme durch und blicke über die Schulter. Warum eigentlich? Die Straße Richtung Wald in dem spärlich bebauten Wohngebiet ist wenig befahren. Außer mir ist niemand in Sichtweite.

Und doch hat ein winziger Teil in mir gehofft, dieser Josh wäre mir hinterhergefahren.

Weil er wissen will, wie ich heiße. Weil er mich attraktiv

findet. Weil er so von mir fasziniert ist, dass er mir folgt und deswegen irgendeinen superwichtigen Termin verpasst.

Während ich das Rad langsam den Berg hochschiebe, frage ich mich, ob ich noch ganz dicht bin. Bin ich wirklich so ausgehungert nach Komplimenten? Tobi liebt mich, das weiß ich. Er muss es mir nicht beweisen oder mich mit Liebesgesäusel erneut erobern.

Obwohl, das wäre schon schön.

Zu Hause angekommen ist mein Puls halbwegs im grünen Bereich. Ich lege das Paket auf den Wohnzimmertisch, öffne die Terrassentür und grinse in mich hinein. Es tut gut, zu wissen, dass man auf Männer noch anziehend wirkt.

Du lieber Himmel, was denke ich denn da? Ich bin dreißig, nicht dreiundachtzig.

Von nebenan strömt mir ein köstlicher Duft von irgendwas Gebratenem in die Nase.

»*Hunger!*«, vermeldet mein Gehirn, gibt die Information sogleich an den Magen weiter und der antwortet mit einem lauten Knurren. Dann höre ich Mike fragen, wer alles eine Folienkartoffel will.

ICH!

Ping. Mein Handy. Nachricht von Tobi.

Mäuschen. Es wird bestimmt Mitternacht. Ich fahre noch einen Kollegen nach Hause. Außerdem regnet es gerade ziemlich heftig und es geht schleppend vorwärts. Ich melde mich.

Seufzend und voller Sorge denke ich an die mehrstündige Fahrt, die noch immer zum größten Teil vor ihm liegt. Ganz alleine. Ohne dass ich neben ihm sitzen und ihn wach und bei Laune halten kann. Ich antworte: *Fahr vorsichtig. Und ja, bitte melde dich. Hab dich lieb.*

Mit einem Male verspüre ich ein dumpfes, beklemmendes Gefühl. Ich habe Angst um Tobias. Es passiert so viel auf der Autobahn, gerade bei Regen, gerade bei Nacht und wenn man übermüdet ist. Seltsam, ich habe

doch sonst nie solche Gedanken, wenn er auf Geschäftsreise ist.

Bitte, lieber Gott, bete ich still, *lass es aufhören zu regnen und
meinen Tobi gesund und am Stück, bestenfalls lebendig, zurückkommen. Jetzt, wo ich mich doch wirklich zusammengerissen habe, nicht
mehr an smarte Mountainbiker mit dichtem Haar zu denken.*

Ich packe das Kännchen aus, freue mich, dass es noch
schöner aussieht als auf den Produktfotos. Mit den
Gedanken bei Tobi gehe ich mit einer Schere in den
Vorgarten und hole mir einen weiß-rosa Glücksmoment ins
Haus. Der herbstliche Strauß aus Amazonaslilien, weißen
Rosen, prallen, rosafarbenen Schneebeeren und Nelken
macht sich in der Vase richtig gut. Ich stelle sie auf den
Terrassentisch und sehe aufs Handy. Keine Antwort von
Tobi.

»Anni?« Sabina steht am hüfthohen Holzzaun, der
unsere Gärten voneinander trennt. Sie hat die Haare hoch-
gesteckt und trägt ein einfaches, gerade geschnittenes,
weinrotes Strandkleid. Selbst darin sieht sie einfach nur
sexy aus. Das ist gemein. »Kommst du rüber? Oder ihr? Ist
Tobi schon da? Wir haben viel zu viel auf dem Grill liegen
und brauchen Hilfe.«

»Ich komme und bringe Steaks mit. Was gibt es denn
bei euch? Folienkartoffel hab ich schon mitgekriegt.«

»Oh, so einiges. Tsatsiki, Weißbrot, Scampi auf dem
Spieß, Grillgemüse, spanische Merguez, Gemüsefrikadel-
len, Datteln im Speckmantel, Salat, als Nachtisch gibts
Spaghettieis.«

Bei ihrer Aufzählung läuft mir das Wasser im Mund
zusammen und ich weiß jetzt schon, nach diesem Abend
werde ich völlig überfressen ins Bett fallen und schwören,
nie wieder was zu essen!

Spaghettieis! Eine Badewanne voll, bitte! Mit viel
Erdbeersoße, Sahne und Kokosstreuseln!

Ich fange einfach mit dem Nachtisch an und gehe dann zum Rotwein über.

Gute Idee.

Nervennahrung ist angesagt. Ich werde erst entspannt, wenn Tobi gesund zu Hause ankommt.

Ich nehme die zweite Dusche an diesem Tag, weil ich vom Radfahren immer noch verschwitzt bin. Der Wasserstrahl läuft mir lauwarm über den Rücken und ich schrubbe meine Haut mit dem Sisalschwamm butterweich. Danach creme ich mich mit meiner blumig duftenden Hauchzartlotion ein, die Tobi so sehr an mir liebt. Allerdings entdecke ich Orangenhaut an meinen Oberschenkeln. Die war doch gestern noch nicht da? Ich drücke entsetzt die Haut zusammen. Tatsächlich. O Gott, das sieht ja aus wie eine überreife Orange! Wo kommt das denn jetzt so plötzlich her? Frechheit!

Anni, mach dich nicht verrückt. Tobi liebt dich auch mit Dellen.

Zumindest hat er das gesagt. Er findet meine Rundungen weiblich.

Ich erinnere mich an unsere letzte Nacht. Es ist ein Freitag gewesen, wir sind gut angesäuselt von einer Party nach Hause gekommen und haben das getan, was wir freitags immer tun. Heute ist auch Freitag. Ich freue mich auf Tobis zärtliche Hände, die über meine Hüften gleiten.

Aber immer nur freitags.

Warum fühle ich mich jetzt alt?

Weil du spinnst?

Stimmt! Ich sollte nicht so viel denken und an mir zweifeln und mich fragen, ob das jetzt schon alles gewesen ist und wann wir ernsthaft über Kinder reden. Meine Mutter erinnert mich immer daran, wenn ich zum Essen bei meinen Eltern bin. Und einmal die Woche per Telefon.

Nachdenklich knote ich meine Haare locker am Hinterkopf zusammen, werfe mir ein luftiges Sommerkleid mit Halbärmeln über und ziehe ein Strickjäckchen darüber. Sollte es unerwartet abkühlen, hat Sabina immer eine Decke parat.

Eine kleine Drehung vor dem Spiegel. Ja, sieht ganz gut aus. Ich fühle mich wohl in dem hellgrünen, schlichten Baumwollkleid. Die Farbe steht mir. Meine Brüste könnten allerdings kleiner sein.

Sabina beneidet mich um meine Oberweite, aber sie hat von dem Struggle mit großen Brüsten keine Ahnung. Sie kann einfach alles tragen. Ich muss darauf achten, dass meine Shirts oder Kleider einen V-Ausschnitt haben. Das streckt. Cocktailkleider liebe ich zwar, aber die tragen furchtbar auf und lassen mich schwanger wirken. Und Jacken oder schicke Blazer fürs Büro muss ich eine Nummer größer kaufen, damit ich sie auch zumachen kann. Okay, sooo schlimm ist es nicht, ich bin weit entfernt von Doppel-D. Aber auch weit von Sabinas B-Körbchen.

Man will ja immer, was man nicht hat.

Kleinere Brüste zum Beispiel oder einen neuen Job. Ich sollte mir einen Job in der Nähe suchen. Möhre zuliebe. Und mir auch.

Blick aufs Handy. Tobias hat sich immer noch nicht gemeldet. Ich rufe ihn an, aber sein Telefon ist ausgeschaltet. Oder er ist in einem Funkloch.

Um ein Uhr in der Nacht ist Tobi immer noch nicht da, ich bin pappsatt, habe Unmengen von Spaghettieis in mir und mindestens ein Glas Wein zu viel. Nein, eher zwei. Und Tobis Steak liegt im Kühlschrank und wartet. Genauso wie ich.

»Ach, dein Dekolleté, Anni«, nuschelt Sabina um ihr Rotweinglas herum und hängt mir mit der Nase fast im Ausschnitt. »Du bist echt gesegnet. Ich muss Push-ups tragen, um unterhalb vom Hals keine Platte zu haben.«

»Und ich will deine Haare, deine Minititten und

deinen Apfelarsch.«

»Birne«, bemerkt Mike trocken und sieht auf die Uhr.

»Wie, Birne?« Sabina schlägt ihm spielerisch auf den Oberarm. »Hast du gerade gesagt, ich hätte einen Birnenarsch?«

»Einen süßen, kleinen Birnenpo, Schatz. Der schönste der Welt.«

»Du Süßholzraspler. Sag's mir nachher unter vier Augen noch mal«, kichert sie und kuschelt sich an ihn. Diese liebevollen Gesten der beiden versetzen mir einen kleinen Stich.

Es wäre so schön, wenn Tobi jetzt hier wäre. Romantisches Kerzenlicht und entspannende Chillout-Musik ohne männliche Kuschelschulter ist nur halb so schön.

»Kommt Tobias heute noch?«, will Mike wissen, als könne er Gedanken lesen, und ich zucke mit den Schultern.

Immer wieder habe ich bei ihm durchgeklingelt. Ohne Erfolg. Genauso erfolglos habe ich den ganzen Abend über versucht, die dumpfe Angst auszublenden, ihm könnte was passiert sein.

»Ich denke schon«, sage ich und gähne verhalten in meine Hand. »Wenn er einen Unfall gehabt hätte, wüsste ich das schon.«

»Kein Unfall. Guten Abend. Es ist Freutag! Herrlich, oder? Ist für mich noch ein Platz frei?«

Tobias! Endlich!

Mein Mann hält eine Flasche Wein in der Hand und klettert kurzerhand über den Gartenzaun. Mir fällt ein Gebirge vom Herzen.

Da ist ja meine Kuschelschulter.

Am nächsten Morgen schmiege ich mich wohlig seufzend an Tobis nachtwarmen Männerkörper.

»Guten Morgen. Schon wach?«, sagt er leise.

»Nein.« Ich mag meine Augen noch nicht öffnen. »Du?«

Im Gegensatz zu Mike und Sabina können wir ausschlafen. Mit Kindern ist daran nicht zu denken. Die Zwillinge toben schon morgens um sechs mit einer Energie durchs Haus, die ich nicht mal nach fünf Tassen Kaffee aufbringen könnte.

»Hm ja, ziemlich«, sagt er irgendwie emotionslos und setzt sich auf. Dabei hat er mir den Rücken zugewandt und streicht sich mit beiden Händen über die Glatze.

Schlagartig bin ich hellwach, schlinge die Bettdecke um mich, als wäre es mir unangenehm, dass er mich nackt sieht.

»Ist irgendwas? Probleme in Zürich? Mit dem Auto?« Sein Geschäftswagen macht seit ein paar Tagen Mucken. Irgendwas mit der Elektronik. Da lobe ich mir Möhre. Sie kann man zur Not mit dem Hammer reparieren. Bis auf die Klimaanlage.

»Nein, nein«, antwortet er fahrig. »In *der* Beziehung ist so weit alles in Ordnung.«

»In *der* Beziehung …?« Irgendwie benimmt er sich anders als sonst.

Tobi seufzt und dreht sich halb zu mir. In seinem Blick liegt ein ähnlicher Ausdruck wie in dem Moment, als wir beschließen mussten, Bandit einzuschläfern, weil sein alter Hundekörper völlig verkrebst gewesen ist.

»Anni, wir müssen reden.«

Warum sieht er mir nicht in die Augen?

»Das tun wir gerade.« Mir wird ganz flau im Magen. »Wie heißt sie?«

Noch niemals bin ich morgens um diese Uhrzeit ohne mindestens zwei Portionen Koffein im Blut so klar im Kopf und hellwach gewesen. Ich höre mich die Worte sagen und weiß gleichzeitig, dass ich voll ins Schwarze getroffen habe.

Und das lässt mich erstarren und schlagartig innerlich vereisen. Ich schlinge das Betttuch enger um mich.

»Wie meinst du das?«

»So, wie ich es sage. Wie heißt sie? Wie heißt die Kollegin, die du angeblich nach Hause gefahren hast.« Ich kann ihn nur ansehen und weiß nicht, ob ich heulen oder ihm eine runterhauen soll. Vielleicht täusche ich mich ja auch. In mir glimmt ein letzter Rest Hoffnung wie ein einsames Glühwürmchen in der Nacht. »Tobi?«

Keine Antwort auf eine Frage kann die klarste Antwort sein.

Er seufzt, sieht mich an wie ein geprügelter Hund und legt eine Hand auf mein Bein. Ich zucke instinktiv zurück und starre ihn an.

»Es tut mir leid, Anni.«

»Was!? WAS tut dir leid?«

Und dann stirbt mein Glühwürmchen.

Eine eiskalte Faust schließt sich um meine Eingeweide, als ich wie betäubt zusehe, wie er aufsteht und sich anzieht.

Dabei erzählt er mir stockend, dass er sich verliebt hätte und wie das passiert ist und wie lange das schon so geht. Und dass er jetzt auszieht. Erst einmal in eine Ferienwohnung.

Es ist vorbei? Acht Jahre einfach so vorbei?

Immer noch bin ich wie festgefroren, beobachte starr, wie er wahllos Kleidung in seine Reisetasche stopft und sich dazwischen immer wieder mit der Hand über den kahlen Kopf fährt. Die Hand, die mich in der Nacht noch zärtlich überall berührt hat …

Entschuldige, Schatz, ich vögele seit einem halben Jahr eine andere.

So lange geht das schon mit der anderen Frau. Das versetzt mir den Todesstoß! Unerwartet, schnell, aus dem Verborgenen. Zack! Als hätte jemand die Tür geöffnet und einen D-Zug direkt durch mein Herz fahren lassen.

4

HEMMSCHWELLEN

Joshua

G eschafft!«, japse ich, stütze mich auf den Knien ab und pumpe wie ein Maikäfer.

Die steile Strecke hoch zum Michelsbrunnen hat mir alles abgefordert. Meine Waden brennen, als hätte mir jemand glühende Holzscheite unter die Haut gesteckt und der Schweiß läuft mir in Strömen ins Shirt.

So muss das sein.

Trotz der angenehmen Kühle an diesem Morgen ist mir heiß, und obwohl ich völlig außer Puste bin, fühlt sich mein Körper verdammt gut an. Er ist hart, fast stählern, und ich könnte platzen vor Tatendrang.

Der letzte Morgenlauf ist fast zwei Wochen her. Manchmal sind die Tage einfach zu kurz für das, was man erledigen muss. Oder die Nächte zu lang. Unterm Strich sollte ich diese Läufe regelmäßig in meinem Wochenplan fixieren, denn die beste Zeit für ein ausgedehntes Training ist der Vormittag, wenn die Luft frisch und der Energietank noch bis oben hin gefüllt ist. Praktischerweise kann ich direkt von meiner Haustüre aus loslaufen, ich muss nur ein Stück den Weg runter und dann geht es schon rein in den Laubwald und hoch zum kleinen Felsenmeer. Dort liegen riesige Steine an den Hängen, als hätte Gott einen Eimer Murmeln ausgeleert. Ein beliebter Wanderweg. Jedoch nicht so früh morgens. Seit einer knappen Stunde bin ich keiner Menschenseele begegnet.

Bevor ich mich auf den Rückweg mache, schaufele ich mir eiskaltes Brunnenwasser ins Gesicht und kühle meinen Nacken. Inzwischen hat sich mein Puls beruhigt und das Brennen in den Waden ist verschwunden. Ich strecke mich und atme tief durch.

Jetzt verlangt mein Körper nach Kaffee.

Und eine Runde Vögeln wäre auch nicht schlecht. Das Safrandilemma gestern hat dazu geführt, dass ich später noch selbst Hand anlegen musste, um den seit Tagen aufgestauten Druck loszuwerden. So sind wir Männer eben, und bevor noch etwas platzen könnte wie ein Wasserballon, muss Abhilfe geschaffen werden. Mache ich ungern, aber was muss, das muss.

Zu meiner Überraschung bin ich nicht hart geworden. Rein gar nichts hat ihn in Habtachtstellung bringen können. Nada, niente. Tote Hose. Und das passiert *mir*!

Für gewöhnlich heizt mich bereits der Gedanke an einen sexy Frauenkörper so an, dass ich steinhart werde, aber weder hat sich was in meinem Schritt versteift, noch hat mich der Gedanke an eine vergangene Nacht mit einer Brünetten – Name vergessen – mit prallen Titten und festem Hintern auf Touren bringen können.

Kein Wunder. Der ganze Tag ist suboptimal gewesen. Erst die Blonde mit dem Fahrrad, dann der spontane Abruf nach Spanien, und zur Krönung die Safranschubserin.

Und immer wieder schiebt sich das Bild einer Wuschelkopfblondine mit einer angenehm melodischen Stimme, sehr weiblichen Figur und einem zuckersüßen Lächeln aus blauen Augen in meinen Kopf.

Gegen Mittag meldet sich Steff und will wissen, wann ich gedenke, meine Tochter abzuholen.

»Unsere Tochter«, korrigiere ich und sehe förmlich, wie Steff die Augen verdreht. »Ich bin auf dem Weg. Viertelstunde.«

Offenbar ist meine Ex mal wieder genervt von unserem sechzehnjährigen Pubertier. Immer dann ist es *meine* Tochter, ansonsten ihre. Ersteres kommt häufiger vor.

Ich bin recht früh und ziemlich ungeplant Vater geworden. Mitten im Studium, kein Fett auf der Kette und den Kopf voll mit Partys und chillen mit Freunden, habe ich mein Leben von jetzt auf gleich auf Familie umgestellt und uns eine günstige Bruchbude in Heidelberg gesucht. Vater zu sein ist toll und unsere kleine Fee war das hübscheste Kind auf der Welt. Das ist sie immer noch. Wenn es nach mir gegangen wäre, hätte ich Steff auf der Stelle geheiratet. Sie mich allerdings nicht. Sie wäre noch nicht so weit, hatte sie gesagt.

Mein Familienglück dauerte knappe vier Jahre, dann hat sich die Mutter meiner Tochter in ihren Zahnarzt verliebt, ist mit Fee zu ihm in seine Villa unterhalb des Philosophenwegs gezogen und ich durfte mein Kind alle zwei Wochen von Freitagabend bis Sonntag zu mir holen.

Seit Felicia vierzehn ist, bestimmt sie selbst, wann und wie lange sie bei mir ist. Das ist okay für mich, denn ein Teenager braucht am Wochenende seine Freunde. Wir sehen uns unregelmäßig, auch mal unter der Woche, und meistens kurzfristig. So wie heute.

Mit Badezeug im Kofferraum mache ich mich auf den Weg.

Vor der protzigen Villa steht schon meine Kleine. Mit einem Rucksack zwischen ihren Füßen lehnt sie an der Grundstücksmauer, das Gesicht gegen die Sonne gehoben, die Augen hinter einer großen, rundglasigen Sonnenbrille verborgen. Sie trägt ein Top mit Batikmuster, ausgefranste

Jeansshorts und Flip-Flops. Ihre langen, brünetten Haare sind zu einem dicken Knoten gebunden.

Sie ist zu einer wunderschönen jungen Frau herangewachsen. Und zu einem kleinen Rebellen. Fee lehnt sich gegen ihre Mutter, den Stiefvater und deren Ansichten vom Leben im Luxus auf. Sie trägt den Reichtum nicht zur Schau und legt Wert darauf, sich selbst kaufen zu können, was sie außer der Reihe haben möchte. Das fing bei Kinderflohmärkten an, ging über Nachhilfeunterricht in Deutsch und Englisch, und jetzt kellnert sie tagsüber zweimal im Monat an Sonntagen in einem Biergarten.

Ich kann mir gut vorstellen, dass Steff und ihr blonder Zahnarztsnob es nicht leicht mit ihr haben. Fee ist intelligent und weiß genau, welche Hebel sie ziehen muss, um ihre Mutter auf die Palme zu bringen. Aber Steff provoziert auch unbewusst. Sie versteht nicht, dass unsere Tochter ein sehr feines Gerechtigkeitsempfinden besitzt, und wenn Steff mal wieder Drohungen ausspricht, die jeder Logik widersprechen, verursacht sie zwangsläufig Gegenreaktionen.

Fee kommt nach mir, eindeutig. Wenn meine Eltern mir als Jugendlicher die Auflage gemacht hätten, ich müsse ohne Abendessen ins Bett, wenn ich meine Klamotten nicht vom Boden aufhebe, hätte ich genauso reagiert wie meine Tochter jetzt. Die Klamotten wären liegen geblieben und ich hätte den Abend eben bei einem Freund verbracht und dort gegessen.

Wo bitte haben Klamottenchaos und Ernährung einen kausalen Zusammenhang? Nirgends. Ursache und Wirkung. Wachsende Klamottenberge in der Teenagerhöhle bedeuten, dass irgendwann nichts mehr zum Anziehen da ist und gewaschen werden muss. Die logische Konsequenz wäre für mich: Wasch selbst, ich tu's nicht mehr.

Fee scheint gedöst zu haben, denn erst, als ich direkt

vor ihr stehen bleibe, den Motor ausschalte und das Fenster auf der Beifahrerseite runterlasse, senkt sie den Kopf und gähnt.

»Spring rein, die Boards warten.«

»Endlich«, sagt sie und legt ihre Tasche zu meiner in den Kofferraum, dann lässt sie sich auf den Sitz neben mir fallen, als hätte sie gerade eine Tageswanderung hinter sich gebracht. »Hi, Papa. Ich bin echt müde.«

»Heute Nacht gefeiert?«

»Mhm, jap. Jessy ist achtzehn geworden. Hat echt coole Eltern. Die haben erlaubt, dass wir eine megastarke Party-location im Garten aufziehen. So mit DJ und so. Voll abge-tanzt. War der Hammer. Hab dort gepennt. Im Zelt.«

Ich fahre los und grinse. »Wie viele Minuten?«

»Frag nicht.« Sie verzieht das Gesicht.

»Und wer ist Jessy?«

»Jessy ist meine zweitbeste Freundin.«

»Und Lilli die beste?«

»Genau«, sagt sie gähnend.

»Bis Weinheim dauerts fast 'ne halbe Stunde. Kannst noch die Augen zumachen.«

Fee hebt den Daumen, lässt die Sitzlehne nach hinten gleiten, legt den Kopf auf die Seite und fällt gefühlt sofort in Tiefschlaf.

»Darf ich mir das Board aussuchen?« Meine Tochter steht vor der Verleihstation, die Hände in die Hüften gestützt und den Kopf schief gelegt. »Das knallgrüne gefällt mir.«

Alex, der junge SUP-Trainer mit Zopf, zieht eine Braue hoch. »Hast du schon mal auf einem Board gestanden?«

»Nö. Brauch ich das, um mir ein cooles Board auszusuchen?«

Das ist meine Tochter. Bestimmend und direkt. Aber

auch aufgeschlossen, wenn jemand mit logischen Argumenten kommt.

Alex deutet auf das gewünschte Board. »Die schmalen gleiten zwar schneller und sanfter durchs Wasser, aber die sind nichts für einen Anfänger. Nimm ein breites, das gibt dir die größte Stabilität. Und die brauchst du, glaub mir. Je breiter und dicker ein Board ist, desto besser wirst du das Gleichgewicht halten. Wenn's dir Spaß macht und du sicherer wirst, kannst du irgendwann zu kleineren Boards wechseln.«

Zehn Minuten später stehen wir mit unseren Boards bis zum Bauch im Wasser. Ich mit einem schmalen, Fee schmollend mit einem breiten Board.

»Jetzt sei nicht beleidigt und steig auf. Am besten, du kniest erst einmal und entwickelst ein Gefühl.« Ich zeige es ihr. »Jetzt du.«

Fee besitzt ein gutes Gefühl für Balance. Das beweist sie auch jetzt. Im Nu ist sie auf dem Board, kniet sich hin und richtet sich auf, das Paddel in einer Hand.

»Und jetzt? Aufstehen?«

Ich stehe bereits mit einem kleinen, wasserfesten Rucksack auf dem Rücken, in dem sich eine kleine Kanne Kaffee, eine Flasche Wasser und zwei Sandwiches befinden, und bin stolz auf mein Kind.

»Klar, warum nicht? Probiere es. Die Füße schulterbreit und gebeugt in den Knien. Siehst du, so. Und nicht wundern, wenn du ins Wasser fällst. Das ist beim ersten Versuch völlig normal.«

»Mensch, Papa, ich bin kein Kleinkind mehr. Ich kann skateboarden. Du erinnerst dich?«, kommt die trotzige Antwort, die nur Eltern bekommen. Trainer nicht, aber Eltern. Da ist die Hemmschwelle geringer.

Schon als Fünfjährige konnte sie knappe Slaloms mit dem Einrad fahren, mit acht ist sie mit dem Skateboard quasi verwachsen gewesen, und zweimal die Woche ist sie an Kletterwänden hochgekraxelt wie ein Äffchen. Immer, wenn sie übers Wochenende im Sommer bei mir gewesen ist, sind wir über einige Jahre hinweg Dauergäste im Kletterwald in Viernheim gewesen.

Ich habe die Boards gleich für zwei Stunden gemietet. So haben wir mehr Zeit. Und meine sportliche Tochter lernt schnell. Natürlich kann sie es nicht perfekt und fällt öfter mal ins Wasser, was ihr aber zur Abkühlung gar nicht unrecht ist.

Nach etwas über der Hälfte der Zeit stöhnt sie auf und setzt sich auf das Board wie auf einen Pferderücken. »Ich verdurste! Und ich kann nicht mehr. Hätte nicht gedacht, dass Paddling so anstrengend ist.«

»Hunger auch?«

»O ja! Hast du was dabei?«

»Käse-Schinken-Sandwich.« Ich setze mich ebenfalls und nehme den Rucksack ab.

»Schinken! Genial! Mama hätte was mit Quinoa und Soja dabei.«

»Falsch, Mama würde nie auf so ein Board steigen.«

Wir treiben nebeneinander her und ich gebe ihr die Wasserflasche. Dann essen wir unsere Sandwiches.

»Schag ma«, nuschelt sie um einen Bissen herum. »Bist du jetzt etwa mit dieser rothaarigen Zicke zusammen? Bitte nicht! Die hat mir echt Angst gemacht mit ihren Hexennägeln.«

Direkt, ehrlich und unverblümt.

Ich lache auf. »Du meinst Karla. Das mit der Zicke überhöre ich jetzt einfach. Und nein, ich bin nicht mit ihr zusammen. Neugierde gestillt?«

Natürlich hat sie recht mit der Zicke, aber das behalte ich für mich. Tatsächlich habe ich eine Zeit lang geglaubt, ich bräuchte mal wieder eine feste Beziehung. Ganze zwei Wochen und drei Nächte. So lange habe ich es ausgehalten, dann hat Karla ihr wahres Gesicht gezeigt. Nun, jeder darf seinen Geschmack in Bezug auf Wohnungseinrichtung und Dekoration haben, aber es hört an der Stelle auf, an der einer den anderen extrem in eine Richtung ändern will. Vornehmlich in seine eigene. Zudem hat sich herausgestellt, dass sie ihr gestelztes Verhalten nur für die Öffentlichkeit aus der Methodenkiste kramt. Ansonsten hat sie an allem rumgenörgelt und peinlichst darauf geachtet, dass nichts ihren langen Fingernägeln schaden könnte. Putzen, zum Beispiel. Oder Gartenarbeit. Aber zum Teufel, sie hat geblasen wie keine andere.

Es ist nicht geplant gewesen, dass Karla und Fee aufeinandertreffen. Frauenbekanntschaften bekommt meine Tochter in der Regel nicht mit. An diesem Abend jedoch ist Steff völlig überraschend bei mir aufgetaucht und hat Fee bei mir »deponiert«. Um mal Luft zu holen. Das sind ihre Worte gewesen. Seitdem ist Fee äußerst interessiert, was meine Frauenbekanntschaften angeht, und taucht gern mal unangemeldet auf.

»Gott sei Dank! Diese Tussi …«

»Felicia!«

»Schon gut.« Fee verdreht die Augen, zerknüllt das Sandwichpapier und drückt es mir in die Hand. Dann malt sie mit Zeige- und Mittelfingern Anführungszeichen in die Luft. »Diese *Daaame* ist ein Leerraumhirn und gehört in Sicherheitsverwahrung. Bei der hat der Denkapparat längst seine Koffer gepackt und ist geflohen. Echt Papa, du hast kein Gespür, welche Frauen zu dir passen.«

»Vielleicht will ich ja gar nicht, dass eine passt?«

»Verdrängung. Dein Unterbewusstsein hält dich davon ab. Du willst nur nicht mehr verletzt werden. Deswegen lässt du nur Hohlbirnen an dich ran. Wenn ich an die letzten drei denke, dann …«

»Kaffee?«

»Du lenkst ab. Ich fasse mal zusammen.« Sie spreizt

alle fünf Finger und zählt ab. »Eine Hexe, eine Wasserstoffblondine mit Nimm-mich-Stiefeln und …«

»Also wirklich, Tochter, bremse dich mal ein bisschen.« Ich verkneife mir ein Schmunzeln. Mein Kind hat eine gute Beobachtungsgabe.

»… eine Esoterikpflanze mit Hang zur Selbstzerstörung.«

Respekt. Solche Worte von einer Sechzehnjährigen …

»Welche berufliche Richtung willst du eigentlich einschlagen? Psychotherapeutin?«

»Um Gottes willen, Papa! Nein! Sportwissenschaften. Der Freund von Jessy studiert in Darmstadt und hat eine Menge darüber erzählt. Er ist schon einundzwanzig. Ich will auch dort ein Studium machen. Scheint eine gute Uni zu sein.«

Ich nicke beeindruckt, packe den Rucksack und setze ihn auf. »Du weißt, was du willst. Finde ich gut.«

»Ich auch. Und das mit der passenden Frau für dich kriegen wir auch noch hin.«

5

WANDELNDE WISCHMOPP-SOMMERSPROSSE

Anni

Sollen die Nachbarn doch tuscheln. Mir egal!
Überhaupt ist mir gerade alles egal.
Außerdem stehe ich ja nicht *jeden* Morgen brüllend auf der Straße und schmeiße einem Kerl Schuhe hinterher.

Ich fühle mich so unglaublich verraten, verletzt und gedemütigt! Und beschmutzt!

Hat er unbedingt noch mit mir schlafen müssen? Hat er dabei an SIE gedacht!?

Wahrscheinlich! Was für ein mieser Arsch!

Wenig später stecke ich bis zum Ellenbogen im Toilettenwasser.

Mache ich das gerade wirklich?

»Hab dich!«, presse ich heraus und wische mir mit der trockenen Hand die Tränen von den Wangen. In der anderen Hand halte ich den Ehering. Ich habe ihn ins Klo geworfen, nachdem Tobi gegangen ist. Aber nicht runtergespült. Man spült keine festen Gegenstände die Toilette runter. Nein, tut man nicht.

Außerdem ist der Ring teuer gewesen. Und noch viel außerdemer *brauche* ich ihn.

Dieser Ring ist der einzige, den ich trage, und er ist

nicht nur ein Ring, er ist mein Gradmesser für Wassereinlagerungen im Körper. Und die sind schlecht für den Blutdruck. Der steigt bei mir sowieso schon schlagartig in schwindelnde Höhen, wenn ich nur Haferflecks Blick durchs Großraumbüro auf mir spüre.

Auch morgens auf der Waage erspart mir der Ring spontane Schnappatmung, wenn ich von heute auf morgen mehr als ein Kilo mehr habe. Bevor ich mein Gewicht kontrolliere, drehe ich an ihm. Geht er nicht vom Finger, stelle ich keinen Fuß auf die Waage, geschweige denn zwei. Wenn ich zu viel Salz zu mir genommen habe, horte ich Wasser und dazu reicht locker eine XL-Pizza-Parma mit Gorgonzola, ein Fernsehabend mit Salzstangen oder ein schnelles Unterwegsfrühstück im Auto in Form einer Käse-Speck-Laugenstange.

Früh morgens denke ich allerdings nicht an meine Vortagesmahlzeit. Meine Hirnprozesse reichen gerade mal aus, um mein Äußeres in einen alltagstauglichen Zustand zu versetzen und einmal am Ring zu drehen.

Mag sein, dass mir da mein Unterbewusstsein einen Streich spielt, und tief in mir die kleine Anni aufheult, die verheiratet bleiben will und hofft, dass Tobi nach ein paar Wochen wieder zurückkommt. Die große Anni würde das jedoch niemals zugeben und schiebt Wassereinlagerungen vor.

Na und? Dann ist das eben so. Die kleine Anni kann mich mal.

Der Arsch soll bei seiner Tussi bleiben. Nicht im Leben will ich ihn wieder zurück. Der Vertrauensbruch ist zu groß.

Ein halbes Jahr schon …

Und ich habe nichts gemerkt. Nichts!

Heißt es nicht, eine Frau spürt, wenn der Mann sie betrügt? Sie spürt es, weil alle Frauen einen siebten Sinn haben?

Nun, dann habe ich keinen. Oder ich bin gut im Verdrängen.

Ich wasche Hände und Ring und sehe versehentlich in den Spiegel.

Heulendes Elend mit wirren Haaren und roten Flecken im Gesicht, steht da.

Und mir ist, als hätten sich wieder ein paar Sommersprossen mehr dazugesellt.

Noch während ich das denke, brennen mir erneut die Augen, weil ich an Tobis Versprechen denke, alle meine Sommersprossen zu zählen. Davon habe ich viele. Am ganzen Körper. Und jeden Sommer werden es mehr. Ich bin eine wandelnde Wischmopp-Sommersprosse …

Ach, Tobi …

»Shit! Hör auf damit! Der Depp ist es nicht wert. Dieser Lügner, dieser perfide Herzensbrecher, dieser …«

Ich ziehe den Ring an – diesmal an die andere Hand – schaufele mir kaltes Wasser ins Gesicht, rubbele es trocken und creme es ein. Dann bürste ich mir energisch die Haare durch und halte sie mit einem Haarband in Schach.

Mein Baby hätte bestimmt auch Sommersprossen und volle Haare. Nicht die Haare von Tobi, die immer weniger geworden sind und er sich deshalb aus rein optischen Gründen für eine Glatze entschieden hat. Die Wahl, das dünne Lametta wachsen zu lassen und dann nach einer Seite zu kämmen, ist keine Option gewesen.

Und schon wieder muss ich heulen, als ich mich daran erinnere, wie ich ihm zum ersten Mal den Kopf rasiert habe.

Kein Baby, kein rosa Kinderzimmer.

Gott, dieser Tag ist so beschissen, ich möchte ihm Steine an die Füße binden und ihn dann ins Wasser stoßen.

Voraussichtlicher Tagesablauf: Rotz und Wasser heulen, Süßkram in mich reinstopfen, eine Flasche Wein kippen und mich bei Nascha ausheulen.

Aber ausgeheult bin ich schon, meine Wangen sind ganz rot von den salzigen Tränen. Hunger habe ich keinen und Nascha ist nicht zu erreichen. Wahrscheinlich rennt sie wie entfesselt durch den Odenwald und strebt ihre Bestmarke an.

Meine Freundin ist im Gegensatz zu mir total diszipliniert. Sie lebt ernährungstechnisch spartanisch und achtet auf natürliche Zutaten. Der Bäcker ist dein Feind, sagt sie immer. Zucker, ungesunde Kohlenhydrate und fettreiches Essen sind ihr zuwider. Alkohol und Zigaretten sowieso.

Ich beschließe, einen klaren Kopf zu bekommen.

Change it, leave it or love it.

Ich mag diesen Spruch.

Change it. Ändern kann ich meine Situation nicht. Außer, ich würde Tobi anflehen, bei mir zu bleiben und seine Neue zu verlassen.

Ha! So weit käme es noch! Einen Teufel werde ich tun, mich so zu erniedrigen! O nein, ich habe auch meinen Stolz.

Leave it. Fällt aus. Ich kann das Setting nicht verlassen, ist ja mein Haus. Und das ist voller Erinnerungen an Tobi.

Oh, sein Rasierschaum. Ab damit in den Müll.

Love it. Wahrscheinlich ist hier nicht das Lieben und Gutfinden gemeint, sondern eher das Akzeptieren der aktuellen Lage. Damit tu ich mich aktuell etwas schwer. Sehr schwer.

Könnte ich nicht auf der Stelle vereisen oder die Wut entwickeln, die nötig wäre?

Ich merke, dass ich mitten im Flur stehe und dumpfbräsig vor mich hindenke. Immerhin heule ich gerade nicht. Die Tanks müssen sich erst wieder füllen. In der Zwischenzeit könnte ich aufräumen, den untreuen Lappen komplett aus meinem Haus entfernen und all seine Sachen außer Sichtweite bringen. Im Müllcontainer zum Beispiel.

Oder doch besser in der Garage. Da stehen auch seine

Räder. Ein Rennrad, ein Mountainbike und eines, das er nicht mehr fährt, aber nicht hergeben mag, weil's mal teuer war und er mit dem Rad eine Art Ersatzteillager hätte. Deswegen passt kein Auto rein. Das hat den Nachteil, dass ich im Winter immer Eis kratzen muss. Musste!

Somit wäre eine positive Sache gefunden: Ab sofort darf Möhre bei Sturm, Hagel und Eis wieder in die Garage.

Ich darf nicht hier sein, wenn er mit dem Möbelwagen anrückt, fällt mir ein. Aber ich habe keine Lust, dass er auch nur noch den großen Zeh in mein Haus setzt. Und noch weniger will ich ihn sehen. Das streut Salz in die Wunden.

Irgendwie hab ich's mit Salz.

Unwillkürlich drehe ich am Ring. Oder am Rad, wie man's sieht. Am besten, ich werde tätig und schaffe alles, was Tobias gehört, in die Garage. Ab sofort nenne ich ihn nur noch Tobias, nicht mehr Tobi. Ach was, Herr Schüttke. Genau! Das schafft mentale Distanz! Obwohl … Es sagt sich leichter »Du Dreckskerl« als »Sie Dreckskerl«.

Gott sei's getrommelt und gepfiffen, dass ich meinen Mädchennamen behalten habe. Obwohl ich verliebt bis über beide Ohren gewesen bin, hatte ich doch das Gefühl, nicht Schüttke heißen zu wollen.

Anni Schüttke. Wie klingt denn das? Richtig. Nicht so schön wie Anni Rosen.

Blöde Tränen! Weg mit euch!

Okay, wo fang ich an?

Im Schlafzimmer! Da ist das meiste von To… Herrn Schüttke.

Ich gehe mit langen Schritten in den Raum und lasse die große Schiebetür zur Seite gleiten. Die eine Hälfte des Schrankes gehört ihm. Korrigiere: gehörte ihm.

Mit beiden Armen befördere ich seine fast schon pedantisch nach Farben sortierte, zusammengelegte Kleidung ziemlich unpedantisch aufs Bett. Es folgen Unterwäsche, Sportklamotten, Socken. Die meiste Arbeit machen die Hemden und Anzüge. Davon hat er eine Menge. Ich befreie sie allesamt von ihren Kleiderbügeln.

Soll er sich gefälligst neue Bügel kaufen, der schwanzgesteuerte Saubeutel.

In der Folge verteile ich alles auf zwei große, knallgelbe Ikeataschen und fünf riesige Gartenmüllsäcke. Im Anschluss folgen seine restlichen Sachen im Bad. Und die Schmutzwäsche aus dem Wäschekorb.

Dabei steigt mir wieder das Wasser in die Augen. Wie lange es wohl dauert, bis auch sein Geruch ausgezogen ist? Ich könnte das Haus ausräuchern. Mit irgendwelchen Kräutern, die schlechte Vibrations vertreiben, oder so. Meine jüngere Schwester Lia kann mir bestimmt erklären, wie das geht. Sie kennt sich mit so was aus.

Lia ist die Abkürzung von Malia. Unsere Mutter hat in der Schwangerschaft einen Liebesfilm gesehen. Hauptrolle: eine hawaiianische Schönheit mit dem klangvollen Namen Malia, die Ungezähmte.

Was mich daran erinnert, dass sie bei meiner Namenswahl entweder einem Drift in die Volksmusik erlegen ist oder sich mit Papa gestritten hat, weil sie sich nicht zwischen Anni und Lisa entscheiden konnten.

Bett neu beziehen!

Vorher jedoch werde ich mein Reich vom Kleinkram meines zukünftigen Ex-Mannes befreien.

Ich ziehe die komplette Herr-Schüttke-Schublade aus der Kommode im Wohnzimmer heraus und schütte den Inhalt in seinen Rucksack, den er schon seit Jahren nicht mehr benutzt hat. Mir egal, ob sich die Ladekabel verknoten. Dabei öffnet sich eine Dose und jede Menge USB-Sticks fallen auf den Boden.

Was macht der Kerl mit so vielen Sticks?

Alle sind sie blau, an einem ist eine rote Büroklammer befestigt. Sehr seltsam.

Kurzerhand unterbreche ich die Tobi-Entfernungsaktion. Ich will wissen, was auf diesem Stick ist.

Das hätte ich besser bleiben lassen. Ich glaube, mir wird schlecht!

Herr Schüttke ist ein Pornofilmchengucker!

Fassungslos starre ich auf den Bildschirm und auf die superschlanke, dunkelhaarige Frau mit kleinen Brüsten. Sie lässt einen devoten Mann vor sich knien – der Depp himmelt die auch noch an –, damit er sie leckt, und befiehlt ihm, dass er sich dabei einen runterholt.

Auf so was steht er? Auf dominante Frauen mit Minititten? Na toll, dass ich das auch mal erfahre. Danke auch!

Mit einem Wutschrei klappe ich den Laptop zu, ziehe den Stick raus und werfe ihn mit den anderen in den Rucksack. Dann hole ich den Büroklammerstick wieder raus, rase damit in den Keller und dresche mit dem Hammer drauf, dass die Einzelteile nur so fliegen.

Hallo Wut, da bist du ja.

Anschließend streife ich wie ein unruhiges Raubtier und mit Müllsack bewaffnet durchs Haus und achte darauf, nur ja nichts zu übersehen.

Es tut gut, etwas zu tun und dabei zornig zu sein, anstatt wie ein Häufchen Elend zusammengerollt auf dem Sofa ins Kissen zu heulen. Das habe ich heute Morgen bereits getan. Brauch ich nicht. Kann weg. Tut weh.

Warum passiert mir das, verdammt?

Als ob das Wetter mit mir solidarisch sein möchte, wird es plötzlich kühler, windiger und der Himmel zieht sich zu. In der Ferne höre ich Donner. Eilig schließe ich die Terrassentür.

Na super, das passt ja. Jetzt auch noch Scheißwetter.

Es ist schon Nachmittag, als ich in einer Regenpause

vor der offenen Garage stehe und den Berg an Tüten und Kisten betrachte. Ganz schön viel. Ich muss schlucken, merke, wie mir das Wasser die Unterlider flutet.

Es fühlt sich alles so unsagbar grauenvoll an, als lägen mir Steine im Magen und gleichzeitig dicke Taue um meinen Körper. Ich entferne in diesem Moment einen Menschen aus meinem Leben, der fast schon ein Teil von mir geworden ist. Es ist, als würde ich ihn mir selbst mit einem Skalpell aus dem Herzen schneiden.

Aber es muss sein.

Vielleicht kommt er ja wieder zurück?, meldet sich die kleine Anni.

Vielleicht will ich ihn dann gar nicht mehr!, antwortet die große.

Das glaubst du doch selbst nicht.

Ach, halt die Klappe.

»Was machst du denn da? Sperrmüll?«

Ich zucke zusammen und drehe mich zu Nascha um. »Musst du dich so anschleichen und mich erschrecken?«

»Ich bin dir fast in deinen süßen Po gefahren, wie kannst du mich da nicht hören? Und was zur Hölle ist denn mit dir los? Du siehst aus, als hättest du dir Essigsäure auf die Wangen gerieben.« Nascha runzelt die Stirn. »Ich habe gesehen, dass du versucht hast, mich zu erreichen, und vorhin zurückgerufen. Aber du bist nicht ans Telefon. Was ist passiert, Anni?«

Nascha ist das genaue Gegenteil von mir. Wahrscheinlich sind wir deswegen Freundinnen. Gegensätze ziehen sich an, die eine hat, was der anderen fehlt. Meine beste Freundin sieht aus wie frisch aus dem Wellnesstempel entlassen. Ein blühendes, frischpralles Energiebündel in Designerklamotten. Sie ist fast schon verboten schlank und wohlgeformt, hat kleine Brüste und kann einfach alles tragen. Und die brünette Kurzhaarfrisur steht ihr gut. Ich würde mit kurzen Haaren aussehen wie ein Schrubber im knallgelben Aldiwühltischshirt und Uralt-Boyfriend-Jeans. Die waren schon in 2009 hip. Jetzt sind sie es wieder. Man muss seine Klamotten nur lange genug aufheben, irgendwann werden sie wieder modern.

»Tobi …«, bringe ich gerade noch heraus, dann schüttelt mich ein Heulkrampf durch und ich lasse mich schluchzend in ihre Arme fallen.

Jetzt fängt es auch noch an zu schütten. Wie passend.

Nascha reagiert geistesgegenwärtig, schließt das Garagentor mit der Fernbedienung, legt den Arm um mich und führt mich ins Haus.

»Du brauchst jetzt eine Freundin und Wein! Viel Wein!«

»Geht nicht«, schluchze ich. »Will nachher noch zu meinen Eltern. Bin zum Abendessen eingeladen.«

»Dann eben einen Tee.« Sie drückt mich aufs Sofa.

»Keinen Tee. Ich will gar nichts. Okay, vielleicht doch. Ein kleines Glas Wein geht.«

Nascha öffnet eine Flasche Weißwein und schenkt mir ein. »Hast du schon was gegessen?«

»Schokolade.«

Ohne etwas darauf zu sagen, geht sie an die Süßkramkommode und kommt mit Trauben-Nuss-Schokolade und Shortbreadkeksen zurück.

»Iss von den Keksen, die saugen den Wein auf. Besser als nichts.«

Ich nicke und bin froh, dass Nascha bei mir ist.

Brav knabbere ich Kekse, schildere ihr das ganze Elend seit heute Morgen und merke, wie das Reden mich erleichtert. Selbst die Tränen versiegen. Mir ist, als würde ich einen Rucksack mit Seelenschmerz zumindest für einen Moment abgeben.

Als ich ende, spüle ich Keks Nummer fünf mit Wein runter.

Nascha dreht ihr Wasserglas in den Händen und sieht

mich mit einer Mischung aus Mitgefühl und Nachdenklichkeit an.

»Ich bin immer für dich da, Anni, das weißt du.« Sie stockt. »Darf ich ehrlich sein?«

»Bist du doch sowieso. Und genau das schätze ich an dir. Also sei ehrlich. Ich weiß doch, dass du Tobi gegenüber immer etwas reserviert bist. Warst.« Ich seufze zentnerschwer auf, greife zur Schokolade und breche mir eine Reihe ab.

»Anni, der Mann ist ein egoistisches Arschloch. Schon immer. Und er hat definitiv ein Riesenproblem mit seinem Ego. Bitte nimm es mir nicht übel, aber ohne ihn bist du besser dran.« Sie stellt das Glas ab, setzt sich neben mich aufs Sofa und nimmt mich in den Arm. »Es kommt irgendwann die Zeit, in der du mit einem Lächeln auf den heutigen Tag zurückblickst. Ganz bestimmt. Auch wenn das für dich jetzt noch ganz weit weg ist und sich vielleicht lächerlich oder wie eine Binsenweisheit anhört und ich so gar nicht das leuchtende Beispiel in Bezug auf Beziehungen bin. Aber ich sehe schon lange, dass eure Ehe mehr und mehr festfährt, den Bach runtergeht. Ach Anni, ist einfach 'ne Scheißsituation.«

»Kommst du her, wenn Herr Schüttke seine Sachen abholt? Ich will dich dabeihaben.«

»Herr Schüttke? Find ich gut!« Nascha klatscht sich lachend auf den Oberschenkel. »Entschuldige. Hier, zur Wiedergutmachung.« Sie schiebt mir ein Stück Schokolade in den Mund. »Und zu deiner Frage: Aber klar bin ich hier. Selbst, wenn ich mir dafür Urlaub nehmen muss.«

Urlaub? Keine schlechte Idee.

6

SAUERBRATENAROMA

Anni

*E*ine Stunde später verfluche ich den Samstagabendverkehr und die umweltbewusste Frau mit Lastenfahrrad. Überholen unmöglich. Das Einzige, was ich noch mehr hasse als Autofahren bei Starkregen hinter lahmarschigen Radfahrern, ist Autofahren in Weltuntergangsstimmung.

Ich tuckere mit Tempo fünfzehn die schmale Straße am Heidelberger Neckarufer entlang und meckere vor mich hin. Und es regnet immer noch. Nein, das trifft es nicht ganz, schütten passt besser.

Möhre hüstelt kurz, wird von alleine noch langsamer, hustet erneut und rollt zu meiner Erleichterung schließlich, ohne zu mucken, weiter.

»Lass du mich bitte nicht auch noch hängen«, sage ich und streichle über das Lenkrad.

So ein Auto ist ja auch nur ein Mensch. Ich erweitere die Liste um »Mit einer Nuckelpinne unterwegs sein, die beim bloßen Hinsehen Rost abwirft«. Aber ich bringe es nicht übers Herz, Möhre verschrotten zu lassen.

»Da bist du ja endlich«, freut sich meine Mutter, die ich hinter den großen Philodendronblättern nicht sehen kann.

Gleichzeitig mit dem Öffnen der Tür strömt mir der vertraute Duft ihres Parfüms in die Nase, eingebettet in Sauerbratenaroma. »Ein paar Minuten zu spät. So kenne ich dich ja gar nicht.«

»Nimmst du mir die Pflanze ab?«, frage ich und murmele was von viel Verkehr und bescheuerten Lastenfahrrädern.

Im Flur ganz hinten liegt Peppi auf ihrem Kissen, wo sie den kompletten Überblick auf Eingang und Küche hat. Die alte Beagle-Oma wedelt mir zu und macht Anstalten aufzustehen.

»Bleib liegen, Peppi«, sage ich und gehe vor ihr in die Hocke. Sogleich leckt sie mir freudig quer über Gesicht und Hände und kriegt sich vor Begeisterung gar nicht mehr ein. »Ist ja gut, ich freu mich auch, dich zu sehen.« Mit beiden Händen kraule ich ihre Ohren und drücke meine Nase in ihr Fell.

»Erst der Hund und dann der Rest, wie? Hätte ich mir ja denken können«, donnert mein Vater. Er füllt den Türrahmen mit seiner kräftig muskulösen Statur fast vollständig aus und grinst breit. »Komm her und lass dich drücken, Fussel.«

»Nenn mich doch nicht mehr so, Papa«, sage ich, stehe auf und falle in seine ausgebreiteten Arme.

»Du bleibst unser Fussel, da gibt's kein Rütteln. Und jetzt setz dich. Essen ist fertig. Du fällst ja fast vom Fleisch. Hast schon Ränder unter den Augen.«

»Das sehe ich wie Papa«, bläst Mama ins gleiche Horn und stellt nickend Wasser und Bier auf den Tisch in der großen Wohnküche.

Mein sanft gehauchter Einwand, dass ich im Moment keinen Hunger habe, wird barsch zur Seite gefegt. Aber so kenne ich meine Eltern. Bevor groß gequatscht wird, wird erst einmal was gegessen. Widerspruch zwecklos.

»Fehlen dir vielleicht Spurenelemente?«

»Garantiert.«

Das männliche Element in meiner Ehe hat Spuren hinterlassen und fehlt mir.

Es gibt Knödel und Feldsalat zum Sauerbraten. Eines meiner Lieblingsessen. Nur fehlt mir heute der nötige Appetit.

Alkohol wäre nicht schlecht.

»Nur ein Knödel, bitte«, wehre ich ab, als mir meine Mutter gleich zwei neben das Stückchen Fleisch auf den Teller legen will. »Kommt Opa nicht zum Essen?«

Opa Franz lebt seit dem Tod seiner Frau vor fünf Jahren allein in der Souterrainwohnung meines Elternhauses.

»Der ist bestimmt auf dem Sessel im Schrebergarten eingeschlafen«, sagt Papa. »Hau rein, Kind. Kalt schmeckt's nicht.«

Die nächsten Minuten schaffe ich es tatsächlich, etwas Nahrung in mich zu schieben, und stelle fest, dass es mir etwas besser geht.

»Wölfchen? Möchtest du noch einen?« Mama wendet sich an meinen Vater. Eigentlich heißt er Wolfgang. Aber so nennt sie ihn nur, wenn sie sauer auf ihn ist. Dann ist das *Gang* nach dem *Wolf* ziemlich zackig.

»Wirf drauf, Marie«, sagt er vergnügt und tätschelt grinsend seinen Wohlstandsbauch. »Essen hält Leib und Seele zusammen. Gell, Fussel?«

»Ja, Papa.«

Schweigen. Nur das Geräusch von klapperndem Besteck und das Schmatzen von Peppi unterm Tisch ist zu hören. Ich lasse gelegentlich ein Fitzelchen Fleisch fallen, und Mama tut so, als merke sie nichts. Hunde dürfen nicht am Tisch gefüttert werden. Aber wenn man nichts mitbekommt …

Plötzlich seufzt meine Mutter auf, legt den Kopf schief und hält ihre Gabel wie einen Kerzenleuchter. »Fussel, was ist los? Ist mit dir und Tobias alles in Ordnung? Du wirkst etwas … unaufgeräumt.«

»Marianne, unsere Tochter ist nicht unaufgeräumt, sondern total verheult. Sag's doch, wie der Schnabel gewachsen ist.«

»Wolfgang, du bist ein gefühlloser Klotz!«

Ich verdrücke eine Träne und lege das Besteck zur Seite. »Hallo? Ich bin auch noch da? Und damit ihr es wisst, Herr Schüttke hat mich heute Morgen verlassen. Er vögelt seit einem halben Jahr eine andere. Kann ich einen Schnaps haben?«

»O Gott! Anni!« Meine Mutter legt die Gabel weg und eine Hand auf ihr Dekolleté. Mein Vater brummt Unverständliches ins Bierglas.

»Was hast du gesagt, Papa?«

»Nix. Ich hol Schnaps.«

Mama blickt auf. »Und was ist mit dem Nachtisch? Es gibt Spaghettieis. Das habe ich bei der Eisdiele geholt und in die Gefriertruhe gelegt.«

»Spaghettieis? Mama, du bist ein Schatz!«

Froh, etwas tun zu können, steht sie ebenfalls auf und eilt in den Keller. Ich füttere Peppi mit Knödel und weine leise in die Serviette.

Trennung Tag 1. Ich befinde mich in einem mentalen Wechselbad. In einem Moment will ich ihn nie wiedersehen, weil er mich betrogen hat, im anderen schießen mir die Tränen in die Augen, weil ich ihn vermisse. Seinen Geruch, seine vertraute Nähe. Ich hätte ihn jetzt gern um mich.

Herr Schüttke, du bist so ein Arsch!

»Ach guck, die Anni. Wie geht's?« Opa Franz trägt wie immer eine uralte Jeans, ein kariertes Hemd und Hosenträger.

»Könnte besser sein. Willst du Sauerbraten?«

»Nee, lass mal. Habe schon im Garten gegessen.«

Ich bringe ihm ein Bier. Ohne Glas. Weil richtige Männer aus der Flasche trinken, sagt er.

Opa setzt sich auf den freien Stuhl und nimmt das Bier entgegen »Bist eine Gute, Fussel. Danke. Schön kalt. So muss das! Die Lia is nich da?«

»Nee, Opa, sie ist doch seit einem Jahr auf La Palma.«

»Ach, stimmt!« Er verzieht das Gesicht und nimmt einen Schluck aus der Flasche. »Die Hirnzellen werden auch alt. Aber solange das Bier schmeckt. Und was macht sie da auf der Palme?«

Mein Vater kommt mit einer Flasche Himbeergeist und vier Gläsern zurück. »Mensch, Franz. Sie lebt dort. Weißte nich mehr? Nach der Ausbildung ist sie rüber auf die Kanaren und hat da einen Typ kennengelernt. Jetzt bauen sie ein Haus auf einem Berg.«

»Berg ist gut.«

»Gar nichts ist gut, Franz!« Meine Mutter stellt das Tablett mit dem Spaghettieis auf den Tisch. »Meine Jüngste ist weit weg. Viel zu weit. Ich kann nicht mal eben zu ihr, wenn sie krank sein sollte. Oder Schlimmeres.«

Papa brummt. »Beruhig dich, Marie. Die Lia ist erwachsen und weiß, was sie tut.«

»Ganz genau!«, bestätigt Opa Franz und hebt den Zeigefinger Richtung Mama. »Weißt du noch, als du nachts zu deinem Freund abgehauen bist? Zwei Stunden mit dem Zug, und wir wussten nicht, wo du bist. Du warst ein ganz schöner Wildfang. Und wenn ich mich erinnere, wie du …«

»Noch ein Bier, Opa?«, unterbreche ich seinen Redefluss, weil Mama gerade rot anläuft und ich ein Familienfiasko verhindern will. Der Vorteil: Das alles lenkt mich ein bisschen ab.

Aber nicht lange, dann sagt Mama: »Franz, unsere Anni ist von ihrem Mann verlassen worden. Er hat eine andere Frau.«

»Gut so.«

Wie bitte!?

»Papa! Wie kannst du nur so etwas sagen!?«, stößt meine Mutter aus.

»Also wirklich, Franz!«, donnert mein Vater.

»Ja, was? Ich konnte den Pimpf noch nie leiden. Hat sich immer gedrückt, wenn was im Garten zu tun war. Mit so einem kannst'e kein Brennholz machen, kannst'e nich! Der kriegt ja Blasen an die Hände, wenn er nur 'ne Axt anguckt.«

Für sein Alter ist mein Großvater noch richtig gut in Schuss. Das liegt an der frischen Luft und der Gartenarbeit. Das Holz für den Kamin hackt er immer noch selbst. Und er ist schonungslos ehrlich. Das habe ich schon immer an ihm geschätzt. Außer jetzt.

Ich werde mich heute betrinken. Jawohl. Und dann in meinem Kinderzimmer schlafen. Nach Hause mag ich nicht. Reicht es nicht, dass Bandit nicht mehr bei mir ist? Jetzt fehlen mir nicht nur mein vierbeiniger Seelenverwandter, Hundekissen, Futternäpfe und Spielzeug, sondern auch mein Mann. Und der steckt in jeder Ritze meines Lebens.

»Prost!«, sage ich und hebe das Schnapsglas.

»Jo, Mädel, hau weg die Scheiße!« Opa grinst und kippt den Himbeergeist runter wie Wasser.

Mama trinkt ausnahmsweise mit, verzieht das Gesicht und schnieft. »Ach Gott, wenn das die Lia wüsste.«

»Dass du trinkst?«, scherze ich. Sarkasmus kann ich.

»Nein, Fussel. Das du eine betrogene Ehefrau bist.«

»Das war jetzt hart!«

Opa starrt aufs Bier. »Das Leben *ist* hart.«

»Ach Gott, wenn das die Lia wüsste.«

»Mama, du wiederholst dich.«

»Sollen wir sie anrufen?« Sagt's und macht sich daran, das Telefon zu holen.

»Oh, nein!« Ich ziehe sie wieder auf den Stuhl zurück. »Du sagst ihr nichts, gar nichts. Du kennst Lia. Sie würde sofort alles stehen und liegen lassen und mich belagern. Und Mitleid ist gerade das Letzte, was ich brauche.«

»Gut, okay, wie du willst. Ich sage ihr nichts.« Mama macht die Reißverschlussbewegung vor ihren Lippen, und ich stelle fest: Spaghettieis mit Himbeergeist schmeckt richtig gut.

7

RASIERKLINGENSCHARF

Joshua

Die Fahrstuhltür ist im Begriff, sich zu schließen.

»Halt! Ich muss noch mit!«, rufe ich, beschleunige meine Schritte und bin erleichtert, dass die Tür sich wieder öffnet.

Normalerweise nehme ich die Treppen, aber ich habe wenig Lust, bis in den 6. Stock hochzukeulen. Oben angekommen würde ich das Hemd wechseln müssen, so verschwitzt wäre ich.

»Guten Tag, Frau Haberbeck. Danke schön.«

Die Marketingleiterin Hortense Haberbeck zuckt zusammen, als sie mich erkennt. Ihre braunen Haare sind streng zurückfrisiert. Sie trägt eine schwarzumrandete Brille, einen schlichten dunkelgrauen Hosenanzug, dazu eine steifgebügelte weiße Bluse. Die Uhr am Handgelenk ist ihr einziger Schmuck. Und sie besitzt keinerlei Humor. Auch keinen schwarzen. Haberbeck ist ohne Frage eine hervorragende Fachkraft, aber sie führt ein strenges Regiment und ist in Bezug auf Mitarbeiterführung und Empathie nicht gerade ein Aushängeschild.

»Oh? Herr von Greiffenberg, *Sie* hier?«

»Ja, ausnahmsweise. Ich habe eine Mittagspausen-

Besprechung mit Herrn Ebeling im Café Hauptwache. Und Sie essen heute im Büro?« Ich deute auf die Tüte mit der Aufschrift *Salatbares.*

»Ja, ich habe viel zu tun. Wir stehen kurz vor einer Reihe von Niederlassungseröffnungen. Aber das wissen Sie ja sicher.«

»Natürlich.«

Die Gute würde ganz ansehnlich aussehen, wenn sie die Haare offen tragen und die Lippen nicht immer so zusammenpressen würde. Doch selbst dann würde sie definitiv nicht in meine bevorzugte Zielgruppe von Frauen fallen. Nicht einmal annähernd. Ich schätze ihr Engagement für die Firma, damit hat es sich auch schon. Selbst wenn sie die attraktivste Frau in Frankfurt wäre, gehört sie in die Kategorie *Angestellte* und ist somit absolut tabu.

Etage Nummer 5. Ein bisschen gezwungen ist die Situation schon. Zudem mich ihr Parfüm an den Geruch von Kernseife erinnert. Aber auch für diesen verkrampften Topf Hortense Haberbeck wird es irgendwo einen Deckel geben. Ich wünsche ihr, dass sie ihn bald findet. Vielleicht wäre sie dann etwas lockerer und etwas weniger biestig zu ihren Mitarbeitern.

»Wie gefällt Ihnen Frankfurt?«, fragt sie, als sich die Tür öffnet und wir nebeneinander auf die große Doppeltür der Firmenräume zugehen. Im komplett verglasten Flur steht die Luft und es ist warm wie in einer Sauna. Ich frage mich, warum ich mich in das Geschäftsoutfit geworfen habe. Ich gehe mit meinem Firmenkompagnon nur was Essen. Auch wenn wir Geschäftliches besprechen, trägt dies nicht den offiziellen Meetingcharakter. Wahrscheinlich reine Gewohnheit. Firma – Anzug.

»Ich kenne Frankfurt ganz gut, Frau Haberbeck«, antworte ich schmunzelnd, lockere den Knoten meiner dunkelblauen Krawatte und öffne den obersten Knopf. »Es gibt zwar schöne Ecken, aber die liegen außerhalb der Bankenstadt. Dennoch ist der Standort goldrichtig.«

Noch bevor Sie etwas erwidern kann, betreten wir die Firma und begrüßen die Empfangsdame, die mich ansieht, als wäre ich ein Geist.

Haberbeck eilt zu ihrem verglasten Büro, ich bleibe stehen und nicke der jungen Frau zu. »Greiffenberg. Guten Tag, Frau Mayer.«

Sie läuft rot an. »Entschuldigen Sie, Herr von Greiffenberg, ich hatte Sie nicht gleich erkannt.«

»Das macht nichts, ich bin ja auch äußerst selten hier.«

Ich wünsche ihr noch einen angenehmen Arbeitstag und halte mich rechts. Am Ende des Ganges liegt Daniels Reich. Sein riesiges Büro besitzt als einziges geschlossene Wände, kein Glas. Ich bin von Anfang an gegen diese sichtoffene Bauweise gewesen, aber ich habe mich den Wünschen Daniels, der Bereichs- und Abteilungsleiter gefügt. Schließlich sind sie täglich hier, nicht ich.

Ein Mitarbeiter kommt mir entgegen. Mittleres Alter, ziemlich klein, graue Schläfen, Anzughose, hellblaues Hemd, Krawatte. Einer, der in Gegenwart seiner Vorgesetzten ständig leicht die Schultern hochzieht und wirkt, als wolle er sich permanent entschuldigen.

Er kommt mir bekannt vor, also muss er mindestens einer der Abteilungsleiter sein, die letztes Jahr auf dem zweitägigen Führungskräftemeeting gewesen sind. Karlsen? Genau, so heißt er. Ich nehme mir fest vor, mir bei nächster Gelegenheit die Fotografien zu den Namen der Mitarbeiter anzusehen, wenn ich schon so selten hier bin.

Etwas devot schwänzelt er auf mich zu und ergreift meine Hand. »Ach, wie schön, Sie wiederzusehen, Herr von Greiffenberg! Lange ist es her seit Starnberg. Ein halbes Jahr?«

»Ja, ungefähr. Guten Tag, Herr Karlsen. Was machen Frau und Kinder? Zwei, richtig?«

»Zwei Jungs, zehn und zwölf Jahre. Mein ganzer Stolz.«

Er lässt meine Hand los, und ich erdulde gentlemanlike seinen Wortschwall über die herausragenden, schulischen Leistungen seines Nachwuchses.

Plötzlich wird meine Aufmerksamkeit weg von politischen Ambitionen zwölfjähriger Sportskanonen abgelenkt und ich sehe an Karlsen vorbei durch die gläserne Front ins Großraumbüro – was er aber nicht zu bemerken scheint. Mit halbem Ohr höre ich ihm zu, mit allen anderen Sinnen fokussiere ich mich auf einen knackigen Hintern in einer eng anliegenden weißen Hose. Der gehört zu einer Frau mit einem blonden Haarknoten, die mit einem reizvollen Hüftschwung und einem Ordner unter dem Arm zu einem Kollegen schlendert.

Wie von selbst gleitet mein Blick auf lange Beine, wieder hoch über den Po zu wohlgeformten Hüften, die sie in Szene setzt, als wüsste sie, dass ich sie beobachte. Aber das ist nicht möglich, sie hat mir die ganze Zeit den Rücken zugewandt. Himmel, hat die Frau eine Hinterpartie! Wie gemacht dafür, ihr die Hände auf die Pobacken zu legen und sie genüsslich zu spreizen. Ich wäre kein Mann, wenn ich nicht zwangsläufig hinsehen müsste.

Sie hat unglaublich viele Haare, die locker am Hinterkopf zusammengesteckt sind. Einzelne Strähnen hängen lockig heraus, und am liebsten hätte ich ihr die Klammern aus der Mähne gezogen und gesehen, wie sich diese Haarpracht wallend entfaltet. Zudem kommt mir dieser Hintern bekannt vor. Ich kann ihn nur nicht einordnen. Ich kenne jede Menge Frauenhintern, aber ich mache ja nicht von jedem Po ein Foto, damit ich ihn nicht vergesse.

Erst als der Superhintern durch eine Tür verschwindet, dringt Karlsens Stimme wieder zu mir durch.

»Aber ich will Sie nicht weiter aufhalten. Sie sind …«

Scharf wie eine Rasierklinge. »… bestimmt auf dem Weg zu einem Termin?«

»Korrekt«, sage ich mit belegter Stimme und halte mir die Aktentasche vor den Schritt. Ich kann ja schlecht mit einem prominenten Ständer mitten im Firmenflur rumstehen. Ein Schwall eiskaltes Wasser würde helfen. Ich hüstle in meine freie Hand und sehe auf die Uhr. »Ich bin fünf Minuten zu spät.«

Und ich hoffe, das Essen zieht sich nicht zu sehr in die Länge, denn ich bin mit Leon zu einem entspannten Lauf mit Fitnessübungen verabredet. Seinem Knie scheint es wieder gut zu gehen.

Karlsen windet sich sichtlich verlegen und hebt entschuldigend die Schultern bis zu den Ohren, was ihm durch die angelegten Arme aussehen lässt wie einen Pinguin. »Und ich quatsche Sie zu. Dabei habe ich genug andere Dinge zu tun. Wünsche einen schönen Tag, Herr von Greiffenberg.« Eilig entfernt er sich und ich atme auf.

Blick nach unten. Gut. Er hat sich wieder beruhigt.

Bevor ich Daniels Büro betrete, scanne ich kurz das Großraumbüro. Sie ist nirgends zu sehen. Schade eigentlich.

Daniel steht am Fenster. Er telefoniert und hört mich nicht eintreten.

»Aber natürlich wird die Eröffnung wie geplant stattfinden, Frau Haberbeck. Leider kann ich nicht selbst einspringen, aber Herr von Greiffenberg wird das schon stemmen. Wissen Sie, ob das Catering bereits gebucht ist? Wenn nicht, wird's knapp. Ah, wunderbar. Sie sind eine Perle.«

Ich setze mich, schlage ein Bein über und verschränke die Finger. Daniel bekommt immer noch nicht mit, dass ich da bin.

Was macht er denn jetzt? Verwundert verfolge ich, wie er zum Schrank geht, eine Tür öffnet, in den an der Innentür angebrachten Spiegel sieht, sich etwas aus den

Schneidezähnen pult und es an der Anzughose abwischt. Mein Blick gleitet zum Schreibtisch. Dort steht ein Teller mit einem halben Nusshörnchen. Da haben wir den Übeltäter.

Daniel beendet das Gespräch, schließt die Schranktür und dreht sich um.

»Josh? Wie lange sitzt du schon da?«

»Nicht lange. Eine Sekunde, vielleicht zwei«, schwindele ich und deute auf das Nusshörnchen. »Kleiner Snack vorm Essen?«

»Du weißt, ich kann nicht an diesem Bäcker vorbei«, sagt er ertappt grinsend. »Wollen wir?«

»Klar.« Ich erhebe mich und wir verlassen sein Büro. »Ist die Website für den Shop in Barcelona mittlerweile fertig?«

Daniel runzelt die Stirn und fährt sich mit der Hand über die Halbglatze. »Stimmt, da müssten wir nachhaken. Lass uns rübergehen zur Webdesignerin, sie sitzt dran, soweit ich weiß.«

»Hättest auch Frau Haberbeck fragen können, sie müsste das wissen.«

»Hätte, hätte, Fahrradkette …« Er geht mit kurzen Schritten voraus Richtung Großraumbüro und späht dabei durch die Glasscheibe. »Hm, sie sitzt nicht an ihrem Schreibtisch. Bestimmt kurz auf dem Klo oder in der Abteilungsküche.«

Der Schreibtisch der Mitarbeiterin ist ein buntes Sammelsurium aus Post-its, herumliegenden Stiften, kleinen, mit Blümchenaufklebern verzierten Notizbüchern, bemalten Steinchen, drei halbvollen Kaffeetassen, einem Deoroller, zerknüllten Blättern und einer Tüte, auf der ein kleiner Rest einer Käse-Laugenstange liegt.

8

MAHAGONIMONSTRUM

Anni

Und was jetzt? Wird wohl nichts mit ewiger Liebe und Treue. Auch nichts mit Baby, rosa Kinderzimmer und neuem Familienhund.

Man klebe mir bitte ein Schild auf die Stirn. »Beachten Sie mich nicht weiter, mir ist gerade der Sinn des Lebens abhandengekommen.«

Und kann mal jemand dem verdammten Dauerregen sagen, er soll sich gefälligst verpissen? Reicht doch, wenn ich dauerheule, oder? O Mann, ich kann mich nicht mal krankmelden! Obwohl, Ablenkung ist nicht verkehrt. Sollte ich tun, bevor ich mich dazu hinreißen lasse, Tobis Whiskyschrank kleinzuhacken. Holzhacken soll ja befreiend wirken.

Ich will mich einfach nur noch verkriechen! Geht aber nicht, ich muss in die Firma.

Der Tag im Büro zieht sich. Gegen Mittag sind meine Tränengänge ausgetrocknet, die Barcelona-Website fast fertig und der wuchtige Schrank ist unversehrt. Es ist mir total schwergefallen, Herrn Schüttkes Heiligtum nicht anzurühren, nicht den teuren Inhalt der Flaschen in den Gulli zu kippen und die schweineteure Einzelanfertigung aus Mahagoniholz zu Brennholz zu verarbeiten. Bin ich froh, wenn dieses Ungetüm weg ist. Mahagoni passt sowieso nicht zu meiner hellen Einrichtung.

Ich werde an die Stelle einen gemütlichen Ohrensessel mit Leselampe stellen.

Gute Idee!

Hastig notiere ich auf einem Zettel: Ohrensessel, Fußhöckerchen, Beistelltisch, Leselampe.

Der Platz muss mit etwas gefüllt werden, das mich gute Laune bekommen lässt, sobald ich hinsehe. Ob ich allerdings jemals wieder in einen solchen Zustand zurückfinden werde, kann ich mir aktuell nicht vorstellen. Mir krampft sich dauerhaft eine Faust um die Eingeweide.

Außerdem ist mir leicht übel. Daran ändern auch die drei, vier Bissen von der Käse-Laugestange nicht viel. Der Hunger fehlt, es schmeckt alles nach nichts, selbst der Kaffee, und ich kann mich kaum auf die Arbeit konzentrieren. Meine Gedanken schweifen ständig ab. Und dann kommen mir die Tränen.

Dieser permanente Wechsel aus Wut, Traurigkeit und nicht zu wissen, wie es weitergehen sollkanndarf, macht mich fertig. Genauso wie die mitleidigen Blicke meiner Kollegen, die ich geflissentlich ignoriere. Selbst die Haferfleck hat mich heute noch nicht angesprochen. Gesehen hat sie mich, denn durch ihr verglastes Büro behält sie stets den Überblick über ihre Schäfchen. Auch jetzt sieht sie zu mir.

Entspannt arbeiten geht anders und ich stelle einmal mehr fest, wie unwohl ich mich im neuen Büro fühle. Ständig unter Beobachtung zu sein, fördert Druck, nicht Kreativität. Früher habe ich öfter die Füße auf den Schreibtisch gelegt und konzeptionell ins Leere oder auf etwas Schönes gestarrt. Das kann ich hier vergessen. Und mir wäre es lieber, ich müsste meine Chefin anrufen, anstatt durch Glas wortlos zu kommunizieren wie ein Fisch im Aquarium.

Früher hatte ich noch einen mich liebenden Ehemann.

Ich jage alle negativen Gedanken zum Teufel, nicke der Haferfleck zu und deute auf den Monitor. Haferfleck nickt mir durch ihre Brille ebenfalls und mit unbewegter Miene zu und winkt mich zu sich.

Mit drei Screenshots und dem Ordner für die Barcelona-Kampagne bewaffnet mache ich mich auf den Weg.

»Hey, Anni«, zischt Jan, mein Kollege, zuständig für Korrektorat und Textlayouts. »Geht's dir heut nicht gut? Du bist doch nicht gekündigt worden?«

Ich stütze mich auf seinem Schreibtisch ab. Wenn Jan nicht erst Anfang zwanzig wäre, könnte er fast mein Typ sein. Seine blonden Locken fallen ihm neckisch in die Stirn, er trägt ein farbenfrohes Mandalashirt und bunte, selbstgeknüpfte Bändchen am Handgelenk. Rein outfittechnisch wäre er eher was für Lia.

»Quatsch. Nein, bei mir ist alles bestens. Habe die Website endlich fertig. Muss jetzt zur Haferfleck.« Beim letzten Satz kopiere ich Haferflecks emotionslose Miene und presse die Wörter durch fast geschlossene Lippen. Dabei versuche ich, frohgelaunt und optimistisch zu klingen.

Gelingt mir nicht wirklich.

»Nach *alles bestens* siehst du aber echt nicht aus.«

»Stimmt. Alles beschissen passt besser. Achtung! Breaking News, breaking News: Mein Mann vögelt eine andere und hat mich gestern Morgen verlassen.«

»Oh, scheiße!«

»Besser könnte ich es auch nicht sagen. Ich gehe dann mal zum Drachen.«

»Warte.« Jan greift in seine Schublade und hält mir

einen Keks hin. »Du bekommst von mir feierlich den Bundesverdienstkeks überreicht. Fürs Bundesverdienst-kreuz reicht es leider nicht. Deswegen Keks.«

Doppelkeks. Mit Schokolade. Ich werde bald durch die Gänge rollen, anstatt zu gehen.

»Leg ihn mir auf den Schreibtisch, ja? Ich ignoriere ihn dann später. Bist ein Schatz, Jan«, sage ich zwinkernd.

Wir beide wissen, dass dieser Keks in meiner Nähe nicht lange überleben wird.

»Frau Rosen. Geht es Ihnen heute nicht gut?« Die Haferfleck sieht mich über den dunklen Rand der Brille an, als ich ihr Büro betrete.

»Könnte man so sagen, ja.« Ich lege den Ordner mit den Screenshots auf den Schreibtisch und habe wenig Lust, mein Privatleben vor ihr auszubreiten. Das gehört nicht hierher und schon gar nicht in Haferflecks Ohren. »Die Website für Barcelona ist fertig. Wollen Sie drüber gucken?«

»Schön. Das wird auch Zeit«, sagt sie in gewohnt unfreundlicher Weise, schenkt den Ausdrucken jedoch keinerlei Beachtung. Stattdessen ruht ihr prüfender Blick nach wie vor auf mir. »Mit Verlaub, sie sehen krank aus. Sie haben doch nichts Ansteckendes?«

Soll ich lachen oder heulen?

Ich lache. Die Tränendrüsen müssen erst wieder Nach-schub produzieren.

Okay, es ist ein eher verzweifeltes Lachen.

Dann sehe ich auf eine Mappe, auf der unübersehbar »Sozialplan« geschrieben steht.

»Garantiert nicht, keine Sorge. Sozialplan?« Ich deute auf die Mappe.

»Das ist nicht für Ihre Augen bestimmt gewesen.« Die Haferfleck wird plötzlich stockseif, legt die Unterlagen in eine Schreibtischschublade.

»Ach nein? Ich finde, Mitarbeiter haben durchaus ein

Recht auf Information. Insbesondere, wenn es um ihre Arbeitsstelle gehen sollte!«

»Frau Rosen!« Ihre Stimme wird scharf und instinktiv lasse ich mich auf den Stuhl vor ihrem Schreibtisch fallen. »Fahren Sie mal einen Gang zurück, ja? Das ist alles noch in der Entscheidungsphase.« Sie nimmt ihre Brille ab.

»Aber …«

»Denken Sie nicht zu viel. Herr von Greiffenberg und insbesondere Herr Ebeling sind sicherlich die letzten Menschen, die ohne gewichtige Gründe ihre Angestellten entlassen würden«, sagt sie plötzlich mit merkwürdig weicher Stimme, wie ich sie noch nie gehört habe.

Ist die Haferfleck trotz Stock im Arsch tatsächlich zu Emotionen fähig?

»Aber …«, wiederhole ich mich, doch sie unterbricht mich.

»Erzählen Sie mir bitte nicht, dass Sie wegen dieses Themas geweint haben. Oder täusche ich mich?«

»Nein, ich …«

»Ist jemand gestorben?«

Ja. Ich. Innerlich.

»Beinahe«, rutscht es mir heraus und ich winke ab. »Nein, niemand ist gestorben. Mein Mann hat mich gestern verlassen.«

So viel zum Vorsatz, Privates nicht in die Firma zu tragen. Den habe ich ja mächtig vergeigt.

»Hm«, sagt sie, setzt die Brille wieder auf und sieht sich die Screenshots an.

Ich nage auf einem Fingernagel herum und verschlinge die Beine unter dem Stuhl. Aus Haferflecks Miene ist nichts herauszulesen. Wenn's dumm läuft, will sie Design-Änderungen für die Eröffnungskampagne oder ich muss von vorne anfangen.

Schließlich blickt sie auf. »Gut gemacht, Frau Rosen.

Sie können die Seite live schalten. Und dann nehmen Sie sich Urlaub. Das Elend kann ja keiner mit ansehen.«

»Urlaub?«

»Sie wollen nicht?«

»Ähm, doch. Aber ich weiß nicht genau, wie lange. Das kommt jetzt etwas überraschend.«

»Ich schlage zwei Wochen vor. Wenn Sie verlängern müssen, melden Sie sich. Und jetzt gucken Sie mich nicht an wie ein scheues Reh.« Sie wedelt mit der Hand Richtung Tür. »Raus hier. Schalten Sie die Seite frei und dann sind Sie beurlaubt.«

Die Haferfleck hat eine Art an sich, eigentlich nette Dinge wie scharfe Befehle klingen zu lassen. Auch jetzt. Doch bevor sie es sich anders überlegt, springe ich schon zur Tür.

»Frau Rosen … Der Ordner.«

Auf dem Flur sehe ich den Ebeling durch die Eingangstür verschwinden. Er ist in Begleitung eines hochgewachsenen Mannes. Wahrscheinlich irgendein Geschäftspartner. Vielleicht aber auch der Greiffenberg. Den würde ich ja mal zu gerne kennenlernen und mir selbst ein Bild machen, ob er wirklich so ein heißer Typ ist, wie alle Frauen hier behaupten.

Nachdem ich meine Arbeit erledigt habe, google ich nach Reisezielen. Vornehmlich Städtereisen, da bin ich schön abgelenkt. Vielleicht eine Gruppenreise?

Ich bin noch nie alleine im Urlaub gewesen. Wellnessaufenthalte übers Wochenende mit Nascha zählen nicht. Urlaub heißt für mich, stundenlang irgendwo hinfahren oder hinfliegen. Sonst mit Tobi, jetzt mutterseelenallein.

Mir schießen Dinge in den Kopf, über die ich noch nie nachgedacht habe.

Ich muss fliegen und allein mit einem Mietwagen fahren. Ich werde allein in einem Hotelzimmer übernachten, allein Ausflüge machen und allein essen. Allein in einem fremden Land am Strand liegen und aufs Meer sehen.

Moment. Strand? Meer?

Sofort springt mir der perfekte Urlaubsort in den Kopf. Einer, der weit genug weg ist, um Urlaubsfeeling zu bekommen, und nah genug, um nicht ewig im Flugzeug zu sitzen. Mallorca.

Ja, warum nicht? Der Flug ist nicht so lange und dort ist es noch schön warm. Außerdem kenne ich mich auf der Insel ein bisschen aus. Tobi … Herr Schüttke und ich sind schon dreimal dort gewesen. Ich muss mir nur eine Ecke aussuchen, an der wir zuvor noch nicht gemeinsam gewesen sind, sonst heule ich mir wochenlang die Augen aus dem Kopf.

Die nächste halbe Stunde sehe ich mir ein paar Hotels, Ferienwohnungen und Fincas an und drucke zwei Favoriten aus. Anschließend verabschiede ich mich von Jan.

»Das ist ja ein Ding«, sagt er verblüfft.

»Allerdings. Aber was noch ein Ding ist …« Ich überlege, ob ich ihm die Sache mit dem Sozialplan erzähle, lasse es aber. Es besteht ja immer noch die Möglichkeit, dass er nicht umgesetzt wird, und ich muss Jan ja nicht unnötig beunruhigen. »Es wird das erste Mal sein, dass ich allein verreise und mit einem Mietwagen unterwegs bin.«

Auf der Autobahn rufe ich meine Freundin an.

»Hi, ich bin's. Nascha, ich fliege in den Urlaub. Muss nur noch buchen. Darf ich dich um einen Gefallen bitten? Es wäre super, wenn du dich mit Herrn Schüttke in Verbindung setzt und im Haus bist, wenn er seine Möbel holt. Bei meiner Rückkehr will ich keine Büroklammer mehr von ihm in meinem Haus sehen.« Stille. »Nascha? Noch dran?«

»Klar«, höre ich sie schnaufen. Wahrscheinlich sprintet sie gerade irgendeinen Hügel im Odenwald hoch. »Moment … Luft holen … So. Jetzt. Du verreist? So spontan? Wohin? Wie lang? Warum? Nein, vergiss die letzte Frage, ist ja klar, warum. Aber allein? Oder mit jemandem zusammen?«

»Kannst du mir bitte, bitte erst meine Frage beantworten?«

»Ach so, ja, natürlich. Klar, mach ich. Ich ruf den Idioten an, kläre das und bin dann vor Ort. Du kannst dich auf mich verlassen.«

»Danke, Freundin.« Dann erzähle ich ihr den Rest und bin froh, sie zu haben.

Urlaub. Die folgenden Tage schleudere ich das Wort wiederholt durch meine Gehirnwindungen und kaue es mehrmals durch. Selbst nachdem ich schon längst gebucht habe.

Fühlt sich immer noch ganz okay an.

Ganz okay. Mehr nicht. Aber ein Tapetenwechsel tut mir gut, zumal ich auf der Insel garantiert keinem Herrn Schüttke über den Weg laufe.

9

WIDERLICH DEKADENT

Anni

Es ist einfach herrlich hier auf meiner Finca in Inca, irgendwo in Mallorcas Inselmitte zwischen Palma und Pollenca.

Die erste Woche ist fast rum und ich kann nackig auf dem Grundstück rumlaufen und im Pool schwimmen, ohne dass mir einer auf den Bauchnabel gucken kann. Somit hake ich einen Punkt vom Zettel an meinem Kühlschrank in Deutschland gedanklich ab.

Tobi fehlt mir. Aber weniger als zu Hause. Logisch eigentlich, denn in der Finca erinnert mich nichts an ihn. Trotzdem ertappe ich mich dabei, wie es wäre, wenn er morgens beim Aufwachen neben mir liegen würde.

Ich hab das zweite Kopfkissen in den Schrank gestopft.

Mist, jetzt muss ich schon wieder heulen!

Immerhin habe ich Ablenkung, denn ein Leben auf einer Finca kann die ersten Tage ganz schön anstrengend sein. Zumindest wenn essenzielle Dinge fehlen wie Gewürze, Mehl, Öl und Geschirrspülmittel. Zum Glück sind jede Menge Einkaufsmöglichkeiten in der Nähe, und ich bin heilfroh, dass ich nicht irgendwo in der Pampa, sondern nah am Rand einer großen Ortschaft in der Zona

Residencial S'Ermita untergekommen bin. Der Begriff hört sich toll an, bezeichnet jedoch lediglich ein Wohngebiet. Hier stehen auf sehr großen Grundstücken ausschließlich Fincas. Alle sind mit Zäunen umgeben, auf manchen stehen Mandel- oder Olivenbäume, auf anderen unzählige Orangenbäumchen. Die meisten halten sich Esel, Pferde oder Schafe, welche die Gräser niedrig halten.

Meine Finca liegt dennoch einsam, wie alle in dieser Gegend. Sie ist umgeben von Natur und doch erreiche ich mit einem kurzen Spaziergang von etwa zehn Minuten den nächsten Eroski.

Was hab ich gelacht. Aber nein, damit ist kein Pornoschuppen gemeint, sondern Supermärkte, die man mit deutschen Pennymärkten vergleichen kann. Und so einer liegt etwa zehn Minuten Fußmarsch von mir entfernt. Ich könnte auch bei Aldi und im Müllermarkt einkaufen, doch dazu müsste ich mich ins Auto setzen und ans Ende der drittgrößten Stadt Mallorcas fahren. Aber ich bin in Spanien, da will ich auch spanisch einkaufen, nicht deutsch. Und sich selbst zu versorgen, ist günstiger, als Essen zu gehen. Die Finca ist teuer genug und im Restaurant am Tisch allein essen kann ich mir beim besten Willen nicht vorstellen.

Am Anfang der ersten Woche habe ich fasziniert vor der Fischtheke im Eroski gestanden, ratlos auf die kleinen Sardellen gezeigt und gefragt, ob das die wären, die man frittieren kann. Die Fischverkäuferin hat mich nicht verstanden, bis auf ein Wort.

»Fritos?«, hat sie wissen wollen, und ich habe genickt und mich geschämt, dass ich kein Spanisch spreche. Also hatte ich die Googleübersetzung gestartet, in Deutsch eingesprochen und es ihr auf Spanisch vorlesen lassen.

Daraufhin ging ein breites Lächeln über ihr Gesicht und sie hat mir mit Händen und Füßen erklärt, wie ich die leckeren Boquerones Fritos zubereite, und dabei netterweise gekonnt die Köpfe entfernt. Ich muss die Sardinen nur waschen, trockentupfen, in eine Tüte mit Mehl geben und salzen. Das Ganze wird kräftig geschüttelt und dann ab damit ins heiße Öl. Fertig. Und absolut köstlich. Dazu gibt es Zitrone, Weißbrot und Aioli, Tomaten und Oliven. Und Rotwein – ganz wichtig.

Seitdem bereite ich mir fast täglich fangfrische Sardinen zu. Geht schnell und ist ein guter Eiweißlieferant. Leider auch eine noch bessere Fettquelle. Aber es gibt gerade anderes, das mir mehr zu schaffen macht als ein paar lächerliche Genusspölsterchen.

Also gönne ich mir Nachtisch bis zum Abwinken. Zum Beispiel Helado de almendra, ein Mandeleis aus mallorquinischen Mandeln, Mandelmilch, Zitronen und Zimt, dazu die ultimative Todsünde – Ensaimada! Das süße Gebäck zergeht im Mund, ist herrlich fluffig und ich kann gar nicht genug davon bekommen. Auch wenn es nur aus Mehl, Schweineschmalz, Zucker und Puderzucker besteht. Die Mallorquiner sind so vernarrt in das Zeug, dass sie jedes Jahr bei einem Volksfest in Porrees Mitte August eine 50 Kilo schwere Riesensaimada verschnabulieren. Schade, dass schon Oktober ist.

Auch wenn die warme Sonne und das Schwimmen im Pool oder im Meer meiner Seele guttun, fühle ich mich in der großen Finca doch ein bisschen verloren.

Sie besitzt zwei Schlafzimmer, zwei kleine Bäder und einen großen Wohnküchenraum mit einem wuchtigen Holztisch aus dunklem Holz und acht typisch spanische, hochlehnige Stühle. Acht! Ich kann es mir aussuchen, ob ich abends vom dunkelbraunen Zweisitzersofa, einem der beiden Sessel oder vom Tisch aus fernsehe. Es gibt auch einen Kaminofen für kalte Abende. Einmal habe ich ihn anheizen müssen, als die Temperaturen kurzfristig für eine Nacht in den Keller gerutscht sind.

Was mir jedoch fehlt, sind meine kleinen Herzschmeicheleien, die mich zu Hause überall umgeben. Hier ist es zwar schön mediterran und auch gemütlich, und die riesige Palme am Pool ist Urlaubsfeeling pur, dennoch ist alles recht einfach und zweckmäßig gestaltet.

Schmucklose Teller, einfarbige Tassen, zwei alte Fotografien an der Wand, wie die Finca vor dreißig Jahren ausgesehen hat, ein Regal mit abgegriffenen Büchern, Landkarten und Gesellschaftsspielen. Es gibt außer den Badvorlegern keine Teppiche. In den wärmeren Monaten mag das angenehm sein, aber selbst jetzt im Oktober sind die Terrakottafliesen gerade morgens etwas fußkalt. Keine Vorhänge, nur einfache Verdunklungsrollos in den Schlafzimmern. Und die Bettwäsche besteht aus dicken, uralten Wolldecken ohne Bezug und weißen Laken, die einfach darübergelegt sind. Demnach habe ich die ersten Tage viel zu tun. Wolldecken waschen zum Beispiel. Und herausfinden, wo ich Bettwäsche herbekomme. Das ist gar nicht so einfach.

Schließlich bin ich beim Besuch des wöchentlichen Marktes in der dörflich anmutenden Innenstadt auf dem Rückweg an einem Laden vorbeigekommen, in dem es alles gibt, auch hübsche Bettwäsche.

Und ich versuche, nicht an Herrn Schüttke zu denken. Gelingt mir nur unzureichend.

Heute ist es heiß und fast windstill.

Bei gefühlten vierzig Grad im Schatten schleppe ich mich durch den Kiefernwald einige Serpentinen recht steil aufwärts. Erst seit zwanzig Minuten bin ich unterwegs zum Gipfel *Penya Rotja* in der Nähe von Alcudia und schon fertig wie eine Rübe. Mir läuft das Wasser aus allen Poren. Aber was mich nicht umbringt, macht mich nur härter. Außerdem wollte ich sowieso fitter werden.

Selbsterwähltes Schicksal. Da muss ich jetzt durch.

Wie angenehm, dass Nascha mich gerade in dem Moment anruft, als ich aus dem letzten Loch pfeife.

»Alles erledigt«, teilt sie mir freudig mit. »Herr Schüttke ist komplett aus deinem Haus verschwunden.«

»Danke«, presse ich heraus, setze mich auf einen knie-hohen Stein, die hier zuhauf rumliegen, und nehme einen langen Schluck aus der Wasserflasche. Für eine Handvoll Wimpernschläge steige ich mit einem One-Way-Ticket in den Sonderzug Richtung dramatische Umwälzung meines Lebens ein.

Nun ist es also amtlich. Das trifft mich hart, hätte ich nicht vermutet.

Der Unterschied zwischen Theorie und Praxis ist ja, dass die Theorie eben nur ein Gedankengebäude und demnach noch nichts passiert ist. So lange kann sich noch alles ändern. Tobi hätte sich reumütig zeigen und zu mir zurückkommen können. Natürlich hätte ich ihn zappeln lassen, aber letztlich sehne ich mich nach ihm und mögli-cherweise hätte ich ihm verziehen.

»Nichts zu danken. Habe ich gern gemacht«, sagt Nascha. »Der Auszug ging ratzfatz. Herr Schüttke ist mit einem Umzugszugsservice angekommen und die Männer haben alles eingeladen, auf das du diese gelben Totenköpfe geklebt hast. Wo gibt's die Dinger? Und wie war deine erste Woche auf der Finca? Gott, wie ich dich beneide! Eine Finca nur für dich allein!«

Nascha spürt offenbar, wie ich gerade in mir zusam-mensacke und versucht, mich abzulenken, die Gute.

»Danke, Freundin. Zu deinen Fragen: Die Aufkleber gibt's im Internet. Beschissen. Und Neid ist unangebracht.«

Nascha hat Frühstückspause und wir plaudern ein paar Minuten. Das heißt, sie bedauert mich ein bisschen und schimpft auf Herrn Schüttke.

Ja. Mach ihn schlecht, mach ihn mies. Das ist gut so!

Ab und zu braucht man eine Freundin, die einen fest in

den Arm nimmt und leise sagt: Hinten im Garten, unterm stacheligen Feuerdorn. Findet nie jemand.

»Jetzt ist aber gut mit Dutzidutzi, Anni. Warum nagelst du dir eigentlich einen einsamen Finca-Aufenthalt ans Bein? Ist es auf der Insel nicht so, dass diese Fincas alle weit auseinanderstehen, weil die mindestens drölftausend Quadratmeter Grundstück haben müssen, um ein Haus drauf bauen zu dürfen?«

»Siebzehntausend. Hat mir der Vermieter erzählt.«

»Ist doch egal. Auf jeden Fall ist der nächste Nachbar weit weg. Hättest du nicht in ein Hotel gehen können? Menschen, Ablenkung, Party?«

»Familien mit kleinen Kindern und verliebte Paare? Nein, danke. Da würde ich mich nach drei Tagen im Pool ersäufen.«

»Single-Hotel?«, wirft sie vorsichtig ein.

»ONS-Absteige! Brauch ich wie einen Pickel am Po. Lass stecken, Nascha. Ich fühle mich wohl in der Finca. Hier kann ich die Seele baumeln lassen, nackig im Pool schwimmen und nebenbei den ganzen Mist verarbeiten.«

Ich höre, wie Nascha die Wangen aufbläst, und habe das Bild im Kopf von einem Erdhörnchen mit einem Wintervorrat an Nüssen in den Backentaschen. »Verarbeiten? So schnell geht das nicht. Schon gar nicht allein und nebenbei.«

»Wie ist das Wetter in Deutschland?«, lenke ich ab.

»Bis zum goldenen Oktober dauerts wohl noch ein Jahr«, meckert sie. »Es ist kalt und windig, es regnet permanent, und wenn das so weitergeht, bekomme ich noch den Herbstblues.«

»Herbstdepression«, korrigiere ich. »Aber die ist schon für mich reserviert. Die anderen sind Winterblues, Frühjahrsmüdigkeit und Sommerloch. Wenn ich es recht überlege, habe ich alle vier auf einmal. Hier ist übrigens fantastisches Wetter. Bin heute Morgen schon im Pool geschwommen.«

»Das ist widerlich dekadent, Frau Rosen. Ich liebe es! Oh, Pause ist um. Ich muss. Heute Abend quatschen wir 'ne Runde, okay?«

Eine Stunde später bin ich oben angekommen, habe Blasen an den Fersen und setze mich auf ein Felsplateau, unter dem es steil nach unten abfällt. Die Flasche Wasser ist leer. Ich steige auf Kaffee um.

Dumpf in die Natur starren und dabei am Kaffee nippen ist so meins. Nichts denken, nur gucken. Und im Selbstmitleid baden.

Die Aussicht hier oben ist großartig. Aber der Weg dorthin hat alles aus mir rausgeholt.

Mittlerer Schwierigkeitsgrad, kein Problem, hat die kleine Gruppe aus zwei Frauen und ihren Männern gesagt. Teilweise schmale, aber machbare Trampelpfade. Eine Stunde hin, eine zurück. Alles easy.

Von wegen easy! Für euch vielleicht. Für mich nicht!

Auf meiner inneren Wegbeschreibung steht: extrem anspruchsvolle Wanderung auf steinigen Bergpfaden mit höllisch steilen Aufstiegen. Sie sollten trittfest und schwindelfrei sein.

Morgen werde ich meine geschundenen Muskeln schonen und mich im Schatten am Pool wundliegen.

Ich nippe am Kaffee und lasse meine Blicke schweifen. Keine Wolke steht am Himmel. Ich kann weit über das Meer sehen, sogar bis zur Nachbarinsel Menorca. Tief unter mir liegt die dicht bewaldete Landzunge *Cap des Pinar*. Mein Ziel des heutigen Tages. Leider ist es verboten, bis ganz ans Ende des Caps zu gehen, denn dort ist militärisches Sperrgebiet und das darf nicht betreten werden.

Fasziniert rutsche ich näher an den Rand des Plateaus und sehe nach unten auf das dunkelblaue Wasser. Je dunkler, desto tiefer.

Es gibt Menschen, die würden da runterspringen. Todesmutige Klippenspringer. Das würde ich mich nie trauen. Auf dem Weg nach unten bekäme ich sicher einen Herzinfarkt und wäre tot, bevor ich wie ein Stein auf der Wasseroberfläche aufschlage.

Wie es wohl wäre, wenn ich falle?

Niemand würde mich finden, hier ist es absolut entvölkert und frei von allem Zivilisationslärm. Und Tobi würde verzweifelt sein, sich die Schuld geben und niemals mehr glücklich werden.

Hastig bringe ich mich wieder in sichere Entfernung zum Abgrund. Mein Herz klopft wild, so erschreckt bin ich über meine Gedanken. Was ist da nur in mich gefahren? Ich bin hier, um mich das erste Mal in meinem Leben ausschließlich auf *mich* zu konzentrieren und zu heilen. Und nicht, um über den Klippenrand zu springen!

Tief atmen, langsam atmen. Ein und aus. Solche Gedanken sind völlig normal.

Sie sollten aber nicht zum Dauerzustand werden.

Das Herzklopfen lässt nach, stattdessen rinnen mir die Tränen in Bächen die Wangen hinunter und tropfen in den Kaffeebecher. Verdammt!

Gut, ich bin allein. Na und? Manche finden in der Einsamkeit Erleuchtung, kann also nicht so verkehrt sein.

Also blicke ich mich um und lasse die imposante Landschaft auf mich wirken.

Außer mir ist kein Mensch zu sehen. Lediglich ein paar Grillen leisten mir Gesellschaft. Und das gelegentliche Zwitschern von Vögeln. Ein warmer Wind pustet mir tröstend ins Haar. Ich strecke die Füße aus, nippe am Kaffee und … fühle mich so einsam wie noch nie zuvor.

Wenn Tobi neben mir säße, würde er sagen. »Es ist so schön hier.«

Und ich würde antworten: »Wunderschön.«

Dann würden wir beide selig seufzen, ich meinen Kopf

an seine Schulter legen und mit ihm zusammen all das genießen, was in ganzer Pracht und Stille vor uns liegt.

Ich wische mir die Tränen weg – bringt nicht viel, irgendjemand hat den Stöpsel gezogen.

Das Schlimmste ist, wundervolle Momente mit niemandem teilen zu können.

Auf dem Rückweg heule ich die Tanks leer.

Zwischendurch muss ich anhalten, weil die Blasen an den Füßen mittlerweile aufgegangen sind. Ich klebe Blasenpflaster drauf – Tipp von Mama. Ohne sie hätte ich nicht daran gedacht. Unter halbwegs erträglichen Schmerzen gehe ich weiter. Und als ob das noch nicht reicht, raschelt es neben mir am Hang, als würde gleich ein Gebirgslöwe aus dem Unterholz brechen.

Kurz vor dem Wanderparkplatz der ehemaligen Einsiedelei ‚Ermita de La Victoria‘ gibt es nichts, wohinter ich mich verstecken könnte. Wegrennen? Nein, Raubtiere sind schneller. Also spiele ich Baum. Nicht atmen, nicht bewegen, nur dastehen. Und hoffen, dass mir das Herz nicht aus der Brust springt.

Eine Ziege mit großen Hörnern springt den kleinen Hang hinunter, landet direkt vor meinen Füßen und läuft weiter.

Eine Ziege! Nur eine Ziege, du Hasenfuß!

Aber solche Hörner können gefährlich werden. Darf man nicht unterschätzen.

Plötzlich raschelt es erneut und ich atme erleichtert auf, als eine Ziegenmama mit zwei kleinen Zicklein meinen Weg kreuzt. Das eben muss dann wohl der Vater gewesen sein.

Ziegenfamilie. Harmlos. Himmel, bin ich ein Angsthase.

Immerhin hat mir die überraschende Begegnung die Tränendrüsentanks zugestöpselt.

Ich schüttele den Kopf über meine Schreckhaftigkeit und muss sogar lächeln. Das erste Mal heute.

Notiz an mich: gelächelt. Kreuz im Kalender machen.

An der Einsiedelei überquere ich den Parkplatz und setze mich auf eine Natursteinmauer, um noch ein bisschen die herrliche Aussicht zu genießen. Hier oben auf der Halbinsel von Alcudia ist die Berglandschaft zwar nicht so absolut idyllisch und unberührt wie oben am Cap, aber dennoch weit ab vom Massentourismus. Mir bietet sich ein zauberhafter Ausblick auf das ‚Cap de Formentor' und die Bucht von Puerto de Pollença. Ein schöner Ort, um zur Ruhe zu kommen.

Ich freue mich auf den Rückweg, der mich auf der Herfahrt an hübschen Villenorten wie Mal Pas, Marina Manresa und am Jachthafen vorbeigeführt hat, entlang an vielen kleinen Buchten, stets mit famosem Blick auf die gegenüberliegende Halbinsel Formentor. Ach, ich bin einfach nur glücklich, hier zu sein.

Ich beschließe jedoch, nicht sofort wieder zurückzukehren, denn der Tag ist noch lang und das Wetter ein Träumchen. Spontan parke ich auf dem kleinen Parkplatz eines Strandrestaurants an der Cala Victoria.

Das Restaurant öffnet erst um zwölf, muss ich auf dem Schild lesen. Dafür schließt es schon wieder um sechs. Macht nichts. Ich habe sowieso Lust auf eine Abkühlung im Meer. Leider habe ich meine Badesachen nicht dabei. Aber immerhin ein Handtuch im Kofferraum. Beim nächsten Ausflug muss ich mir unbedingt den Bikini mitnehmen. Wer weiß, ob ich nicht wieder so unverhofft eine romantische Bucht entdecke.

Der kleine, halbmondförmige Strand ist mit großen, glatten Kieseln übersät. Ich suche mir eine Stelle mit Sand, breite das Handtuch aus, rolle die Hosenbeine bis kurz unters Knie hoch und schlüpfe aus den Wanderschuhen.

Wie auf Eiern laufe ich über die großen Kieselsteine, bis das kühle Meerwasser meine Waden umspielt. Was für eine Wohltat!

Ich gehe einen Schritt weiter – und schreie auf!

Im nächsten Moment liege ich bis zum Hals im Wasser und japse vor Schreck nach Luft.

Der Strand ist an dieser Stelle definitiv nichts für kleine Kinder. Er fällt im Wasser plötzlich ab und mir war, als hätte ich zwei Treppenstufen übersehen.

Aber wenn ich schon mal nass bin, kann ich auch ganz hinein, oder?

Mit der Sonnenbrille in der nach oben ausgestreckten Hand hole ich Luft und tauche kurz ab, bis auch mein Kopf von erfrischender Kühle umgeben ist.

Zurück am Handtuch schnappe ich mir meine Sachen und wechsele hinter einen größeren Stein. Die Klamotten müssen trocknen, dazu muss ich mich ausziehen.

Zum Glück ist außer mir nur ein junges Pärchen am Strand. Und die sind weit genug weg. Außerdem bietet sich der Stein als Wäscheständer an, gibt mir ein bisschen Sichtschutz und ich kann trotzdem aufs Meer sehen.

Nachdem ich einen Apfel gegessen habe, creme ich mich mit Sonnenmilch ein, lege mich auf den Bauch und genieße die Sonne auf meinem Körper. Der leichte, warme Wind fühlt sich ein bisschen an, als würde er mich streicheln. Das ist schön.

Entspannt schließe ich die Augen – und erschrecke, als etwas Kühles auf meinen Rücken tropft.

»Hallo? Hallo, junge Dame. Aufwachen.«

Langsam öffne ich die Augen. Meerwassergeruch. Kiefernbäume. Meine Lippen reiben aufeinander wie Sandpapier. Ich muss eingeschlafen sein.

So dynamisch wie ein Stück Treibholz setze ich mich auf und schirme mit der Hand die Augen ab. Vor mir steht eine ältere, ziemlich übergewichtige Dame. Wirft schön Schatten.

»Hallo«, sage ich.

»Junges Fräulein. Wenn Sie sich nicht mal auf den Rücken legen, wird der Sonnenbrand richtig schlimm.«

Sonnenbrand? Wie lang habe ich geschlafen?

»Danke schön«, strahle ich sie an. »Ich muss weggenickt sein.«

»Ganz gefährlich in der Sonne. Die Stärke der Strahlen wird unterschätzt. Immer. Selbst im Oktober. Haben Sie Sonnencreme? Ich kann Ihnen den Rücken einreiben, wenn Sie wollen. Da kommt man ja so schlecht hin.«

»Sehr lieb von Ihnen, aber ich muss jetzt sowieso gehen.«

»Besser ist das. Gehen Sie in den Schatten, ins Kühle. Wünsche Ihnen noch einen schönen Abend«, sagt's und watschelt ins Wasser.

Abend?

Ich sehe auf die Uhr am Handy. Du liebe Güte! Es ist schon kurz vor fünf? Nun, der Körper holt sich, was er braucht. Wenigstens klebt mir kein Eispapier im Gesicht.

Beim Anziehen begutachte ich meine Schulter – auf den Rücken kann ich nicht gucken, fühlt sich aber nicht schlimm an. Ja, die Schulter ist leicht gerötet, nichts Dramatisches. Die 50er Sonnenmilch hat erstaunlich lange gehalten. Vielleicht hat der Steinschatten auch sein Übriges dazu beigetragen und das Übelste verhindert.

Eine knappe Stunde später stehe ich mit laufendem Motor vor dem Rolltor der Finca und drücke den Knopf der Fernbedienung. Zwangsläufig blockiere ich so für eine kurze Zeit die schmale Straße. Doch hier ist so wenig Verkehr, in einer Woche ist mir erst ein einziger Wagen entgegengekommen.

Endlich öffnet sich das Tor so weit, dass ich durchfahren kann, gebe Gas – und würge den Wagen ab. Zeitgleich hupt einer hinter mir, als stünde er am Anfang eines Hochzeits-Auto-Konvois. Nur, dass er der einzige Wagen in der Kolonne ist.

Im Rückspiel erkenne ich ein rotes Cabrio.

Beim nächsten Atemzug falle ich vom Glauben ab.

10

WASSERMELONENPLAUDEREI

Joshua

*M*urcia, spanisches Festland, abends.
Was für ein Tag! Erfolgreich, aber auch anstrengend.

Nach einer langen, lauwarmen Dusche liege ich im Bademantel auf dem weichen Kissen der Sonnenliege und blicke entspannt in die Ferne aufs Mittelmeer, den Horizont und immer wieder schiebt sich das Gesicht einer süßen Blondine vor mein inneres Auge.

Finden Sie es raus!

Garantiert finde ich es raus! Gleich, wenn ich wieder in Deutschland bin. Das steht auf meiner To-do-Liste ganz oben.

Wo ich die Suche beginnen soll, weiß ich noch nicht. Vielleicht verbringe ich einen Nachmittag am Café vor der Tiefburg. Dort ist bei schönem Wetter ordentlich was los und erhöht möglicherweise die Chance, ihr über den Weg zu laufen. Rein zufällig. Gute Idee!

Ich frage mich, warum mir diese Frau nicht mehr aus dem Sinn geht. Sie ist so ganz anders als der Frauentyp, von dem ich mich sonst angesprochen fühle. Und trotzdem muss ich immer wieder an sie denken. Wahrscheinlich, weil sie bei meinem Anblick nicht wie die meisten sofort Sternchen in die Augen bekommen hat. Zudem hat mich noch nie eine Frau einfach stehen lassen, als wäre ich ein pickliger Teenager.

Kurz schießt mir in den Sinn, ob ich mir in Gedanken an sie Erleichterung verschaffen könnte, doch selbst dazu bin ich zu müde. Die Shoperöffnung mit Opening-Party in Murcia ist ein voller Erfolg gewesen. Den halben Tag lang habe ich gelächelt und mich mit allen möglichen Menschen unterhalten, die im besten Fall neue Kunden von GrowDeLuxe werden. Kunden wünschen sich persönlichen Kontakt und eine Bezugsperson und ein Gesicht zum Geschäft. Natürlich habe ich ihre Wünsche versucht zu erfüllen. Auch die Aktionen sind gut angekommen: Buffet mit Tapas, spanische Süßigkeiten und Obst, kostenlose Getränke, Modenschau, Verlosungen und der Auftritt einer spanischen Sängerin mit ihrem Gitarristen. Bereits heute ist der Umsatz sehr gut gewesen. Viele haben das ein oder andere Kleidungsstück probiert, gekauft und ein weißes Shirt mit unserem Emblem als Geschenk erhalten.

In einer Hand halte ich eine Flasche kühles Bier, in der anderen die Fernbedienung. Ich bin mir jedoch unschlüssig, ob ich die Kiste einschalten soll. Im Hotel gibt es zwei deutsche Sender und es ist kurz vor acht. Nachrichtenzeit. Im Grunde genommen will ich sie mir nicht antun. Die Sender sollten ihre Nachrichten umgehend *nachrichten*. Schon seit ein paar Jahren ist die Berichterstattung mehr und mehr zu einer Aneinanderreihung von Katastrophen verkommen. Fünfzehn Minuten Horrornews. Latente Botschaft: Die Welt ist schlecht, die Menschen noch schlechter und wählt wieder die Partei wie das letzte Mal. Einschalten und Weltuntergangsstimmung bekommen. Nein, danke!

Es reicht, dass mir Daniel die Dosis unleidlicher News

des Tages beim gemeinsamen Essen in Frankfurt verabreicht hat. Das genügt für eine Weile.

Er wollte einen Sozialplan, um den Gewinn zu optimieren. Schwachsinn! Und verwerflich obendrein! Begründet hat er diesen Vorschlag mit Beobachtung und Analyse potenzieller Konkurrenten aus unserer Brache. Daniel und Marktbeobachtung? Guter Witz! Er sollte in seinem Bereich bleiben, nicht in meinem, und dort mehr tun, als Kosten optimieren zu wollen.

Demnach habe ich ihm den Zahn schnell gezogen. Nur weil der ein oder andere wesentlich größere Mitbewerber eine geringfügig höhere Gewinnrate ausweist, muss man nicht gleich wertvolles Fachpersonal auf die Straße setzen. Bei GrowDeLuxe ist jede Arbeitskraft wertvoll! Sonst hätten wir sie nicht eingestellt. Im Übrigen liegt bei der Konkurrenzanalyse der Fokus nicht auf Umsatz oder Gewinn der Konkurrenz, sondern auf deren Stärken und Schwächen. Das Ziel ist es, aus den Ergebnissen Best Practices zu ermitteln, die man in seinem eigenen Unternehmen umsetzen kann.

Am Ende ist Daniel ziemlich kleinlaut gewesen und hat seinen unqualifizierten Entwurf eines Sozialplans durch den Schredder gejagt. Seitdem reden wir nicht mehr miteinander. So ist Daniel eben. Kritikunfähig und stur. Wenn es nicht nach seinem Kopf geht oder er Fehler zugeben müsste, ist er beleidigt wie ein kleines Kind, das den Schokoriegel an der Supermarktkasse nicht bekommt. Aber erfahrungsgemäß gibt sich das wieder.

Ich nehme einen Schluck aus der Flasche und will gerade nachsehen, was der Kühlschrank so hergibt, da klingelt mein Handy. Am Klingelton erkenne ich, dass Fee mich sprechen will.

»Guten Abend, meine liebste Tochter von allen, was gibt's?« Ich schalte auf Lautsprecher und stelle erfreut fest, dass eine halbe Wassermelone auf mich wartet.

»Du hast nur eine«, kontert sie. »Oder gibt es etwas, was du mir sagen musst? Halbschwester, Halbbruder?«

»Liebste Tochter von allen Töchtern aller Väter auf dieser Welt«, ergänze ich schmunzelnd und nehme die Wassermelone aus dem Kühlfach.

»Schon besser. Duhu? Papaaaaa? Was ich dich fragen wollte …«

»Willst du mich fragen oder wolltest du? Wenn du es wolltest, aber nicht getan hast, warum rufst du dann an?«

Wortspielchen mit Fee – ich liebe das! Aber sie geht heute nicht wirklich drauf ein.

»Darf ich spontan zu dir kommen? Ich habe Montag und Dienstag schulfrei wegen eines Lehrerausflugs.« *Meine Tochter benutzt den Genitiv, ich bin ein stolzer Vater!* »Und ganz ehrlich? Ich halte Mama und ihren Stecher, sorry, den doofen *Maximilian* nicht mehr aus. Ständig dieses *Du sollst dies, du sollst das, du kannst dies und das nicht, wozu geben wir uns solche Mühe, wenn doch kein Dank kommt, um acht bist du unter der Woche im Bett.* Du weißt, was ich meine.«

»Ja, ich weiß.« Ich überhöre das mit dem Stecher, grinse, als sie seinen Namen ausspricht und dabei die gekünstelte Kopfstimme ihrer Mutter imitiert, und schneide die Wassermelone in mundgerechte Würfel. Meine Ex-Frau arbeitet nur mit Vorwürfen, Druck und Restriktionen, was bei Fee Gegenreaktionen erzeugt. Je mehr Druck, desto erst recht. Was bei anderen Jugendlichen funktionieren mag, klappt eben nicht bei meiner Tochter. Aber Steff und ihr Ehemann wollen das einfach nicht kapieren. Sie haben ihre ganz eigene Vorstellung von Erziehung und wie ein Kind zu sein hat. Letztendlich liegt die Lösung bereits im Wort. Es heißt schließlich Erziehung, nicht Erdrückung. »Süße, tut mir ja leid, aber ich bin geschäftlich in Spanien. Kannst du vielleicht zu einer Freundin?«

»Nein. Deswegen ruf ich ja dich an. Du bist in

Spanien? Wo denn genau?«

Ich ahne, was meine kleine große Fee im Sinn hat.

»Aktuell in Murcia, ab morgen früh auf Mallorca und ein paar Tage später fliege ich nach Barcelona.«

»Oh«, sagt sie und ich sehe förmlich vor mir, wie sie auf ihrer Unterlippe nagt und nach oben blickt. Das macht sie immer, wenn sie denkt. »In Barcelona war ich mal mit der Klasse. War toll. Murcia sagt mir nichts.«

»Ist auf dem spanischen Festland«, antworte ich um ein Stück Wassermelone herum.

»Auf Mallorca bin ich noch nie gewesen«, plappert sie weiter, als hätte sie gar nicht gehört, was ich gesagt habe. »Bist du da am Ballermann?«

»Keineswegs. Direkt in Palma.«

»Muss schön sein. Hast du da auch ein Hotel direkt in Palma?«

»Sogar am Hafen mit Blick aufs Meer und Sonnenterrasse«, platzt es aus mir heraus, ohne zu berücksichtigen, wie meine Worte auf einen pubertierenden Teenager wirken könnten, der keinen Bock hat, ein verlängertes Wochenende zu Hause zu verbringen.

Wie erwartet, wird ihre Stimme etwas heller, einschmeichelnd und mit einem Hauch Verzweiflung versehen.

»Liiiieber Papa, bittebittebittebitte …« Ich zähle die Bittes nicht mit, aber es sind gefühlt einhunderttausend. »… bitte, bitte darf ich zu dir nach Mallorca nachkommen. Bitte, bitte! Ich kann auch auf dem Sofa schlafen. Und es gibt bestimmt noch ein Plätzchen in einem Flieger. Es ist ja schon Oktober.«

»Und somit fast Nachsaison. Wenn der Marathon nicht wäre, Fee.« Mit der Schüssel voller Melonenstückchen setze ich mich lachend aufs Sofa. »Meinetwegen komm, wenn du noch einen Platz ergatterst. Aber den Flug musst du selbst zahlen.«

11

CHUNKY SANDALS

Anni

Ich muss mich vergewissern, dass ich mich nicht täusche, steige aus und gehe auf das rote Cabrio zu.

Hinter dem Lenkrad sitzt eine Frau mit brünetter Kurzhaarfrisur und grinst mich breit an.

»Nascha?! Was machst DU denn hier? Wie kannst du so schnell … ich meine, wir haben doch heute Morgen erst …?«

»… telefoniert. Ich weiß.«

Hinter uns hupt es. Du liebe Güte, heute ist hier aber viel Verkehr.

Ich hebe die Hand, nicke dem älteren Mann in seiner Nobelkarosse zu und bedeute ihm, dass wir die Straße frei machen.

»Nascha«, sage ich hastig. »Fahr mir einfach hinterher. Du kannst direkt neben mir parken.«

Wenig später ist Nascha bereits in das Zimmer mit den zwei Einzelbetten eingezogen.

Danach hat sie mir den leicht geröteten Rücken mit After-Sun-Lotion eingecremt, geduscht und sich umgezogen. Helle Stretchhose anstatt elegantes Etuikleid, weiße

Bluse dazu. An den Füßen trägt sie offene Sommerschuhe, die beim längeren Hinsehen spontane Blindheit verursachen könnten. Zumindest bei mir. Die Dinger sehen aus, als hätte man ihr ein paar Klötze mit aufgeklebten Perlenketten unter die Füße geschnallt. Wir sitzen entspannt auf den gemütlichen Loungemöbeln unter dem Terrassendach mit Blick auf den Pool. Im Hintergrund spielen leise Songs von Gloria Estefan und auf dem niedrigen Tisch vor uns stehen Schälchen mit Oliven, Aioli und Weißbrot. Für mich gibt es Rotwein, für meine den weltlichen Genüssen betreffend weitgehend abstinente Freundin gibt es Mineralwasser.

»Erzähl endlich, Nascha«, will ich ungeduldig wissen, denn meine Freundin hat mir alles in Ruhe erzählen wollen und nicht zwischen Tür und Angel.

»Das Mistwetter ist nicht zum Aushalten gewesen. Dauerregen, Wind, kalt. Der Chef liegt mit einer Erkältung flach und die Kollegen sind nur am Meckern. Über die Arbeit, den Chef, das Wetter. Du kennst das.«

»Allerdings.« Ich verdrehe zustimmend die Augen und denke kurz an das Elend in Frankfurt, auf das ich allmählich so viel Lust habe, wie barfuß durch die Kanalisation zu laufen.

Nascha nimmt einen Schluck und zuckt schmunzelnd mit den Schultern. »Und dann schwärmst du mir was von Pool und Sonne vor. Was bleibt einem denn in so einem Moment anderes übrig, als den nächsten Flug zu buchen?«

»Du hast Glück, überhaupt noch einen freien Sitz ergattert zu haben.«

»Ach was.« Nascha winkt ab. »Es ist schon bald Nachsaison und die Teilnehmer zum Palmamarathon reisen in der Regel ein bisschen früher an.«

»Marathon?« Ich bin leicht verwirrt.

»Ja, ist das nicht genial? Den wollte ich schon immer mitlaufen, aber dieses Jahr dachte ich, ich wäre noch nicht trainiert genug und bin auch nicht vorbereitet. Aber es gibt ja unterschiedliche Strecken. Zehn Kilometer, Halbmarathon, Marathon. Ich nehme den halben.« Sie seufzt auf. »Es wäre schon toll, gemeinsam mit einem Partner die Strecke zurückzulegen und noch ein paar Tage Hotel dranzuhängen. Vielleicht nächstes Jahr.«

»Du wirst das passende Gegenstück finden, wenn du nicht damit rechnest. So ist das meistens. Und bei deinen Kerlen ist keiner dabei, der mitlaufen würde?«

Und man wird verlassen, wenn man am wenigsten damit rechnet.

Nascha ist Single und seit Jahren auf der Suche nach einem Partner. Erfolglos. Sie bleibt immer an komischen Typen hängen. Die einen überschütten sie in den ersten Tagen mit Liebesbekundungen, wollen dann doch nur Sex oder melden sich einfach nicht mehr. Andere scheinen sich einzig und allein über ihr »bestes« Teil zu identifizieren und senden ihr Bilder von ihren Penissen.

»Leider nein.«

»Das ist schade«, bedauere ich sie ehrlich und schenke ihr Wasser nach. »Nicht mal einer von den Schwanzbildern?«

»Sprich das bitte nicht an, ja? Das zieht runter.« Sie verzieht das Gesicht. »Gerade letzte Woche wieder einer. Fing nett an, endete … Du kannst es dir denken. Mittlerweile mach ich mir einen Spaß draus.« Sie grinst, schlüpft aus den Schuhen und wackelt mit den Zehen. »Wie herrlich es hier ist. So warm, blauer Himmel, leichter Wind. Wollen wir in den Pool?«

»Klar, aber sag mal.« Ich deute auf ihre Schuhe. »Diese Dinger sind echt hässlich. So klobig. Sehen aus wie Betoneimer.«

Nascha sieht mich an, als hätte ich ihr soeben mitgeteilt, dass es die schweineteure Perlenkette, die um ihren Hals hängt, beim Eroski um die Ecke in einer Preisaktion für unter fünfzig Euro gibt.

»Das sind Chunky Sandals, Anni! Absolut IN und in diesem Sommer ein unbedingtes Must-have.«

»Machen sie nicht schöner.« Ich stehe auf und ziehe mein einfaches Shirtkleid aus, danach den Slip.

»Nackig?«, stößt sie mit großen Augen aus und sieht sich um, als würden wir heimlich beobachtet.

»Klar, hier kann keiner reingucken. Außer, jemand flöge mit dem Hubschrauber über uns drüber.«

Kurz darauf tauchen wir unter, prustend wieder auf und schwimmen zum Rand, wo der Rotwein auf mich wartet. Nascha trinkt nur Wasser. Innerlich mache ich einen weiteren Haken an meine Liste: Nackt im eigenen Pool schwimmen. Ergänzung: mit der besten Freundin.

Wir prosten uns zu und Nascha macht mit dem Arm eine ausholende Bewegung.

»Anni, wenn Herr Schüttke nicht aus deinem Leben verschwunden wäre, hättest du all das hier wahrscheinlich niemals erlebt.«

Und noch weniger wahrscheinlich wäre ich fast über die Klippe gesprungen.

Aber das behalte ich für mich, bevor der Abend in tiefenpsychologischen Gesprächen endet.

»Stimmt, aber …«, setze ich an und stocke.

Darf das jetzt wahr sein?

Von hier kann man nicht hören, wenn sich das ungefähr dreihundert Meter entfernte Tor öffnet, und in diesem Moment parkt der Wagen des Vermieters hinter unseren.

Siedend heiß fällt mir ein, dass ich total vergessen habe, dass Juan sich für heute Abend angekündigt hat, um den Pool zu reinigen. Zweimal die Woche. Heute konnte er nicht am Vormittag. Außerdem achtet er darauf, dass ich hier bin, wenn er kommt.

»Was ist denn?«, will Nascha wissen, als ein Ruck durch mich geht und ich hastig aus dem Pool springe.

»Zieh dich schnell an. Der Poolboy kommt.«

»Jetzt? Du lieber Himmel!« Sie sprintet aus dem Pool, bedeckt ihre Brüste mit den Armen und greift zum BH. »Sieht er wenigstens gut aus?«

»Schöne blaue Augen. Verheiratet, fast sechzig.« Ich werfe mir das Shirtkleid über und Nascha ein großes Handtuch zu. »Nimm das. Bis du deinen BH anhast, ist er hier.«

Fluchend wickelt sie sich ins Handtuch. Gerade noch rechtzeitig, dann steht Juan vor uns.

»Holla, Señoritas. Ich störe doch nicht?« Juan spricht unsere Sprache sehr gut, denn er hat einige Jahre in Deutschland gelebt und auch dort seine Frau kennengelernt.

»Nein, nein, Juan. Ich habe nur vergessen, dass Sie heute kommen.« Eilig hole ich die Gläser vom Poolrand.

Dann haut mich die nächste Überraschung fast aus den Schuhen. Also, wenn ich welche anhätte.

Überflüssigerweise setzt Juan zu einer Erklärung an. »Ich habe eine junge Dame mitgebracht. Sie wollte zu ihrer Schwester und hat mich nach dem Weg gefragt.« Der hochgewachsene Mann mit den tausend Lachfältchen im gebräunten Gesicht streicht sich durch die vollen graublonden Haare. »Ich denke, ich komme nächste Woche wieder und reinige den Pool?«

»Das wäre vielleicht besser. Sie sind ja erst gestern dagewesen. Entschuldigung.«

»De nada.« Kein Problem. Er verabschiedet sich und geht mit schwungvollen Schritten zu seinem Wagen.

Und ich bin baff. Erst Nascha, jetzt Lia.

»Hallo, Fusselchen. Ich hoffe doch, du hast nichts dagegen, wenn ich mich für ein paar Tage bei dir einquartiere?« Sie lächelt ihr unwiderstehliches Lia-Lächeln. »Juan meint, die Finca wird nicht teurer dadurch. Ich gebe dir trotzdem einen Anteil. Na, was sagst du?«

Die angestrebte Idylle mit mir selbst sattelt ihren

Hengst und reitet schon mal zu den Klippen. Einsam dem Sonnenuntergang entgegen.

Hey, nimm mich mit!

Wie bitte schön soll ich jetzt in Selbstisolation und in aller Ruhe meine Wunden lecken?

»Zuerst einmal: Nenn mich nicht so. Und seit wann bist du wieder blond?«, äußere ich meinen nächsten Gedanken. Bei unserer letzten Begegnung vor etwa einem Jahr hatte Lia noch hennarote Rastazöpfe und eine Haut wie Schneewittchen. Rot wie Zora und weiß wie Schnee.

»Seit ich voll auf mich und meine wahre Erscheinung abfahre, liebste Anni.«

Hinter mir gluckst Nascha und sagt: »Hallo, Lia, ich bin Nascha. Also eigentlich Natascha, aber für Freunde Nascha. Magst du was trinken? Ein Wasser?«

Ich gluckse in meine Hand. Lia und Wasser.

»Hallo, schön, dich mal kennenzulernen. Gibt es auch was anderes außer Wasser?«

»Rotwein. Trocken«, antworte ich statt meiner Freundin und Nascha nuschelt im Abdrehen: »Ich hole ein Glas.«

Meine kleine Schwester ist eine Naturschönheit. Völlig ohne Make-up und das blühende Leben in Person. Vor mir steht eine von der Sonne La Palmas gebräunte Lia mit fast hüftlangen, welligen Haaren in ihrer Naturhaarfarbe. Ohne Rastas. Dafür mit zwei geflochtenen dünnen Zöpfen, die schön ihr herzförmiges Gesicht einrahmen. Ihre langen Giraffenbeine kommen trotz der orangefarbenen Haremshose und den flachen Riemchensandalen zur Geltung. Sie trägt ein cremefarbenes, wahrscheinlich selbstgehäkeltes Bra-Top, darüber eine hauchdünne Strickjacke, selbstgebastelten Schmuck aus Lederbändchen mit bunten Perlen. Und die Kette mit dem silbernen Lebensbaumanhänger, die ich ihr vor vier Jahren an Weihnachten geschenkt habe.

Sie trägt sie immer noch. Ich bin gerührt.

»Du hast die Lebensbaumkette noch. Wie schön. Komm, setz dich«, sage ich und plumpse ins Sesselpolster. »Woher weißt du überhaupt, wo ich bin? Stopp, sag nix. Mama hat dich angerufen.«

Lia lässt den Seesack an Ort und Stelle stehen und setzt sich breit grinsend im Schneidersitz auf das Loungesofa. »Woher sonst? Du hast unsere Mutter bestimmt gebeten, mir nichts zu sagen. Besser hättest du es nicht provozieren können. Ist doch klar, dass ich dich jetzt nicht allein lasse. Wer weiß, ob du dich irgendwelche Klippen runterstürzt.«

»Würde ich nie tun.«

»Ah! Sag das nicht. Menschen tun viel, wenn sie plötzlich vor den Ruinen ihres sorgsam errichteten Lebensplans stehen. Da setzt ganz gern mal die Logik aus. Aber jetzt bin ich ja da. Betrinken wir uns gemeinsam, Schwesterherz. Ich sehe nur ein Rotweinglas. Trinkt deine Freundin nur Wasser?«

»Ja, das tu ich.« Nascha ist zurück und stellt Lia ein Rotweinglas hin. »Vor einem längeren Lauf sollte man Alkohol meiden. Ich trinke sowieso nur äußerst selten.«

Sie lässt sich etwas steif auf dem Sessel nieder. Inzwischen trägt sie wieder ihre weiße Bluse, Hose und – warum auch immer – diese unsagbar unförmigen Ugly-Sandals.

Die sind auch Lia aufgefallen. Sie wirft den Schuhen einen betont vernichtenden Blick zu, bevor sie sich an Nascha wendet.

Bitte nichts sagen, Lia. Halte ausnahmsweise deinen Mund.

Doch das Unheil nimmt seinen Lauf.

»Ey, Schwester, sorry, aber ich habe selten so auffallend gewöhnungsbedürftige Schuhe gesehen. Kann man auf den Dingern überhaupt laufen?«

Ich will schlichtend eingreifen, komme aber nicht dazu.

»Ganz hervorragend, sogar.« Nascha lächelt zuckersüß. »Besser als auf deinen zusammengeflickten Jesuslatschen. Gehen die auch über Wasser?«

»Stopp!«, grätsche ich dazwischen, bevor sich die beiden an die Gurgel gehen. »Meine Finca, meine Regeln. Und eine davon ist: Kein Streit! Verstanden?«

»Okay.« Lia zuckt mit den Schultern.

»Meinetwegen«, mault Nascha.

»Gut. Dann wieder auf Anfang. Wo waren wir stehen geblieben?«

Lia grinst. »Bei den häss…«

»Nein, Lia.« Ich werfe ihr einen mahnenden Blick zu. »Bei Naschas längerem Lauf.«

»War nur ein Scherz.« Lia zwinkert mir zu und wendet sich an Nascha, die gerade zu einem Stück Weißbrot greifen will, dann aber ihre Hand zurückzieht. »Wie cool. Du machst viel Sport, hm? Sieht man dir an, so dürr, wie du bist.«

Ich glaub, ich muss mich rettungslos betrinken.

Nascha schnappt tonlos nach Luft, findet jedoch schnell ihre Worte wieder. »Ich bin nicht dürr, sondern durchtrainiert.«

»War nicht so gemeint«, lenkt Lia unerwarteterweise und zu meiner Erleichterung ein. »Aber du scheinst total verspannt zu sein. Wenn du willst, verpasse ich dir vor dem Lauf eine Tantramassage, die macht dich lockerer. Rotwein übrigens auch. Nicht doch einen Schluck?«

So viel zum Thema schwesterliche Rücksichtnahme.

»Danke, aber nein, danke. Ich bin weder dürr noch verspannt«, erwidert Nasha säuerlich und steht auf. »Muss mal.«

Weg ist sie.

Lia sieht ihr über die Schulter hinterher. »Deine Freundin hat einen Stock im Arsch, Anni. Tut mir leid, wenn ich ihr etwas zu direkt gewesen bin. Ich mach's wieder gut. Aber jetzt, wo es erwähnt wurde, müsste ich auch mal. Wo ist die Toilette?«

»*Die* Toiletten. Es gibt zwei.«

»Zwei? Nobel, nobel. Du musst gut verdienen als Webdesignerin. Wenn ich mir das hier so ansehe, haust du locker zwei Monatsgehälter auf den Kopf.«

»Nicht ganz. Und nein, ich verdiene nicht wirklich gut, habe meine eiserne Reserve angezapft. Wie bist du eigentlich hierhergekommen?«

»Mit dem Flugzeug. Wie sonst? Dann bin ich in den Bus gestiegen. Sind gute Verbindungen auf der Insel hier. Davon träumen sie auf meiner nur.«

»Wie geht es dir so in La Palma?«

»Erzähl ich dir irgendwann mal. Bin ja nicht wegen mir hier. Aber jetzt muss ich dringend aufs Klo.«

»Die Badezimmer sind hinten zwischen den Schlafzimmern. Nimm das rechte, das linke hat Nascha okkupiert.«

Dann bin ich für einen Moment allein. Zeit zum Luftholen.

Ich liebe meine Freundin, ich liebe meine Schwester. Aber beide auf einem Fleck? Einen langen Seufzer ausstoßend schlage ich die Hände vors Gesicht. Ob das gut geht? Sie sind so unterschiedlich wie Tag und Nacht.

Plötzlich legen sich zwei Arme um mich und der süßherbe Geruch von Naschas Parfüm steigt mir in die Nase.

»Wir sind ja jetzt hier bei dir, Süße. Wir helfen dir, über den Arsch hinwegzukommen. Das geht vielleicht in der kurzen Zeit nicht wirklich, so etwas braucht Monate, wenn nicht Jahre, aber immerhin bist du nicht allein.«

»Danke, Freundin. Monate? Jahre? Du liebe Güte«, quetsche ich hervor und bringe ein Lächeln zustande. Das kommt sogar von Herzen, denn irgendwie bin ich gerührt und auch ganz froh, zwei meiner liebsten Menschen um mich zu haben.

Nascha steckt erst mir, dann sich eine Olive in den Mund und setzt sich wieder.

»Sag mal, Nascha«, beginnt meine Schwester, als sie

sich wieder zu uns gesellt, und ich wittere allein wegen Lias Tonfall Verderben. »Wo läufst du denn hier? Ich habe auch mal mit Joggen angefangen, aber das ist nicht so meins.«

Puh! Darauf einen Schluck Wein.

»Halbmarathon«, antwortet meine Freundin geschmeichelt über die Nachfrage. »Morgen findet in Palma der Mallorca-Marathon statt. Ich nehme spontan teil.«

»Ach«, platzt es aus mir raus, was mir schon vorhin in den Sinn gekommen ist. Ich habe es nur runtergeschluckt. »Ich dachte, du bist wegen mir hier.«

»Bin ich auch. Oder glaubst du, das war ein Vorwand? Garantiert nicht. Denn ich muss mich morgen erst einmal anmelden, um teilnehmen zu können. Dafür berappe ich statt fünfunddreißig Euro in der Voranmeldung satte siebzig Euro. Also echt, Anni. Du solltest mich besser kennen.«

»Tief Luft holen, große Schwester.« Lia drückt meine Hand. »Nur weil dich Tobias belogen und hintergangen hat, musst du jetzt nicht hinter jeder Ecke Verrat wittern.«

Ich nicke betreten. »Tschuldige, Nascha. Meine Gefühle spielen die letzten Tage Achterbahn. Themawechsel. Ich freu mich für dich, dass du mitlaufen kannst. Aber ist es überhaupt möglich, dass du dich so kurzfristig anmeldest?«

»Ja, klar, da gibt es keine Teilnehmerbeschränkung. Und ehrlich, Anni, das hat null mit dir zu tun, aber so einen Lauf darf ich mir einfach nicht entgehen lassen. Sind ja nur ein paar Stunden.« Sie gähnt verhalten in die Hand. »Morgen muss ich die Startunterlagen vor zwölf abholen, weil ich mich mit dem Athletenband für die Pasta-Party ab zwölf Uhr ausweisen muss. Die ist auf der Eventfläche an der Kathedrale. Wollt ihr mit? Für Freunde und Familie kann man Tickets für fünf Euro kaufen.«

Lia zieht die Nase kraus. »Auf eine Pasta-Party habe ich ehrlich gesagt keine große Lust. Aber wenn ich schon mal hier bin, würde ich schon gern Palma, die Kathedrale und die historische Altstadt sehen.«

Mit schlechtem Gewissen werfe ich ein, dass ich mir schon vor zwei Tagen für morgen einen Ausflug gebucht habe.

»Es geht mit dem roten Blitz nach Soller«, erkläre ich etwas geknirscht.

»Kein Problem. Mach das. Bei der Party sind wahrscheinlich nur Läufer und ihr würdet euch langweilen.«

»Roter Blitz?«, will Lia wissen.

»Ein süßer, nostalgischer Zug. Er fährt im Schneckentempo über das Tramuntana-Gebirge, durch Bunyola zum Dörfchen Soller, fährt durch ein paar Tunnel, überquert einige Brücken und einen Viadukt.«

»Da bin ich dabei! Hoffentlich bekomme ich noch eine Karte.«

»Bestimmt. Es geht aber schon um neun los. Zu früh?«

»Süße, ich stehe mit den Vögeln auf. Schon vergessen?«

Nascha strahlt über das ganze Gesicht und hebt ihr Wasserglas. »Das Wochenende wird genial werden. Auf Mallorca.«

»Auf die Freundschaft, das Loslassen und die Leichtigkeit des Lebens«, ergänzt Lia.

»Auf uns.« In diesem Moment durchströmt mich ein warmes Glücksgefühl. Ich bin mit zwei wunderbaren Menschen an einem herrlichen Ort.

Seltsamerweise verspüre ich in diesen Minuten keinerlei Traurigkeit oder Verlassensschmerz. Selbst die Vorstellung, Herr Schüttke könnte jetzt neben mir sitzen und wir beide würden später gemeinsam ins Bett gehen, ändert daran nichts. Nascha und Lia um mich zu haben, genügt mir aktuell völlig. Ich vermisse … nichts. Komisch.

»Anni? Halloho?« Eine Hand wedelt vor meinem Gesicht und ich zucke zusammen.

»Oh, Verzeihung, muss gerade abwesend gewesen sein«, sage ich zu Lia, die mich nachdenklich ansieht.

»Du hast auf die Weinflasche gestarrt, als wäre sie eine Glaskugel.« Sie setzt sich auf die hölzerne Sessellehne und nimmt mich in den Arm. »Ich kann mir vorstellen, dass du Sehnsucht nach Tobias hast.«

»Herr Schüttke«, wirft Nascha ein, und ich muss unwillkürlich lächeln.

»Wie auch immer.« Lia drückt mir einen Kuss auf den Scheitel und mich so fest, dass ich kaum noch Luft bekomme.

»Hey, ich will noch leben, Schwesterherz.«

Sie lässt mich grinsend los und lümmelt sich wieder aufs Sofa. »Das hört sich doch prima an. Leben wollen ist gut.«

Nascha nickt. »Und eine stete Herausforderung, die gemeistert werden will.«

»Quatsch.« Lia rümpft amüsiert die Nase. »Auf deinen Schuhen zu laufen ist vielleicht eine.«

»Lia …«, stöhne ich auf.

»Bin ja schon still.«

»Besser ist das«, nuschelt Nascha. »Ich finde meine Schuhe toll!«

Darauf geht Lia zum Glück nicht ein, sondern sieht mich an, als wolle sie tief in mein Herz gucken. »Es geht vorbei, Anni. Irgendwann hört der Schmerz auf.«

»Aktuell habe ich keinen. Wundert mich, aber ist so. Ich finde es fantastisch, dass ihr hier seid. Ehrlich. Mehr brauche ich jetzt gar nicht. Nicht mal To… Herrn Schüttke.«

Nascha zieht die Brauen hoch, Lia sieht mich immer noch unverwandt an, legt den Kopf schief und kneift leicht die Lider zusammen.

»Vielleicht ist es nicht Tobias, der dir fehlt, sondern einfach nur der gewohnte Mensch an deiner Seite?«

»Du redest in Rätseln«, bemerkt Nascha, und ich muss ihr zustimmen.

»Tu ich das? Hm … Der Mensch ist ein Gewohnheitstier. Völlig egal, um was es sich handelt. Ein Ritual, Dinge, die dich umgeben und zu dir gehören wie ein Körperteil – und dann plötzlich fort sind.«

»Kaffee?«, werfe ich ein und gähne unverhohlen. Wein macht müde. Außerdem möchte ich jetzt nicht an Tobi und die Frage, ob er mir fehlt oder nicht, nachdenken. Er fehlt mir aktuell überhaupt nicht. Und das Gefühl will ich auskosten.

»Kaffee …« Lia lacht. »Warum nicht? Wobei Kaffee eher eine körperliche Sucht ist. Aber auch ein Ritual. Gewohnheiten sind wie breitgetretene Pfade. Bequem, beruhigend. Sie geben Sicherheit. Alles hat seinen Platz, alles ist dort, wo es hingehört.«

Nascha stöhnt auf. »Oha, jetzt wird's philosophisch. Aber ja, du hast recht, Lia. Ich würde die Schwanzbilder vielleicht vermissen, wenn ich keine mehr geschickt bekomme.«

Lia spuckt fast den Schluck Rotwein aus. »Du bekommst Schwanzbilder? Echt?«

»Ja. Echt. Willst mal sehen?« Sie bückt sich zu ihrer Handtasche.

Lia winkt verächtlich ab. »Nee, lass mal.«

Erneut muss ich gähnen. Ich bin so was von bettreif.

Was mich zu der Frage bringt, wo Lia schlafen soll. Auf keinen Fall im freien Bett in Naschas Zimmer. Eine von beiden könnte die nächsten Nächte nicht überleben.

12

HAMMER!

Joshua

$\mathcal{H}$ammer!« Fee lässt ihre Reisetasche mitten im Zimmer fallen und geht durch die Räume.

Normalerweise ist meine Tochter eine Langschläferin und muss am Wochenende zum Mittagessen geweckt werden. Heute allerdings ist sie um drei Uhr morgens aufgestanden und um kurz nach sechs in den Flieger gestiegen. Steff hat gemault, weil sie Fee in aller Herrgottsfrühe zum Frankfurter Flughafen fahren musste.

Und jetzt ist meine Tochter auf der Insel und das Wort »Hammer« wird definitiv überstrapaziert.

»Willst du was trinken?«, rufe ich. Wo ist sie eigentlich?

»Ey, Papa. Eine Badewanne im Schlafzimmer? Hammer! Darf ich das Zimmer haben?«

Typisch Fee.

»Nein, du bekommst das andere.«

Plötzlich steht sie neben mir und schiebt die Unterlippe vor. »Menno. Das Schlafzimmer ist …«

»Hammer?« Grinsend drücke ich ihr ein Glas Wasser in die Hand. »Du bekommst das andere mit eigener Terrasse.«

Fee reißt begeistert die Augen auf. »Zwei Terrassen?«

»Zwei Schlafzimmer, zwei Bäder, zwei Terrassen. Und ein eigener kleiner Pool auf der großen Terrasse.« Ich deute zur Glasfront, durch die das Meer sowie die Masten der Boote vom Hafen zu sehen sind. »Sieh es dir an.«

Das muss ich nicht zweimal sagen. Fee stellt das Glas so nah am Rand vom Tisch ab, dass ich schnell nachgreife, bevor es kippt, und stürmt nach draußen.

Ich klingele bei Leon durch und informiere ihn knapp, dass wir eine weibliche Begleitung zur Pasta-Party hätten.

»Hey, du Womanizer, wo hast du dir gestern denn noch eine fürs Wochenende aufgegabelt?«, fragt er lachend und ich höre Stereo eine junge Frau rufen: »Wie geil!« Und da Leons Suite direkt neben meiner liegt, hört er sie zwangsläufig ebenfalls.

»Ah, du hast Besuch. Wie sieht sie aus?«

»Ungefähr Eins siebzig groß, lange, brünette Haare, frech wie Rotz und immer Gegenworte. Lieblingswort: Hammer.«

»Sag jetzt nicht, deine Tochter ist da.«

»Doch. Und sie ist gerade draußen im Pool.« Aus dem Augenwinkel sehe ich Fee, wie sie mit Slip und Spaghettitop eine Arschbombe ins Wasser macht und dabei jauchzt. Ich lächle und freue mich mit ihr. Es ist irgendwie schön, meine Kleine bei mir zu haben, auch wenn das für mich heißt: keine Frauengeschichten während meines Aufenthaltes auf der Insel.

Nun, ich werde es überleben.

Gegen Mittag schlendern Fee, Leon und ich am Parc de la Mar vor der Kathedrale La Seu entlang. Vor dieser malerischen Kulisse an der Strandpromenade Paseo Maritimo startet morgen auch der Marathon. Ich freue mich auf dieses besondere Erlebnis.

Leon steckt den Coupon zurück in den Umschlag mit

den Teilnehmerunterlagen. »Nach dem Lauf können wir uns eine kostenlose Massage geben lassen. Finde ich gut. Zwei Tage Pause dazu und die Muskeln sind wieder fit für eine moderate Radtour. Ich will mir das Tramuntanagebirge ansehen. Schade, dass du nicht länger bleibst. Wir könnten uns Räder leihen und in den Norden hochfahren oder die Südostküste entlang.«

»Ja, schade. Geht aber nicht. Muss am Mittwoch weiter nach Barcelona.«

Die Unterlagen unter meine Achsel geklemmt, schiebe ich mir die Sonnenbrille vom Kopf auf die Nase und wünschte mir, ich hätte mehr Zeit, meiner Tochter mehr von der Insel zu zeigen. Diese besteht nicht nur aus Ballermann, auch wenn die Medien sich immer auf diesen Strandabschnitt fokussieren. Mallorca ist ein Paradies für Radfahrer und Wanderer, besitzt atemberaubende Landschaften, unzählige Serpentinen, schöne Ausblicke und einsame Buchten.

Felicia würde mit mir, ohne mit der Wimper zu zucken, eine Tagestour durchziehen und es toll finden. Aber morgen ist die Shoperöffnung in Palma und am Dienstag muss sie schon zurück nach Deutschland. Mein Flug geht erst am Mittwoch.

Fee tänzelt vor uns her, dass ihr langer Pferdeschwanz nur so wippt, dreht sich, lacht in die Handykamera und macht Fotos und Selfies, die sie wahrscheinlich bei Instagram postet und wegen der sie von ihren Freundinnen sicher heiß beneidet wird.

»Papa?«, ruft sie plötzlich und breitet die Arme aus. »Ich habe soooo großen Hunger. Gehen wir jetzt zur Pasta-Party? Und was machen wir danach? Können wir shoppen gehen? Ich will meiner Freundin unbedingt was mitbringen. Oder …«

Ich lache auf. »Erst was essen, du Wirbelwind, dann sehen wir weiter.«

»Boah, du klingst wie Mama. Nur netter.« Sie hüpft auf mich zu, schlingt die Arme um mich und hebt mit ihrem unwiderstehlichen Fee-Blick den Kopf. »Bitte, bitte, bitte, nur kurz shoppen, ja? Eine Stunde. Danach lege ich mich an unseren Pool und du kannst mit Leon losziehen. Oder mich mitnehmen?«

»Keine Chance, Süße. Du wirst den Pool schon mit mir teilen müssen, denn morgen habe ich über vierzig Kilometer Lauf vor mir. Heute Abend ist Relaxen angesagt.«

»Das können wir auch in einer Strandbar«, mischt Leon sich ein. »Außerdem haben wir abends bestimmt wieder Appetit auf eine Kleinigkeit. In der Amina Beach Palma sitzt man direkt am Meer und das Essen wird immer frisch zubereitet. Dort ist es nicht auf Massentourismus ausgelegt. Und die Nature Poke Bowls sind der …«

»Hammer?«, fragt Fee.

»Jap. Der absolute Hammer. Besonders die Avocado-Shrimps-Bowl.«

»Papaaaaaa?« Fee klimpert mit ihren natürlich langen Wimpern und grinst.

Ich seufze gespielt auf. »Also Strandbar für alle.«

»Juchhuh!« Sie hüpft so leichtfüßig in die Luft, als befände sich unter ihr ein Trampolin. »Und ich nehme meine Badesachen mit. Ich kann dort doch ins Meer, Leon?«

»Klar.«

Die Anfeuerungsrufe der Urlauber an der Laufstrecke motivieren uns bis in die Haarspitzen.

Die ersten zehn Kilometer liegen hinter uns. Die Stimmung und die Masse an Menschen reißen uns mit und ich muss mich zügeln, nicht jetzt schon alles zu geben, was in den Beinen steckt. Leon und ich sind erfahrene Läufer und wissen, dass wir am Anfang nicht zu viel Tempo vorlegen dürfen. Nicht umsonst stehen an mehreren Stellen der Strecke Verpflegungsstationen und Sanitäter bereit. Viele überschätzen in der Euphorie ihre Kräfte.

»Herrlich, oder?«, sagt Leon knapp. Reden kostet Energie, und die ist unbedingt einzusparen.

»Absolut!«

Wir werden mit Ausblicken auf Palmen und Meer, auf Jachten der Stars und Superreichen belohnt und nehmen Kurs auf die historische Altstadt. Die kurvenreichen und schmalen Straßen mit Kopfsteinpflaster verlangen uns einen raschen Wechsel der Richtung und des Lauf-rhythmus ab. Die Halbmarathonler befinden sich schon fast auf der Zielgeraden, für uns geht es nach der Altstadt weiter nach Arenal. Vorbei an Ballermann, Hotels und Clubs. Immer am Meer entlang.

Ich bin jetzt schon auf Fees Gesicht gespannt, wenn ihr Vater stolz wie Oskar die Ziellinie erreicht.

»Wie lange?«, frage ich Leon, und meine damit, was er schätzt, wie lange wir bis zum Ziel brauchen. Er weiß, was ich meine und sieht kurz auf die Uhr.

»Zweieinhalb Stunden. Wenn's gut läuft.«

»Wird es.«

Plötzlich wird schräg vor mir eine Frau langsamer. Ich will schon überholen, da fällt mir auf, dass sie schwankt und käseweiß ist.

»Lauf weiter, Leon«, sage ich zu meinem Freund. »Ich komme nach.«

Dann klappt das schmale Wesen einfach zusammen. Mit einem langen Schritt bin ich bei ihr, fange sie gerade noch so auf, bevor sie auf dem Kopfsteinpflaster aufschlagen kann.

Ihr Gesicht ist kühl und die Schweißtropfen stehen ihr auf die Stirn. Die Lady hat Probleme mit ihrem Kreislauf.

Wahrscheinlich nicht genug gegessen oder getrunken und viel zu schnell gestartet.

Schnell nehme ich ihr die Plastikflasche vom Gurt, benetze ihr Gesicht und die Lippen mit Wasser, während die Teilnehmer an uns vorbeilaufen. Bevor wir jedoch noch versehentlich überrannt werden oder jemand über uns stolpert, hebe ich sie kurzerhand hoch und lasse sie auf den Stufen im Schatten eines Hauses zu Boden sinken. Ihre Füße lege ich erhöht auf den Stufen ab. Dann benetze ich ihr wieder die Lippen.

Sie blinzelt und öffnet die Augen. »Was … Was ist passiert? O Gott, mir ist schlecht. Bin ich etwa …« Sie will sich aufrichten.

»Liegen bleiben, okay? Dein Kreislauf hat schlappgemacht. Hier, trink was. Hast du einen Energieriegel dabei?« Ich hebe ihren Kopf an und sie trinkt mit kleinen Schlucken ein wenig Wasser.

»Danke, geht schon etwas besser. Energieriegel? Nein.« Sie setzt sich auf, wirkt noch stark benommen.

»Hm, ich auch nicht.« Ich deute auf einen Stand am Ende der Gasse, dort, wo die Häuserfront sich öffnet und einen Blick auf Palmen freigibt. »Bis zur Verpflegungsstation ist es nicht weit, dort ist auch ein Sanizelt. Ich heiße übrigens Josh.«

»Hi, Josh. Ich bin Nascha.«

Auf mich gestützt schleichen wir zur Station, kurz darauf geben die Sanitäter Entwarnung, und nach einem isotonischen Getränk sowie zwei Bananen hat Nascha wieder Farbe im Gesicht.

»Die letzten Kilometer bis zum Ziel schaffe ich jetzt«, sagt sie und wirft die Schale in den dafür vorgesehenen Abfalleimer. »Und diesmal halte ich mich nicht an einen der Pacemaker.«

»Hast du dich etwa die ganze Zeit einem Tempomacher an die Fersen geheftet?«

Sie nickt verschämt. Höchstwahrscheinlich hat sie an keiner einzigen Verpflegungsstation einen Stopp eingelegt und obendrein schleppt sie nur reines Wasser in einer Miniflasche am Gürtel mit sich. Das kann bei der Hitze nur schiefgehen. Erst recht, wenn man sich überschätzt.

Und schon rennt sie los. So ein Ehrgeizling! Unvernünftig noch dazu, so, wie sie Gas gibt.

»Hey, Nascha.« Ich habe sie eingeholt. »Mach langsam, so schnell bist du nicht wieder auf dem Damm! Ich begleite dich bis zum Ziel und laufe dann weiter.«

»Musst du nicht«, erwidert sie verbissen, ohne mich anzusehen. »Ich will meine Zeit schaffen.«

»Scheiß auf deine Zeit! Wenn du wieder zusammenklappst, ist sie sowieso hinüber. Mach langsamer.« Mit zwei längeren Schritten schiebe ich mich vor sie und bremse ihr Tempo etwas aus.

»Okay, okay, du hast ja recht«, gibt sie sich geschlagen. »Was ist mit deiner Zeit?«

»Nicht so wichtig. Hauptsache, ich finishe den Lauf, egal wie.«

Für eine Weile traben wir locker nebeneinanderher. Sie presst immer dann die Lippen zusammen, wenn wir überholt werden.

»Danke«, sagt sie plötzlich. »Du versaust dir deinen Marathon, um mir zu helfen. Macht nicht jeder. Da vorne ist das Ziel, ich kann es sehen. Mach Tempo, Josh. Mir geht's gut und auf die letzten Meter wird schon nichts passieren. Meine Freundinnen warten schon auf mich.«

»Okay. See you.« Gerade will ich losspurten, als ich mich noch mal drossele. »Haben du und deine Freundinnen nicht Lust, morgen auf eine Shoperöffnung zu kommen? Hauptsächlich Sportklamotten. Es gibt kostenfreie Getränke und Tapas, spanische Musik, eine Menge Verlosungen. Hier in Palma. In der Avenue de Jaume,

Nummer drei. Leider habe ich keinen Flyer dabei. Kommt ihr? Würde mich freuen.«

»Ist das die Straße mit den kleinen, hübschen Geschäften unter den schönen, gemauerten Bögen?«

»Ja, genau. Mittags bis Open End. Ich bin dort.«

Dann gebe ich Gas. Vielleicht kann ich ein wenig verlorene Zeit aufholen.

Obwohl, so verloren ist sie nicht gewesen. Ich habe eine attraktive Frau kennengelernt, die ich vielleicht morgen wiedersehen werde.

13

O GOTT, WIE PEINLICH!

Anni

Ich wache auf, weil ich fürchte, draußen wird die Palme gefällt.

Dann lächle ich. Es ist nur Lia. Sie schnarcht wie ein Bauarbeiter. Das tut sie offenbar immer noch, wenn sie auf dem Rücken liegt. Grinsend halte ich ihr die Nase zu. Wie früher, als wir noch Kinder waren. Sie grunzt, meckert in sich hinein und dreht sich stöhnend zur Seite. Auch wie früher.

Es tut gut, mit einem Lächeln im Gesicht wach zu werden. Echt gut! Fast so gut, wie von Gerard Butler auf einer Jacht zu träumen. Mein lieber Scholli, was für ein heißer Body der Mann doch hat! Er war nackt, hatte nur ein weißes Handtuch um den Nacken gelegt und mir zugeflüstert, dass er scharf auf mich ist.

Im Bad sehe ich an mir hinunter und bin erleichtert, dass es hier keine Waage gibt. Ich habe sicher schon ein Kilo zugelegt, seit ich hier bin. Ist mir aber total egal. Gewichtskontrolle trete ich aktuell genauso in die Tonne wie die Sache mit dem Alleinsein. Macht nix. Mit den Mädels an meiner Seite kann ich besser verdrängen, oder? Zu dritt machen die Ausflüge an die schönen Stellen der

Insel auch viel mehr Spaß, weil man die Eindrücke direkt miteinander teilen kann.

Gestern haben Lia und ich einen Ausflug nach Soller unternommen und heute Morgen sind wir zur Cala Pi gefahren, bevor wir Nascha am Ziel entgegengeklatscht haben. Absoluter Traumstrand mit sensationeller Steilküste. Nach dem Baden sind wir an den Klippen entlanggewandert.

Ich hatte nicht einmal das Bedürfnis, mich runterstürzen zu wollen.

Jetzt ist es Abend und ich stelle fest, dass ich den Tag über nur selten an Herrn Schüttke gedacht habe.

»Du machst was?« Ich verschlucke mich beinahe am Weißbrot und spüle mit Wein nach.

Meine Schwester wirkt glücklich, als sie von der kanarischen Insel La Palma und von Christoph erzählt, dem sie hilft, ein verbranntes Haus wieder aufzubauen.

»Hier, das ist er.« Lia zeigt mir und Nascha Fotos von einem blonden, muskulösen Naturburschen. Der Oberkörper ist nackt und er leert sich eine Flasche Wasser über den Kopf.

»Süß sieht der aus«, sage ich. Lia ist ja ständig in der Welt unterwegs und hat natürlich auch die ein oder andere Bettgeschichte. Aber was sie eben gesagt hat, muss ich noch mal hören, sonst glaube ich es nicht. Meine große kleine Schwester ist eine wunderschöne erwachsene Frau geworden, die weiß, was sie will. Und sie zieht das durch, entgegen aller Stimmen, die sie beschworen haben, lieber in Deutschland ihr Glück zu suchen. Ganz vorne dabei: unsere Mutter. Kann ich verstehen. Ich würde meine Kinder auch lieber immer in meiner Nähe haben wollen.

»Absolut heiß!«, haucht Nascha. »Den würde ich auch nicht von der Bettkante stoßen.«

»Und du willst echt für immer auf La Palma leben? Mama wird in Ohnmacht fallen.«

»Ach was, sie wird sich schon damit arrangieren. Tja, kaum zu glauben, aber ich werde tatsächlich sesshaft. Christoph und ich – wie soll ich sagen?« Lia blickt hoch in den Himmel und zieht sich den heruntergerutschten Träger ihres selbstgehäkelten, cremefarbenen Bikinis hoch. »Wir haben uns gefunden, obwohl wir uns nicht gesucht haben. Er ist schon über dreißig, hat letztes Jahr seine Firma verkauft und ist ausgestiegen. Leider ist sein Haus bei einem Brand zu Schaden gekommen. Er wohnt oben auf einem Berg. Idylle pur, Sicht bis zum Meer. Aber die Sommermonate auf La Palma sind sehr trocken. Tja, und dann hat es eben gebrannt und er über die Work-and-Travel-Plattform jemanden gesucht, der ihm hilft.«

»Und so seid ihr euch begegnet. Toll! Ich muss dich unbedingt besuchen und deinen Christoph kennenlernen.«

Nascha lächelt süffisant und schreitet in den Pool wie Cleopatra ins Eselsmilchbad. »Ich habe übrigens heute beim Lauf einen echt heißen Typ kennengelernt. Und der hat uns alle für morgen zu Tapas und spanischer Musik eingeladen.«

»Wann hast du mit dem geplaudert? Kann man das überhaupt, wenn man sich bei der Hitze die Zunge aus dem Hals hechelt?« Lia hängt ihre Füße ins Wasser und knabbert ganz unspanisch Salzstangen. Wenigstens trinkt sie mallorquinischen Rotwein dazu. Einer aus Binissalem, einem der besten Weinbaugebiete auf der Insel. Den José L. Ferrer Crianza 2017 gibt's im Eroski für schlappe acht Euro. Nicht günstig, aber verdammt lecker. Bei uns in Deutschland ist er teurer. Also habe ich gleich vier Flaschen mitgenommen. Mehr sind leider nicht da gewesen.

»Nun ja, er hat mich sozusagen aufgegabelt.« Sie blickt nach links oben und seufzt. Das macht sie immer, wenn sie etwas zugeben muss, was sie nicht zugeben will. »Gut, mein Kreislauf hat ein bisschen Probleme gemacht und er hat mir zur Verpflegungsstation geholfen.«

»Aha«, bemerke ich gespielt vorwurfsvoll. »Von heiß und einer Einladung hast du aber vorhin nichts gesagt. Nur, dass du etwas langsamer als sonst gewesen wärst.«

»Na ja, ich wollte nicht sagen, dass ich zusammengeklappt bin.«

Lia lacht auf. »Bisschen Probleme mit dem Kreislauf? Klar.«

»Aber jetzt geht es dir gut?«, frage ich nach.

»Blendend. Ich hatte mich nur etwas überfordert. Das ist schon alles. Sind noch Oliven da?«

Mit der Schale Oliven leiste ich ihr Gesellschaft im lauwarmen Wasser. Dass ich dieses Jahr mit meiner Freundin, Rotwein und Oliven im Pool stehen würde, hätte ich auch nicht gedacht.

Fühlt sich richtig gut an. Kann so bleiben.

Plötzlich sieht mich Nascha erschrocken an.

»Hab ich was im Gesicht, was mich beißen könnte?«, frage ich alarmiert und taste mich ab.

»Was? Nein, Quatsch. Wie spät ist es?«

Lia sieht auf das Display von Naschas Handy, das neben ihr auf einem Handtuch liegt. »Kurz vor neun. Warum?«

»Weil ich immer um acht Uhr abends meine Übung mache. Die habe ich gestern schon versäumt. Und vorgestern auch.« Sie strebt zur Pooltreppe und schaufelt dabei Wasser mit den Händen, als säße sie in einem Boot ohne Ruder.

»Mach dich doch mal locker«, bemerkt Lia, schüttelt den Kopf und verschränkt die Beine zum Schneidersitz.

Darauf gibt Nascha keine Antwort, schnappt sich ein Kissen vom Sofa und legt es dicht an die Hauswand. Dann trocknet sie sich ab und bückt sich vor dem Kissen so weit nach unten, dass ihr Kopf es berührt und ihr Po sich uns entgegenstreckt.

»Hat die einen Knall?«, fragt Lia leise.

»So ein bisschen schon«, kichere ich, werde aber wieder ernst, als ich sehe, wie sich Naschas superschlanker Körper anspannt und sie die Beine anhebt. Ich seufze. »Kopfstand. Wollte ich schon immer mal können. Kann ich aber nicht.«

»Ist ganz leicht. Komm.«

Die spinnen!

»Ich kann das nicht!«, wehre ich mich halbherzig, werde aber von Lia aus dem Wasser gezogen.

Links von mir Nascha, rechts Lia. Beide im perfekten Kopfstand. Nach genauem Hinsehen berühren beide nicht mal die Mauer. Man könnte mir genauso gut sagen: Guck mal, der Schlangenmensch kann sich nach hinten biegen und die Rose zwischen den Beinen mit seinen Zähnen aufheben. Mach mal.

Ich strample wie ein Käfer auf dem Rücken, der von allein nicht wieder hochkommt. Zum Glück sieht mich außer den beiden niemand, wie ich den Kopf aufs Kissen presse, mich seitlich abstütze und immer wieder Schwung hole. Mehr als einen angedeuteten Purzelbaum bekomme ich nicht hin, denn da ist ja die Mauer. Dafür rutschen meine Brüste aus dem Bikinioberteil.

»Buenas noches, Señoras.«

Der Vermieter!

»O Gott, wie peinlich«, nuschele ich, senke hastig die Beine und bleibe in der Position, die aussehen muss, als neige ich mich gen Mekka.

»Oh, Verzeihung, ich wollte nicht stören. Meine Frau hat einen Mandelkuchen gebacken. Ich stelle ihn auf den Tisch und gehe wieder. Wünsche noch einen schönen Abend.«

Nascha und Lia wünschen ihm das ebenfalls. Ich tue so, als wäre ich nicht da.

Die Situation ist so grotesk, dass ich leise ins Kissen lache.

»Weinst du?«, fragt Nascha und ich spüre ihre Hand auf meinem Rücken. Dann noch eine. Die ist von Lia.

»Nee.« Ich komme hoch in den Sitz und wische mir die Lachtränen aus den Augen. »Ich brauch jetzt Rotwein.«

»Gute Idee.« Lia steht auf und holt eine Flasche und drei Gläser. »Vielleicht klappt's dann mit dem Kopfstand.«

Nascha runzelt die Stirn. »Ich trinke keinen Wein. Und auch sonst nichts mit Promillegehalt.«

»Solltest du mal tun, Schwester. Oder bist du etwa Alkoholikerin und wirst nach einem Glas rückfällig?«

Oha!

Ich ziehe zischend die Luft ein. Nascha ist alles andere als eine ehemalige Trinkerin. Doch der erwartete Anpfiff bleibt überraschenderweise aus. Das erste Mal sehe ich Nascha sprachlos. Selbst als ihr Handy einen Ton von sich gibt, reagiert sie nicht darauf. Zumindest nicht gleich.

Bevor sie jedoch reagieren kann, ist Lia am Poolrand, hebt das Handy hoch, sieht auf das Display – und lacht.

Nascha springt auf. »Her damit, du kannst doch nicht an mein …«

»Ich wollte nur höflich sein. Hier hast du es. Du solltest deine Einstellungen ändern, sodass nicht jeder gleich sehen kann, wenn du ein Schwanzbild bekommst.«

»Ach?«, sagt Nascha nur und ihre Wangen röten sich, als sie das Foto betrachtet. »Wie süß. Dass Frankie mal wieder was von sich hören lässt, ist ja nett.«

»Frankie?« Lia macht große Augen und setzt sich neben mich auf das Kissen an der Wand. »Da ist ein Penis zu sehen. Und Frankie hat nix dazu geschrieben. Woher willst du wissen, dass Frankie Frankie ist?«

Nascha plumpst schulterzuckend auf ihr Kissen. »Er ist als Einziger beschnitten.«

Lia verschluckt sich am Rotwein. »Als Einziger!?«, quetscht sie zwischen zwei Hüsterchen begleitet von einem Lachkrampf heraus.

Ich sitze zwischen Lia und Nascha an die Mauer gelehnt und sehe zwangsläufig hin, als meine Freundin meiner Schwester die Bilder zeigt. Geht nicht anders, das Teil schwebt mir direkt auf Brusthöhe.

Nascha wischt mit dem Finger die Fotos zur Seite. »Das ist Marco. Er hat einen kleinen Schwanz, aber er kann ganz gut damit umgehen. Hier ist Karl. Ja, ich weiß, sein Ding ist so riesig, dass er deinen Mandeln Hallo sagen kann. War mir auf Dauer zu heftig.«

»Du hast einen Karl?« Lia gluckst.

»Besser als einen Horst«, sage ich trocken.

»Auch wieder wahr, Schwesterherz.«

»Hach ja, Karl war schon der Burner. Leider verheiratet. Habe es schon vor längerer Zeit beendet, aber er schickt trotzdem Schwanzbilder. Hier ist Alex. Ich nenne ihn den Bleistiftlover. Ist wie ein Würstchen in die hohle Gasse geworfen, aber was er mit seiner Zunge anstellt, ist himmlisch.«

Lia kann kaum noch sprechen vor Lachen. »Blei…stift. Ich brech ab!«

Nascha wischt. »Das ist Mirko.«

Ich kneife die Augen zusammen. »Wo? Ich sehe nur einen Berg dunkler Haare.«

Nascha vergrößert. »Da. Siehst du? Das kleine helle Bällchen.«

»O Gott, ich dachte, da schimmert ein versteckter Hoden durchs Dickicht!«

»Sexuell ist er leider ein Griff ins Klo, aber er ist so süß. Jeden Tag schickt er mir Herzchen und romantische Lovesongs und schreibt, wie sehr er mich vermisst.«

»Und warum wird nichts aus euch?«, will Lia wissen.

Nascha sieht sie völlig perplex an. »Er ist für die Romantik zuständig. Alles andere geht ja nicht. Dafür habe ich Frankie. Der Sex ist un-glaub-lich, sag ich euch. Beschnittene Männer können ewig!«

»Du vögelst also in der Weltgeschichte rum. Interessant«, bemerkt Lia frei heraus. So ist sie nun mal.

Nascha scheint ihr das seltsamerweise nicht übel zu nehmen. »Was soll ich machen? Der eine Mann hat das, was die anderen nicht haben. Alle zusammen ergäben den perfekten Kerl. Aber irgendwie ist mir noch keiner begegnet, der alles auf einmal in sich vereint.«

Mir irgendwie auch nicht, stelle ich fest und suche den Ursprung dieses Gedankens am Boden des Weinglases.

»Auch eine Art, Wartezeit zu überbrücken. Noch Wein?« Lia schenkt uns nach. Auch Nascha bekommt welchen, obwohl sie ihn nicht anrühren wird.

Die Stimmung ist gelöst, ich fühle mich ungewohnt frei und Lia will unbedingt noch mal Frankie sehen. Sie hatte noch nie einen beschnittenen Mann.

Nascha zeigt ihr − und somit auch mir − die ganze Frankie-Pimmel-Sammlung und nippt das erste Mal, seit ich sie kenne, am Rotwein.

»O mein Gott«, stößt sie plötzlich aus. »So viele Schwänze und kein Mann in greifbarer Nähe. Mädels, wenn ihr nachher aus meinem Zimmer spitze Schreie hört, stopft euch einfach was in die Ohren. Die kleine Nascha braucht dringend Streicheleinheiten.«

Es gibt Dinge, die will ich eigentlich nicht wissen.

Ich trinke einen langen Schluck vom Wein. Kopfstanddilemma, Mandelkuchenüberfall und Dödelfotos. Läuft.

14

HIRN UNDER CONSTRUCTION. HERZ AUCH.

Anni

as knielange Kleid steht dir gut. Du solltest öfter was Helles und Blumiges anziehen. Macht dich weiblicher.« Nascha hakt sich bei mir unter, als wir am nächsten Tag zu dritt unter den malerischen Bögen die Avenue de Jaume entlangschlendern und an jedem zweiten Geschäft stehen bleiben.

Es ist sehr heiß heute. Die Sonne brennt von einem wolkenlosen Himmel und das luftige Boho-Kleid umspielt leicht meinen Körper. Wie praktisch, dass ich weiße Turnschuhe dazu tragen kann.

»Macht mich weiblicher? In Jeans bin ich auch weiblich, nur mal so am Rande. Aber danke. Es fühlt sich ganz gut an.«

Lia hat mir ihr Kleid aufgeschwatzt. Kurz bevor wir losgefahren sind, habe ich festgestellt, dass auf meiner einzigen Shorts ein fetter Fleck von was auch immer klebt, und mich schon in meine Jeans geworfen, als Lia mir das Kleidchen hingehalten hat. Schließlich hat sie mich mit dem Argument überzeugt, dass es mir schmeicheln würde, weil es die Hüften und Kurven betont und von meiner großen Oberweite ablenkt.

»Wo ist eigentlich Lia?« Suchend blicke ich mich um. Eben ist sie noch in ihrem floralen Maxikleid und dem großen Strohhut auf dem Kopf vor uns hergegangen.

»Da. Sie kommt gerade aus dem Geschäft.«

Ich drehe mich um und sehe meine Schwester auf mich zustürmen. In ihrer Hand eine Tasche mit hellen Fransen.

»Anni, guck mal, hab ich gerade entdeckt! Die Half-Moon-Tasche passt perfekt zu dir und dem Kleid. Da, schenk ich dir.«

Verblüfft nehme ich die Handtasche entgegen. Sie ist um Längen hübscher als meine alte Stofftasche in verwaschenem Blau. Die anderen habe ich aus Platzgründen zu Hause gelassen. Schließlich konnte ich nicht ahnen, dass ich mich während meiner Auszeit schick machen würde.

»Half-Moon?« Den Begriff höre ich zum ersten Mal.

»Na, weil sie aussieht wie ein Halbmond, nehme ich an«, meldet sich Nascha zu Wort. »Tolles Teil. Könnte mir auch gefallen.«

Lia strahlt. »Gefällt sie dir? Sie besteht zu hundert Prozent aus Paper Straw und bringt zusammen mit den Fransen den coolen Boho-Vibe mit. Ich habe auch so eine, nur nicht dabei. Und die da …« Sie deutet auf meine blaue Stofftasche. »Die kannst du in den Müll werfen. Die löst sich ja schon auf, wenn man sie versehentlich zu scharf anguckt.«

Gesagt, getan. Ich bin volle Kanne in Boho-Laune. Jetzt einen Cocktail und ein paar Tapas dazu und das Leben könnte nicht schöner sein. Was für ein genialer Tag!

Darf ich eigentlich so fröhlich sein?

Wir steuern auf eine Traube von Menschen zu, die sich vor einem der Läden versammelt haben. Ich sehe Sonnenschirme, Stehtische, einen kleinen Laufsteg, gemütliche Loungemöbel, und es duftet herrlich nach gebratenen Fleischbällchen, Kartoffeln und Schrimps. Spanische

Musik klingt zu uns herüber und wie von selbst beginnen meine Füße im Takt zu tänzeln. Lia ergeht es ebenso. Nur Nascha versteift sich ein klein wenig.

Meine Schwester legt einen Arm um sie. »Musik und Rhythmus. Lass dich drauf ein. Du brauchst keine sportlichen Höchstleistungen, um dich zu spüren.«

»Ich spüre mich auch ohne Hüftschwung, keine Sorge. Aktuell spüre ich Schweiß auf meinem Rücken und habe Durst. Außerdem tut mir noch der Kopf weh. Vom Wein!« Das letzte Wort spuckt sie aus, als hätte sie auf eine faulige Olive gebissen, und ich muss lachen.

»Du hast ein halbes Glas getrunken, davon tut der Kopf nicht weh. Dir fehlt Flüssigkeit, das ist alles.«

Dann sind wir da – und mich trifft fast der Schlag.

Wie angewurzelt bleibe ich stehen und starre auf das Plakat. »Eröffnung GrowDeLuxe« steht da. Darunter jede Menge Text, der mir sehr bekannt vorkommt, denn ich selbst habe dieses Plakat im Rahmen der drei Kampagnen entworfen.

In diesem Moment wird meine Aufmerksamkeit auf einen Mann gelenkt, den ich schon einmal gesehen habe. Und ausgerechnet auf den geht Nascha zu und setzt ihr strahlendstes Lächeln auf. Das ist dann wohl der Kerl, der sie beim Marathon bis zum Ziel begleitet hat.

Und gleichzeitig der Biker, der mich vor dem Paketshop beinahe über den Haufen gefahren hätte.

Mein Herz verdoppelt seine Taktzahl und ein paar Schmetterlinge in meinem Magen erwachen soeben aus ihrem Tiefschlaf.

Im Gegensatz zu mir ist Nascha jedoch definitiv im Flirtmodus. Rücken gerade, Brust raus, Lachen, am Ohrläppchen zupfen. Hin und wieder legt sie eine Hand auf seinen Arm. Klar, im Vergleich zu mir hat sie Übung darin. Oder einen Lovermagnet unter der Haut eingepflanzt. Wenn ja, wo kann ich das Teil kaufen?

»Magst du einen Cocktail?«, höre ich Lia sagen. Ihre Worte erreichen mich wie durch Watte, und ich kann nur nicken. »Super. Bin gleich wieder da. Guck mal, da drüben ist ein Stehtisch frei. Du besetzt ihn und ich hole Verpflegung.«

»Alles klar.« Ich stelle mich an den Tisch, ungefähr fünf Meter von Nascha und dem schönen dunkelhaarigen Mann entfernt.

Josh. Ich erinnere mich noch gut an seinen Namen. Josh. Ein schöner Name. Er trägt Jeans und ein einfaches weißes Hemd, dessen Ärmel locker bis zu den Ellenbogen hochgerollt sind. Steht ihm gut. Im Radleroutfit hat er mir aber auch gefallen.

Ich sollte rübergehen und einfach Hallo sagen, nicht rumstehen und die Handtasche an mich pressen wie ein Mauerblümchen, das das erste Mal ganz weit weg von zu Hause ist.

Und doch bleibe ich wie betoniert stehen und starre ihn an. Ich habe noch nie so einen schönen Mann gesehen.

Als Nascha etwas sagt, streicht er mit der Hand über seine vollen, leicht welligen Haare und schenkt ihr ein strahlend weißes Lachen.

Bitte schick ihr keine Schwanzbilder! Bitte nicht!

Will ich nicht sehen. Und überhaupt sollte nicht Nascha vor meinem Josh stehen, sondern ich.

Mein Josh?

Mein Hirn funktioniert nur noch abgehackt: Schöne Hände hat er. Oh, diese Wangenknochen. Volle Lippen. Wie es wohl wäre, wenn er mich küsst? Was, wenn ich seinen Geruch nicht mag? Wieso ist Tobias plötzlich aus meinem Herzen verschwunden? Darf der das so einfach? Und warum hämmert mein Herz wie wild, obwohl ich mich überhaupt nicht bewege? Einen Hitzschlag kann ich definitiv ausschließen.

Wo ist denn Lia schon wieder?

Ich stelle mich auf die Zehenspitzen und recke den Kopf. Ah, da drüben. Sie hat zwei Gläser mit einer orangen Flüssigkeit in der Hand und unterhält sich mit einem blonden Mann. Der zeigt auf Nascha und Josh.

Nascha und Josh. Nein, sieht in Baumrinde geritzt ganz und gar nicht kompatibel aus!

Mitten in meine Gedanken hinein, bekomme ich Gesellschaft.

»Hallo. Bist du allein hier? Das macht nichts. Ich bin irgendwie auch allein. Mein Vater ist schwer beschäftigt.« Das dunkelhaarige Mädchen, höchstens fünfzehn oder sechzehn, stellt eine große Wasserflasche und zwei Gläser auf den Tisch und streckt mir die Hand hin. »Hallo, ich bin Fee. Eigentlich heiße ich Felicia, aber alle nennen mich nur Fee. Ist mir auch lieber.«

Wir schütteln uns kurz die Hände. »Ich bin Anni, eigentlich Annalisa, aber die meisten nennen mich Anni. Außer meine Eltern, die sagen Fussel.«

»Fussel?« Fee lacht. »Warum denn Fussel? Ach so, wegen deiner Haare?«

Ich zucke mit den Schultern. »Genau. Ich glaube, ich sollte eigentlich ein Wischmopp werden, aber Gott hat es sich im letzten Moment anders überlegt.«

»Du bist cool. Ich mag dich. Dein Kleid auch. Und die Tasche ist toll.«

»Hat mir meine Schwester geschenkt. Sie ist drüben am Buffet und unterhält sich. Ich muss wohl noch ein bisschen auf mein Getränk warten.« Ich deute in die Richtung, in der ich Lia eben gesehen habe, doch da ist sie nicht mehr. Jetzt steht sie bei Nascha. Der Blonde ist auch dabei. »Ah, nein, da ist sie. Schätze, der *Aperol Spritz* wird warm nicht mehr schmecken.«

»Das ist deine Schwester?« Fee nickt beeindruckt. »Sehr cool! Komm, lass uns rübergehen. Der Große ist mein Papa und der andere ist Leon.«

Ihr Vater?!

War ja klar! Verheiratet ist er dann wahrscheinlich auch. Trotzdem flirtet er. Genauso wie dieser Leon. Beide mit Nascha. Mir total egal! Verheiratete Männer sind tabu!

Trotzdem: Ich will auch einen Lovermagneten. Sofort!

»Ach lass mal, ich bleibe lieber hier im Schatten.«

Tja, du doofe Nuss, da nützt selbst der stärkste Männermagnet nichts, wenn du dich anstellst wie die Kuh auf dem Eis.

In diesem Augenblick geschehen vier Dinge:

Josh sieht mir unvermittelt in die Augen.

Seine hübsche Tochter fordert mich auf, mit ihr zu kommen.

Eine Durchsage in drei Sprachen ertönt, Herr von Greiffenberg möge bitte zur Gewinnerauslosung auf den Laufsteg kommen und irgendjemand ruft: »Hey, Josh, hör auf zu flirten. Du bist nicht zum Spaß hier«.

Mein Gehirn konstatiert zäh: Josh ist Joshua von Greiffenberg und der Boss der Firma, in der ich arbeite.

Und somit verboten.

Ganz nebenbei: Das ist er sowieso, weil er ein verheirateter Vater ist. Außerdem scheinen er und Leon auf Nascha abzufahren.

Ich warte auf die Durchsage: »Die kleine Anni möchte von ihrer Mama aus dem Malle-Spieleparadies abgeholt werden.« Alternativ könnte ich zum Strand gehen und das mit dem Eimer Sangria und den überlangen Strohhalmen ausprobieren.

Mir ist gerade nach Alkohol. Viel Alkohol. Oder einem Jumbobecher Eiscreme.

»Komm doch mit rüber zu den anderen. Ich stelle dir meinen Vater und Leon vor«, sagt Fee. Dann stockt sie und sieht mich aus ihren großen braunen Rehaugen mit gerunzelter Stirn und schiefgelegtem Kopf an. »Ist alles okay? Du bist plötzlich so weiß im Gesicht.«

»Kann sein. Ja. Die Hitze …«, nuschele ich, dann

geht ein Ruck durch meinen Körper. »Sag meiner Schwester, ich bin schon mal an die Kathedrale gegangen, ja?«

So schnell, wie ich kann, flüchte ich, ohne jedoch dabei zu rennen. Warum ich so unbedingt hier wegwill, kann ich nicht so genau sagen, aber ich brauche jetzt einen Moment nur für mich.

Keine zehn Minuten später lasse ich mich auf dem Vorplatz der Kathedrale im Baumschatten auf einer Bank nieder, starre auf den hübschen Springbrunnen im künstlichen See und lecke an meinem Eis.

An einer Eisdiele kann man ja nicht einfach so vorbeistürmen. Erst recht nicht, wenn dich ein leuchtend blaues Eis anlacht. Ich liebe Schlumpfeis. Doch hier heißt es weder »Schlumpfeis« noch »Blauer Engel«, sondern Unicornio, Einhorneis. Dazu gönne ich mir noch eine Kugel Zitrone.

Ich sitze, starre, schlecke völlig desillusioniert mein Zitronenblau-Eis, und mein Puls ist immer noch im ungesunden Bereich.

Das alles wegen eines Mannes? Echt jetzt? Hallo, Universum, was hast du eigentlich nicht verstanden an meinem Wunsch: Ganz allein Wunden lecken und halbwegs über die Trennung hinwegkommen? Und du schickst mir ausgerechnet den sexy Gerard-Butler-Biker, Firmenboss von GrowDeLuxe und Familienvater. Hast echt Humor! Tiefschwarzen Humor. Gemeinen Humor!

Darüber hinaus ist der unverschämt gut aussehende und verheiratete Vater ganz offensichtlich anderen Frauen gegenüber mehr als aufgeschlossen.

Wie Herr Schüttke, der Drecksack!

Ich komme zu der Erkenntnis, dass mein verliebtes Herzklopfen nur ein Ablenkungsmanöver meines Unterbewusstseins ist, um nicht zu sehr unter meiner gescheiterten Ehe zu leiden. So kurz nach dem Untergang einer langjährigen Ehe ist Verlieben so wahrscheinlich wie morgen fünf Kilo weniger auf der Waage.

»Anni! Was ist denn los?« Nascha plumpst rechts neben mir auf die Bank, Lia mit ähnlichem Wortlaut setzt sich an meine linke Seite.

»Ihr habt schon gesehen, welcher Shop da Eröffnung hat?«

»Klar«, sagt Lia schulterzuckend. »Die Firma, in der du arbeitest. Und? Dein Eis sieht übrigens lecker aus. Welche Sorten sind das? Darf ich mal lecken?«

Ich halte ihr das Eis hin. »Zitronenblau.«

»Nie gehört. Schmeckt wie Schlumpfeis und Zitrone.«

»Bingo, der Kandidat hat die volle Punktzahl.«

»Lenk nicht ab, Anni«, sagt Nascha und sitzt kerzengerade neben mir. Sie scheint sauer zu sein. »Plötzlich warst du weg und wir haben nur noch das Kleid um die Ecke biegen sehen.«

Lia leckt immer noch am Eis und ich überlasse es ihr. Mir ist sowieso der Appetit vergangen. Allerdings geht mir »Zitronenblau« nicht mehr aus dem Kopf. Das hat was. Ich weiß nur noch nicht wofür. Vielleicht ein Blumenarrangement oder Aufdrucke auf Tassen, vielleicht ein Slogan.

»Halloho? Anni? Noch da?« Nascha kneift mir sanft in die Wange.

»Nur kurz abgedriftet, Verzeihung. Wieso siehst du eigentlich so angepisst aus?«

»Wieso ich so angepisst aussehe?«, wiederholt sie, hebt die Hände und blickt kurz zum Himmel. »Weil ich gerade dabei war, einen wirklich tollen Mann kennenzulernen. Und bevor ich die Chance auf eine heiße, spanische Nacht endgültig über den Jordan kicke, habe ich ihm noch schnell unsere Adresse und meine Telefonnummer auf einen Zettel gekritzelt und ihn und seinen Freund zu uns eingeladen. Als Dankeschön für heute und …«

»Du hast *was*!?« Unwillkürlich springe ich auf. Die

Handtasche fällt zu Boden und der Inhalt fällt heraus. Fahrig sammle ich alles wieder ein und werfe es wütend in die Tasche zurück. »Bist du irre, den Oberboss auf meine Finca einzuladen!?«

»Oh. Er ist der … Mist. Aber ich konnte doch nicht wissen, dass …«, setzt sie zu einer Entschuldigung an, doch ich höre nicht mehr zu und laufe los. Ich kann jetzt unmöglich still sitzen, so rege ich mich auf.

Lia und Nascha holen mich ein.

»Schwesterchen«, sagt Lia mit sanfter Stimme und legt einen Arm um mich. »Was ist denn so schlimm daran, dass dieser Josh der Boss der Firma ist?«

»Alles!«, speie ich aus. »Einfach alles! Er darf nie erfahren, dass ich eine seiner Mitarbeiterinnen bin.«

»Warum denn nicht?«, will Nascha wissen.

»Weil …« Ich stocke – und dann erzähle ich, warum er nie in der Firma ist und auch sonst eher im Hintergrund arbeitet und dass ich ihm zum ersten Mal am Paketshop begegnet bin. »Bis eben hatte ich keinen Schimmer, wer Josh ist.« Ich bücke mich, um ein weggeworfenes Eispapier aufzuheben, knülle es zusammen und werfe es in Richtung eines Mülleimers. Daneben. Ist ja klar.

Nascha zieht die Brauen hoch und wirft das Papier in den Korb. »Das musst du noch üben.«

»Ja, genau wie das Flirten«, spreche ich meinen Gedanken laut aus.

Nascha lacht. »Das verlernt man nicht, ist wie Radfahren.«

»Ach ja?«, fahre ich sie grundlos an. »Fahr mal acht Jahre kein Rad, dann reden wir noch mal.«

»Stopp«, unterbricht Lia. »Beim Thema bleiben, bitte. Warum darf er jetzt nicht erfahren, wer du bist? Ich verstehe es nicht.«

»Weil er mein Boss und verheiratet ist. Das ist doppelt

tabu! Und weil … weil er mich nur als unscheinbare Webdesignerin sehen würde. Und …«

»Ist dir das wichtig?«, wirft Nascha ein. »Also, ich meine das mit dem unscheinbar. Du bist du.«

»Und ER ist mein BOSS! Das geht gar nicht!«

Lia seufzt auf. »Willst du denn, dass was geht?«

Ich lache auf. »Ja klar … Hallo? An einer neuen Beziehung bin ich ungefähr so interessiert wie an einer Operation am offenen Herzen! Ohne Narkose. Außerdem hängt mir Tobi noch in den Knochen.«

Lia sieht mich auf ihre ganz eigene Art und Weise an, die einem Menschen das Gefühl geben kann, sie sieht ihm bis auf den Grund seiner Seele.

»Ach ja? Tut er das?«

15

AUF DEN ERSTEN BLICK

Joshua

So, Anni heißt die Wuschelkopfblondine aus Handschuhsheim also.

Wie ausgesprochen nett, dass mir ihre Schwester den Namen auf dem Silbertablett präsentiert hat. Ich frage mich nur, warum ich sie nicht früher gesehen habe. Vielleicht, weil ich unbewusst das Bild einer kessen Blondine in Jeans und ohne BH unterm Shirt im Kopf habe und keine bezaubernde Schönheit in einem hellen Blümchenkleid.

Erst als Lia, wie sich die junge und sehr attraktive Dame vorgestellt hat, erzählt, dass ihre Schwester Anni zufällig bei GrowDeLuxe arbeitet und aktuell an einem der hinteren Tische wartet, werde ich auf sie aufmerksam.

»Ist das nicht ein witziger Zufall? Oder Nascha? Wenn du gestern nicht zusammengeklappt wärst, wären wir gar nicht hier.«

»Zufall, Vorsehung … Wer weiß das schon.« Nascha hebt ihr Glas und sieht mir lange in die Augen. Ich seufze und sehe unauffällig zu dem Tisch, an dem diese Anni steht, und grinse in mich hinein.

Soso, du arbeitest also in meiner Firma.

Leon plaudert mit Lia, schielt dabei aber immer wieder

zu Nascha, die mir von ihrem Job in Heidelberg als Marketingassistentin erzählt, und dass sie als Single viele Überstunden leistet. Währenddessen scanne ich Anni aus dem Augenwinkel ab.

Zwischen uns ist genug Abstand, der es mir ermöglicht, sie zu beobachten, ohne selbst von ihr bemerkt zu werden. Vielleicht hat sie mich auch nicht erkannt, schließlich haben wir uns nur einmal kurz gesehen.

Schöne, große wasserblaue Augen, volle Lippen, das Gesicht ist dezent geschminkt, ein Hauch Rouge auf den Wangen, etwas Lipgloss. Die blonde Mähne fällt ihr lockig fast bis zu den Schultern und ständig streicht sie sich eine Strähne hinters Ohr.

Als wir uns zufällig begegnet sind, hat sie bei mir einen sehr selbstbewussten und ungezwungenen Eindruck hinterlassen. Jetzt wirkt sie ein bisschen verloren. Nein, eher unsicher, so wie sie an ihrer Tasche herumnestelt und dabei die Schultern hochzieht. Wie ein scheues Reh. Ich habe fast Mitleid mit ihr.

Trotzdem widerstehe ich dem Drang, zu ihr an den Tisch zu gehen, um sie willkommen zu heißen. Die Überraschung läge auf meiner Seite. Aber ich möchte sie noch ein bisschen beobachten.

»Wollen wir uns vielleicht mal in Heidelberg treffen?«, höre ich Nascha sagen und will gerade antworten, als Felicia die Szene betritt.

Meine spontane, kommunikative und feinfühlige Tochter spricht ausgerechnet Anni an.

Unverhohlen starre ich zu Anni – und unsere Blicke treffen sich.

Anni hat mich erkannt. Ich lächle und will zu ihr gehen, werde jedoch in diesem Moment ausgerufen. Irgendjemand lässt einen dummen Spruch los, und Nascha zuckt mit den Schultern.

»Unverhofft kommt oft«, höre ich sie nuscheln. »Ich schreib dir meine Nummer und die Adresse der Finca auf.«

»Hi, Papa, ich …«

»Sorry, meine Kleine. Ich muss mal eben schnell die Gewinner bekannt geben. Bin gleich wieder da.«

Ein letzter Blick zu Anni. Sie ist weg.

Für einen kurzen Moment verspüre ich Enttäuschung, und ich ärgere mich über mich selbst. Ich hätte gleich auf sie zugehen sollen.

Nascha drückt mir einen Zettel in die Hand und lädt mich und Leon für morgen auf eine Finca ein. Ich sage fahrig zu und strebe Richtung Laufsteg. Am Rande bekomme ich noch mit, wie beide Frauen sich suchend umsehen und meine Tochter sagt: »Hallo, du bist Lia. Anni hat mir gesagt, du wärst ihre Schwester. Ich soll ausrichten, sie wäre …«

Der Applaus der Gäste verschluckt jedes weitere Wort.

»Du hast es gut, Papa.« Am nächsten Tag drückt Felicia ihren kleinen Rucksack an sich und starrt durch die Windschutzscheibe nach vorne. »Du kannst hierbleiben und ich muss nach Hause. Und morgen schon wieder in die Schule. Das fühlt sich so unwirklich an. Ich kann mir gar nicht vorstellen, gleich ins Flugzeug zu steigen.«

»Was hältst du davon, wenn wir nächstes Jahr deine Ferien hier verbringen?« Ich setze den Blinker und überhole einen Lkw. Auch ich habe die kurze Zeit mit Fee genossen und kann mir gut vorstellen, einen Urlaub mit ihr zu verbringen. Das machen wir viel zu selten.

»Echt? Klar! Aber nicht die ganzen sechs Wochen, oder?«

»Wenn du möchtest, warum nicht?«

»Um Gottes willen, nein. Aber so zwei oder drei Wochen wären okay. Wie wäre es mit den Osterferien?«

»Geht klar.«

»YES!« Fee strahlt und wird dann plötzlich ernst. Eine kleine steile Falte gräbt sich zwischen ihre dichten Augenbrauen. »Hoffentlich erlauben mir Mama und ihr Typ das auch.«

»Wieso sollten sie es nicht tun? Immerhin bin ich dein Vater. Ich kann mit deiner Mutter reden, denke jedoch, das ist gar nicht nötig. Sobald ich zurück in Deutschland bin, komme ich mal vorbei. Okay?«

»Okay. Danke, Papa. Wann fliegst du wieder zurück?«

»Am Freitag.«

»Siehst du dann Anni wieder?«

Diese Frage kommt so überraschend, dass ich nicht gleich eine Antwort darauf finde.

»Sollte ich das denn?«

»Auf jeden Fall!« Sie dreht sich im Sitz zu mir und sieht mich eindringlich an. »Du triffst dich bitte nicht mit der anderen, dieser Dunkelhaarigen! Ich hab mitbekommen, dass sie dir was zugesteckt hat.«

»Das hat nichts zu bedeuten.«

»Sehe ich anders. Sag schon, datest du sie?«

»Ist das ein Verhör? Warum sollte ich mich nicht mit ihr treffen?«

»Papa …«

»Nein, Süße, ich verabrede mich nicht mit ihr. Sie hat mich lediglich auf die Finca eingeladen, in der sie zusammen mit Lia und Anni Urlaub macht. Auf dem Zettel steht die Adresse.«

»Super! Da gehst du hin.« Meine energische Tochter lässt sich beruhigt zurück in den Sitz plumpsen. »Aber nicht wegen dieser Nuschel, sondern wegen Annalisa. Ist ein schöner Name.«

»Nascha«, korrigiere ich und Fee verdreht die Augen. »Du magst Anni?«

»Jap!« Fee nickt. »Sie ist nicht so 'ne hohle Nuss wie die anderen, die dich anhimmeln oder nur abcashen wollen.«

Ich lache auf. »Abcashen?«

»Mensch, Papa. Abzocken, ausnehmen, auf deine Kohle aus sein.«

»Und du meinst, Anni ist da anders, ja?«

»Kann schon sein. Ja, vielleicht. Ist nur so ein Bauchgefühl. Oh, wir sind ja schon da.« Sie umklammert wieder den Rucksack und schiebt leicht die Lippe vor.

»Bis Ostern ist es nicht mehr lange, Süße.«

Ich begleite meine Tochter bis an den Schalter. Als wir uns verabschieden, fällt mir mein kleines Mädchen um den Hals und drückt mir einen dicken Kuss auf die Wange. »Tschüss, Papa. Versprichst du mir, dass du heute noch Anni besuchst?«

Lachend pflücke ich sie von mir ab. »Versprochen. Und jetzt ab mit dir. Du musst noch einchecken.«

Fee hat das ausgesprochen, was mir seit gestern nicht mehr aus dem Kopf geht. Auch ich würde diese Anni zu gern näher kennenlernen. Es gibt nur ein Problem: Sie ist eine meiner Mitarbeiterinnen, und meine Devise ist: Nimm die Firma niemals mit ins Bett.

Mit Angestellten oder Kolleginnen etwas anzufangen, befeuert nur die Gerüchteküche, denn über Affären im Büro wird permanent getuschelt. Und die Haberbeck ist ein Falke, die würde sofort mitbekommen, wenn ich mit einem ihrer weiblichen Schäfchen was am Laufen habe.

Aber das schließt ja nicht aus, mir diese Anni mal aus der Nähe anzusehen.

Auf dem Rückweg zum Auto ziehe ich den Zettel von Nascha aus dem Geldbeutel. Aha, sie wohnen in der Inselmitte bei Inca. Man sagt, das wäre die hässlichste Kleinstadt auf Mallorca, was ich nicht bestätigen kann. Vor Jahren habe ich dort einen Markt und diverse Leder-Outletstores besucht, denn Inca ist bekannt für seine Lederwaren, die man noch dazu günstig direkt ab Fabrik bekommt. Ich fand den Ort eigentlich ganz nett. Natürlich ist er nicht mit den romantischen Dörfern Valdemossa, Soller oder Deya zu vergleichen, aber als hässlich würde ich ihn nicht beschreiben. Die Infrastruktur ist gut, es gibt jede Menge Ärzte, Restaurants und eine schöne Innenstadt mit vielen kleinen Geschäften.

Am Auto angekommen wähle ich Naschas Nummer und kündige mich an. Leon kann leider nicht mit, er hat bereits eine Verabredung.

»Ich müsste in etwa einer halben Stunde bei euch sein. Passt das? Prima.«

»Du kannst mitessen, wenn du magst. Wir bereiten gerade eine traditionelle Paella zu.«

»Perfekt, ich habe heute Mittag nur eine Kleinigkeit zu mir genommen und mein Magen hängt mir schon in den Kniekehlen. Dann bis gleich.«

Der Feierabendverkehr auf der Autobahn hat sich etwas gelichtet und so komme ich gut voran. Ich schalte das Radio ein und nehme die dunklen Wolken über dem Tramuntanagebirge zur Kenntnis. Sollte es regnen, würde vermutlich ein Großteil der eventuell kommenden Niederschläge an den Bergen hängen bleiben.

Gedankenverloren starre ich auf die Straße und ich bleibe an Leons gestrigen Worten hängen.

»Diese Anni ist eher nicht dein bevorzugter Typ, wenn ich das auf den kurzen Blick beurteilen kann. Eine sehr aparte junge Frau, natürlich und ohne irgendwelche Allüren. Und Fee scheint sie zu mögen. Das sollte dir zu denken geben. Lass die Finger von ihr, ja? Sie scheint keine dieser Frauen zu sein, die man mal eben durch das Bett zieht.«

Da mag er recht haben, doch das will herausgefunden

werden. Äußerlichkeiten können täuschen. Nichts ist so, wie es auf den ersten Blick scheint.

Ich habe geantwortet, dass ich gar nicht vorhätte, sie zu vögeln. Worauf er gelacht und gesagt hat: »Das glaubst du doch selbst nicht, Josh!«

Verdammt, er kennt mich zu gut!

Insgeheim wünsche ich mir, ihr zu zeigen, was ich im Bett alles draufhabe. Und wenn ich ehrlich bin, reizt es mich ungemein, ihren festen, prallen Hintern mit beiden Händen zu umschließen, um zu testen, ob er sich auch so anfühlt. Annis Po ist mir von unserer ersten Begegnung noch sehr präsent in Erinnerung.

16

BEGATTUNGSSTARRE

Anni

Meine Nacht ist kurz gewesen.

Jetzt ist es fast Abend, ich schneide frischen Knoblauch in Streifen, und durch die Küche zieht das verlockende Aroma von Meeresfrüchten in Olivenöl. Hin und wieder nippe ich am frisch gepressten Orangensaft. Er schmeckt viel süßer und fruchtiger als zu Hause. Kalorientechnisch ist er eine Sünde, aber das ist mir egal. Besondere Lebenslagen brauchen solche kleinen Seelentröster.

Lia und ich kochen Paella, Nascha hat draußen den Tisch gedeckt. Seitdem ist sie verschwunden. Vielleicht macht sie ein Nickerchen. Im Hintergrund läuft spanische Musik im Radio, und mir läuft das Wasser im Mund zusammen. Auch wenn ich todmüde bin, essen geht noch! Rotwein auch. Und nach dem Essen werde ich wie ein Stein ins Bett fallen.

Vielleicht hat mich gestern die Wärme nicht in den Schlaf finden lassen, vielleicht der Wind in den Palmenwedeln direkt vorm Schlafzimmer oder die Glöckchen der Schafe, die ich beim Morgengrauen so deutlich wahrgenommen habe, als würde die ganze Herde direkt unter dem Fenster grasen, vielleicht das leise Schnorcheln von Lia.

Möglicherweise sind lediglich meine Gedanken schuld, die ruhelos und unaufhörlich umeinander gejagt sind wie aufgescheuchte Spatzen. Außerdem hängt mir Tobi noch in den Knochen.

Ach ja, tut er das?

Egal, wie viele Runden die Spatzen drehen, sie landen immer wieder auf meiner gestrigen Aussage zu Tobi und Lias darauffolgender Frage.

Auch jetzt noch. Daran hat selbst der Marktbesuch nichts geändert.

Herr Schüttke! Nicht Tobi!

Ach, komm, das ist doch lächerlich. Mittlerweile kann ich Tobi oder Tobias sagen und denken, ohne in Tränen auszubrechen. Wichtiger ist doch die Frage: Hängt er mir noch in den Knochen oder was ist es, das mich mental so hilflos macht? Und wie lange kann man Gedanken zerkauen, bis aus ihnen nur noch undefinierbarer Brei wird?

Keine Ahnung, aber je länger ich nachdenke, desto mehr drehe ich mich im Kreis.

Ja, ich bin traurig, dass Tobi mich betrogen hat. Sauer und verletzt ebenfalls. Und ich vermisse ihn.

Stopp. Tu ich das wirklich?

»Bohnen?« Lia brät die in Scheiben geschnittene Chorizo in einer separaten Pfanne und deutet auf das Schälchen in meiner Hand. »Ich hab noch nie Bohnen in einer Paella gegessen.«

Ich zucke mit den Schultern und gebe die Bohnen sowie Knoblauch zu den Meeresfrüchten in die Paellapfanne. Und dann werde ich schwach. Es riecht so lecker, dass ich einfach nicht bis zum Essen warten kann – und stecke mir mit Fingerspitzen eine Riesengarnele in den Mund.

»Kloschterludsch.«

Uh, heiß! Ich reiße den Mund auf und wedele mir kühle Luft hinein.

»Soll ich pusten?«, fragt Lia und ich nicke. Unsere Mutter hat uns früher immer in den Mund gepustet, wenn wir zu hungrig waren und nicht warten konnten, bis das Essen etwas abgekühlt war. Lia steht vor mir, pustet mir in den Mund und ich wedele zusätzlich.

»Danke«, nuschele ich um die Garnele herum.

»Wie früher. Aber was hast du eben gesagt?«

Ich schlucke runter. »Bohnen gehören zu der traditionellen Paella dazu. Ich habe das Rezept vom Koch des Klosters Lluc. Dort bin ich gewesen, bevor ihr gekommen seid. Total schön da. Wir könnten dort mal eine Kleinigkeit essen und danach wandern. Im Sa Fonda schmeckt es einfach nur fantastisch. Das ist das Restaurant direkt am Magnoliengarten des Klosters. Die Paella war 'ne Wucht, sag ich dir! Die musste ich irgendwann nachkochen. Am besten hier, wo es alle Zutaten direkt frisch und original gibt. Wie der Paellareis oder die Garnelen. Und voilà, hier ist alles, was wir brauchen. Frisch vom Markt.«

Ich greife zum Messer, um die frische Petersilie klein zu schneiden, und deute auf die Zutaten, die ich größtenteils heute Morgen in aller Frühe besorgt habe, als Lia und Nascha noch feuchte Träume hatten: Kleingeschnittene und bereits brutzelnde Hähnchenbrust, Chorizo, Erbsen, Tomaten, Bohnen.

»Ein Magnoliengarten? Den würde ich …«, beginnt Lia. Dann stockt sie, denn Nascha flötet ziemlich laut in ihr Handy und wir drehen uns beide zu ihr um.

»Du kannst mitessen, wenn du magst. Wir bereiten gerade eine traditionelle Paella zu. Ja? Super. Dann bis gleich.«

Nascha ist nur mit einem Handtuch um den Körper bekleidet und hat eine weiße Maske auf dem Gesicht. Sie legt das Handy auf den Tisch und strahlt uns reduziert an – wegen der Maske, die bei einem breiten Grinsen wahrscheinlich abbröckeln würde. Und sie wedelt mit den Händen. Wieso wedelt sie damit? Egal, denn eine dumpfe Ahnung macht sich in mir breit, mit wem sie gesprochen haben könnte. Allein der Gedanke verursacht mir Schläfenziehen und ein flaues Gefühl im Magen.

Wenn ich jemandem nicht begegnen will, ist das garantiert der Boss der Firma, in der ich arbeite. Schließlich will ich nicht in Ungnade fallen, denn ich brauche meinen Job. Insbesondere jetzt, wo das Gehalt von Tobi wegfällt und ich Unsummen für diesen Urlaub ausgegeben habe.

Ich merke, dass ich Nascha anstarre und das Messer in der Hand halte, als müsse ich mich verteidigen. Als Lia lacht, lasse ich es verwirrt sinken.

»Wer kommt gleich?«, fragt Lia. »Und wieso fächerst du dir mit den Händen Luft zu?«

»Tu ich nicht.« Nascha stellt das Wedeln ein und pustet auf die Fingernägel. »Der Nagellack muss trocknen.«

»Steck die Finger kurz ins Eisfach, dann geht's schneller.«

»Echt? Das funktioniert? Muss ich ausprobieren. Ich kann ja erst die Maske abnehmen, wenn der Lack trocken ist. Daran habe ich nicht gedacht, als …«

»Und wer kommt jetzt?« Meine Stimme klingt belegt und ich schlucke den Frosch runter, der sich an meinen Kehlkopf klammert.

»Josh. In einer halben Stunde. Leider ohne seinen Freund.« Sie lächelt, öffnet beschwingt und wohlduftend den Kühlschrank und legt die Finger ins Gefrierfach.

Ich kippe den Orangensaft runter, als wäre er Whisky und ich müsse mir Mut antrinken.

Josh! Das plötzlich einsetzende, kribbelnde Ziehen in der Magengrube schiebe ich auf den Orangensaft. Fruchtsäure auf Garnele kann so was machen, ganz sicher. Und überhaupt, ich kann mir ja kaum die Einzelheiten seines Gesichtes ins Gedächtnis rufen. Nur seine Wirkung auf mich. Und seine sanft nach oben geschwungene Oberlippe, das süffisante Lächeln, die vollen Haare.

Haare, klar. Logisch. Das ist eine rein tiefenpsychologische Sache. Man will immer das, was man nicht hat. Kleinere Brüste zum Beispiel. Oder einen Mann mit Haaren.

Über Jahre hinweg nur Glatze im Bett ist wie täglich trocken Brot. Und dann kommt einer mit voller Haarpracht daher und sieht auch noch aus wie ein heißer Schauspieler. Da werden die Urinstinkte angesprochen. Das Urweib von früher hat sich nur die Kerle ausgesucht, die allein aufgrund ihrer Physiognomie geeignet wären, gesunde und starke Kinder zu zeugen. Und hol mich der Teufel … Josh Gerard Butlers äußeres Erscheinungsbild verursacht genau aus diesem Grund mit traumwandlerischer Klarheit bei jeder Frau eine gewisse Schrittfeuchte.

Leider auch bei mir.

Geht gar nicht. Schließlich trauere ich noch.

»Du trauerst noch? Um wen?« Nascha sieht mich irritiert an.

»Äh, ich habe nur laut gedacht.«

Lieber Himmel, das ist mir auch noch nicht passiert. Schnell hacke ich die Petersilie klein.

Aus dem Augenwinkel bemerke ich Lias Blick. Der Blick, den sie immer draufhat, wenn sie weiß, was in mir vorgeht. Sie streicht mir kurz über den Rücken.

»Mach dich locker. Die Dinge kommen, wie sie kommen sollen, völlig egal, was du tust und ob du es willst oder nicht.«

»Lia, ich will einfach nur mit meiner neuen Situation klarkommen. Mehr nicht.«

»Ha! Es funktioniert!« Nascha zieht die Hände aus dem Kühlschrank. »Trocken! Genialer Tipp. Danke, Lia. So, jetzt muss ich mich aber fertig machen.«

Noch im Gehen pult sie sich die Maske vom Gesicht. »Was zieh ich denn nur an? Ah ja, ich weiß.«

»Du könntest uns helfen. Es muss aufgeräumt werden!«, rufe ich ihr hinterher.

»Ich kümmere mich dann nachher um alles, okay?«, antwortet sie, ohne sich umzudrehen, und verschwindet um die Ecke.

Lia sieht mich amüsiert an. »Die ist ja volle Kanne im Kopulationsmodus.«

»Kann sein …«, quetsche ich hervor und beginne, Schneidebrettchen, Messer und Schüsseln zu spülen.

Kaum ist die Küche sauber, hören wir das Klackern von Absätzen auf den Terrakottafliesen.

Lia pfeift durch die Zähne. »Das kleine Schwarze? High Heels? Schick. Aber wir sind hier nicht auf einem High-Society-Empfang. Außerdem könntest du dir in dem Aufzug gleich ein Schild mit der Aufschrift *Fick mich* auf die Stirn kleben. Offensichtlicher geht's nicht.«

Mir klappt der Mund auf. Meine Freundin sieht aus, wie einem Modemagazin entstiegen. Typ: eleganter Vamp. Wie hat die das so schnell hinbekommen?

Resigniert blicke ich an mir runter. Badeshorts, Schlabbershirt, Flip-Flops. Meine Haare sind seit drei Tagen ungewaschen, jetzt müffeln sie nach Paella. Mein Make-up liegt im Bad und weint in seinem Schattendasein allein und gottverlassen in die Abschminkpads. Es ist einfach zu warm für Schminke.

Ich ziehe mir ein Stück Petersilie aus einer Locke. Wie ist die denn dahin gekommen?

»Pfth!«, gibt Nascha mit hoheitsvoller Handbewegung zurück und legt eine Hand an die Hüfte, als wolle sie für die Fotografen der Vogue posieren. »Du, liebe Lia, fühlst dich im Hippielook wohl, ich mag es eben kultivierter. So eine knallorange Haremshose mit bauchfreiem Top ist nicht meins. Selbstgestrickt?«

»Gehäkelt.«

»Wie auch immer.«

»Nascha«, platzt es aus mir heraus. »Neben dir komme ich mir vor wie ein Bauerntrampel.«

»Ach, Süße.« Sie legt den Arm um mich. »Du hast nichts Schickes dabei, nehme ich an. Komm mit, du bekommst was von mir.«

»Von dir?« Lachend schüttele ich den Kopf. »Was du über deine Hüften bekommst, passt bei mir höchstens über einen Oberschenkel. Lass mal.« Es klingelt. »Und zu spät ist es auch.«

Schlagartig aktiviert sich mein Fluchtreflex und ich renne ins Bad. In meinem Kopf herrscht Chaos. Joshua von Greiffenberg darf mich auf keinen Fall in dieser Aufmachung sehen.

Mein Spiegelbild schüttelt den Kopf. Es hat recht. Was ist nur mit mir los?

Ja, ich bin eine Mitarbeiterin von ihm. Na und? Ja, ich habe Herzklopfen und in meinem Magen prügeln sich die Schmetterlinge um den nächsten Platz, was genau genommen nicht sein kann, weil … Weil es nicht sein darf. Denn was sich anfühlt wie Verliebtsein, würde bedeuten, dass es mit meiner großen Liebe zu Tobias nicht sehr weit her sein kann. Oder würde ich mich ansonsten fühlen wie ein Teenager vor seinem ersten Date mit dem Jungen seiner Träume?

»Das darf nicht sein«, flüstere ich, schaufele mir kaltes Wasser ins Gesicht und rücke das bunte Haarband gerade. Dann atme ich tief durch.

Einen Teufel werde ich tun, mich für den Greiffenberg aufzubrezeln. Eine Katzenwäsche und ein frisches Shirt genügen. Schließlich taucht er spontan hier auf. Nein, nicht ganz korrekt, Nascha hat ihn gestern eingeladen. Nur hatten wir alle nicht gedacht, dass er tatsächlich kommt.

Vor dem Kleiderschrank verfalle ich unerwartet in

Aktivitätsstarre. Eine Hand am Kleiderbügel mit Lias Kleid, die andere am giftgrünen Top mit der Aufschrift »Zu schön, um noch frei zu sein«. Ein Geschenk von Lia zu meiner Hochzeit. Keine Ahnung, warum ich das eingepackt habe. Nein, das Shirt geht nicht. Nicht heute.

Ich schließe die Augen, weil meine innere Stimme unerträglich laut wird.

»Nimm das Kleid!«, flüstert sie eindringlich. »Und dann schmeiß dich an diesen heißen Typen ran. Scheiß auf morgen. Nimm ihn! Du brauchst das nach acht Jahren Blümchensex. Und wie du das brauchst!«

»Nein, nein, nein!« Ich greife zu einem blauen, weiten Shirt mit Rundhalsausschnitt Marke: supergemütlich.

»Und warum nicht?«

Ich zucke zusammen. »Lia? Wie lange stehst du schon da?«

»Geht es dir gut? Immerhin hast du mir gerade geantwortet.« Sie greift in den Schrank und zieht ein zitronengelbes Shirt heraus. »Nimm das. Es passt so schön zu den taubenblauen Shorts.«

»Zitronenblau. Nett«, nuschele ich und schlüpfe ins Shirt. »Danke, Schwesterherz. Ich dachte, du wärst meine innere Stimme.«

»Na ja, ich habe etwas leiser geredet.« Sie deutet mit dem Kopf zum offen stehenden Fenster, das direkt an die Terrasse grenzt. »Josh ist schon da. Sie sitzen draußen am Tisch.«

»Nicht zu überhören.«

Naschas Lachen klingt hell und anders als sonst. Kenne ich von früher, als wir beide Singles waren, zusammen um die Häuser gezogen sind und sie ein Objekt der Begierde angeglüht hat.

»Ja, sie sollte an ihrer Taktik arbeiten«, bemerkt Lia schmunzelnd. »Sonst bekommt sie Schwanzbilder bis in alle Ewigkeit. Aber das ist jetzt nicht wichtig.«

»Was ist denn wichtig?«

»Du.« Sie legt beide Hände an meine Schultern. »Dein Gesicht leuchtet wie ein Warnsignal. Sonnenbrand schließe ich aus. Du hast heute nur im Schatten gelegen.«

»Nicht wahr, oder?« Ich sehe in den Spiegel an der Wand und lege beide Hände an die Wangen. »Na prima. Herzrasen und rote Birne. Ich bräuchte jetzt Abkühlung. Aber ich kann ja jetzt nicht in den Pool. Wie sähe das denn aus?«

»Wie jemand, der in den Pool geht?«

»Lia! Nein. Ich schmeiß mich an niemanden ran und gehe nicht in den Pool, wenn Gäste da sind. Außerdem hatte ich nicht nur Blümchensex.«

»Dann spielt mir meine Erinnerung einen Streich. Warst es nicht du, die mir vor zwei Jahren …?«

»Ja, kann sein.«

Alles hat einen Sinn. Auch wenn er sich bis jetzt erfolgreich vor mir versteckt. Zumindest sagt Opa immer, dass jedes Ereignis eine tiefere Bedeutung hat. Und der Mann muss es wissen, er ist so alt, dass er wahrscheinlich schon mit Aristoteles ein Schnäpschen gekippt und geplaudert hat. Der Gedanke des tieferen Sinnes hinter allem gibt mir etwas Hoffnung. Aber nur einen nebulösen Atemzug lang.

Dann höre ich Joshs Stimme – und mein Herz rutscht mir in die Shorts. Gut, dass es langsam dämmert, im Kerzenschein wirkt mein Gesicht vielleicht nicht so rot.

Ich kann da nicht raus. Nein, kann ich nicht!

Unvermittelt gibt mir Lia einen Klaps auf den Po.

»Und jetzt los. Wir machen einen Boxenstopp«, sagt sie bestimmend, und als wir in der Wohnküche ankommen, drückt sie mir ein Glas Rotwein in die Hand. »Trinken, tief Luft holen und vielleicht den Kopf kurz in den Kühlschrank stecken.«

»Du meinst, anstatt in den Sand?« Ich setze das

bauchige Glas an die Lippen und schütte die Hälfte in mich rein.

Zwei davon, und ich würde spanische Lieder mitsingen, obwohl ich kein Wort Spanisch spreche, und auf dem Tisch tanzen. Ich bin supernervös und will mich am liebsten in Luft auflösen. Blöderweise kommt mir auch noch das Thema mit Tobias hoch. Ich bin eine betrogene und verlassene Ehefrau! Womit habe ich das eigentlich verdient?

Unvermittelt schießen mir zum wiederholten Mal Tränen in die Augen. Ich schlucke sie hinunter.

Lia nimmt mich in den Arm. »Vielleicht magst du dich doch heute Abend in dein Zimmer zurückziehen? Du bist mental wackeliger, als ich dachte.«

»Ja«, schniefe ich ihr ins Haar. »Bin ich wohl. Und nein, ich gehe da jetzt raus. Meine Finca!«

»Och nö«, höre ich Lia plötzlich sagen.

»Och nö?« Ich löse mich von ihr, gehe zur Tür – und weiß im selben Moment, was sie meint.

17

APROPOS NASS …

Joshua

Und dein Freund, dieser Leon, gibt SUP-Kurse? Schade, dass die Badesaison schon vorbei ist. Huch?!«

Ein plötzlicher und unerwartet heftiger Windstoß fegt die Servietten vom Tisch. Eine davon landet direkt in Naschas Gesicht. Dem nicht genug, schüttet es mit einem Mal wie aus Kübeln, wobei der Wind ungemütlich von der Seite peitscht und den Regen sogar bis unters Dach treibt.

Tja, das war dann wohl nichts mit dem Abregnen über der Serra de Tramuntana.

»Schnell rein!« Nascha stellt Teller und Gläser auf das Tablett, ich schnappe mir die Weinflasche, mein Glas und den Brotkorb. Zum Glück stehen die Loungemöbel unter dem Terrassendach, so bleiben wir halbwegs trocken.

Wir stürmen durch die Tür, die von der Terrasse direkt in den Wohnraum mit Küche führt.

Im nächsten Moment schreit jemand auf und mir fällt der Brotkorb aus der Hand. Zeitgleich macht sich auf meinem weißen Shirt ein roter Fleck breit. Direkt auf Brusthöhe.

Schade um den Rotwein.

»O nein, das tut mir leid!«, haucht Anni und sieht mich aus großen Augen an. »Ich wollte die Tür öffnen, konnte nicht ahnen, dass Sie …«, stammelt sie und hält zittrig das Glas in ihrer Hand, in dem sich noch ein winziger Rest Wein befindet.

Hastig stellt sie es auf dem Tisch hinter sich ab.

Ihre Wangen sind von Röte überzogen und schlagartig überschwemmt mich eine Zärtlichkeit für diese Frau, die im Gegensatz zu Nascha überhaupt nicht wirkt, als wolle sie mich durch ihr Äußeres beeindrucken. Der süße Wuschelkopf steckt in einem schlichten Shirt, Badeshorts und Flip-Flops.

»Es ist immerhin kein glatter Durchschuss«, versuche ich, die Situation etwas aufzulockern.

Anni zupft an ihrem zitronengelben Shirt herum. »Salz!«

»Wie bitte?«

»Salz. Das hilft bei Rotweinflecken. Moment, ja?«

Beim Umdrehen stolpert sie über ihre eigenen Füße, stößt einen kurzen Fluch aus und schnappt sich den Salz-streuer. Mein Blick wandert amüsiert zu ihrem Po. Leider kann man ihn nicht richtig sehen. Das Shirt ist zu lang. Aber schöne Beine hat sie.

»Setz dich doch, Josh.« Lia lächelt mich an, hebt den Brotkorb auf und deutet auf einen der Stühle. »Du wirkst ein bisschen wie bestellt und nicht abgeholt. Oder willst du den Wein warmhalten?«

Erst jetzt bemerke ich, dass ich immer noch Flasche und Weinglas in den Händen halte. Ich stelle beides auf dem Tisch ab.

»Kann ich irgendwie behilflich sein? Den Tisch decken, Getränke einschenken?«

»Salz!« Anni steht vor mir, den Salzstreuer vor sich haltend, als hätte sie einen wertvollen Fund in den Händen.

»Das sehe ich«, sage ich amüsiert. »Wird das jetzt einfach auf den Fleck gestreut und dann verschwindet er?«

Lia kichert und ich höre, wie sie »Männer …« flüstert. Nascha huscht hinter Anni an der Tür vorbei, streicht Anni kurz über den Rücken, und ich meine, dass sie ihr zuzwinkert. Dann nuschelt sie, dass sie neue Servietten holen muss, und wirft mir einen kurzen, wachsamen Blick zu.

Zwischen Annis Augenbrauen bildet sich eine steile Falte und sie rümpft leicht die Nase, die über und über mit Sommersprossen übersät ist. Dabei sieht sie so süß aus, dass ich das unmittelbare Bedürfnis habe, mit dem Zeigefinger über ihren Nasenrücken zu fahren, die kleine Falte zu glätten und ihre vollen, natürlich rosa Lippen zu küssen.

»Sie … ähm«, beginnt sie, stellt den Streuer hart auf dem Tisch ab und will die Hände in die Hosentaschen stecken. Die Shorts haben jedoch keine. Wie niedlich, wie Anni versucht, ihre Nervosität zu verbergen.

»Du«, sage ich und Anni schüttelt den Kopf.

»Sie müssten Ihr Shirt …« Sie räuspert sich und wird noch röter.

Nascha legt die Servietten auf den Tisch neben die Teller. »So ein Mist, dass es jetzt regnet. Das platscht ja nur so runter. Wenigstens hat sich der Wind gelegt.«

»Also, Sie müssten …«, startet Anni einen zweiten Versuch und hält sich wieder am Salzstreuer fest.

»Erst einmal ein Gläschen Wein trinken?«, antworte ich amüsiert und deute auf ihr Glas. »Du auch?«

Anni bekommt kein Wort raus und Lia kommt ihr zu Hilfe.

»Du musst dein Shirt ausziehen, Josh. Salz ist zwar die ultimative Geheimwaffe gegen Rotweinflecken, aber nur, wenn es großzügig auf dem frischen Fleck verteilt wird. Nur dann kann es die Flüssigkeit aufsaugen und die Verfärbung lösen.«

»Na dann.« Ich stehe auf und ziehe mir das Shirt über den Kopf.

Irgendwas klirrt, draußen prasselt der Regen. Ansonsten Stille.

Als ich wieder sehen kann, starren mich Anni und Nascha an. Nur Lia wirkt äußerst amüsiert, als sie den Salzstreuer aufhebt und mir das Shirt aus der Hand nimmt.

Mit einem Mal wird mir klar, warum Anni, die bei unserer ersten Begegnung so taff wirkte, jetzt so unsicher auftritt und meinem Blick ausweicht. Nicht nur, weil sie mich so attraktiv findet − was ich ja gewohnt bin − sondern weil sie weiß, wer ich bin. Über diese Hemmschwelle kann sie offenbar nicht steigen.

»Anni«, sage ich, trete einen Schritt auf sie zu − sie weicht zurück. Also vergrößere ich die Distanz zwischen uns und schenke ihr und mir Rotwein in die Gläser. »Bist du nervös, weil ich der Inhaber von GrowDeLuxe bin und du dort angestellt bist? Musst du nicht, ich bin …«

»Schwer von Begriff«, nuschelt Nascha. »Sorry, habe ich das laut gesagt, habt ihr das gehört?«

»Haben wir«, erwidert Lia spöttisch, während Anni die Lippen zusammenkneift. »Du hast da was auf der Wange, Nascha. Ich schwanke zwischen Wimper und Spinnenbein.«

»Spinnenbein?!« Nascha stürzt ins Bad, Lia grinst und Anni starrt mich immer noch an.

Verwundert bemerke ich, wie das schüchterne Mädchen verschwindet und Entschlossenheit und auch ein bisschen Trotz in ihre Mimik legt.

»Hören Sie, Herr von Greiffenberg. Ich gedenke nicht, mit meinem Oberboss einen lauschigen Abend auf meiner Finca zu verbringen. Tatsache ist, ich bin schlichtweg nicht gefragt worden.« Damit dreht sie ab. »Lia, machst du das mit dem Shirt? Ich brauch jetzt Frischluft.«

Im nächsten Moment ist sie draußen und knallt die Tür zu, sodass ich unwillkürlich zusammenzucke.

»Was war das denn jetzt?«, sage ich zur Tür.

»Ist das nicht klar?« Lia breitet das Shirt auf der Küchenarbeitsplatte aus und streut Salz auf den Rotweinfleck.

»Na los, hinterher, Don Juan.« Nascha geht an mir vorbei und gibt mir einen Klaps auf den Po. »Das war übrigens kein Spinnenbein, *liebste* Lia. Nur eine Wimper. Aber danke für den Adrenalinschub.«

»Moment mal«, unterbreche ich die beiden. »Nascha? Ich bin irritiert.«

Sie lächelt schief und schaltet Musik ein. »Macht nichts, ich auch. Würdest du jetzt bitte Anni reinholen?«

Draußen ist es mittlerweile fast vollständig dunkel, der Pool leuchtet herrlich blau, der Wind hat sich gelegt, aber es regnet immer noch ziemlich stark.

Anni steht mit dem Rücken zu mir unter dem Terrassendach und hat die Arme verschränkt. Deutlich sehe ich, wie ihre Schultern zucken.

Weint sie etwa?

»Anni«, beginne ich und merke, dass meine Stimme kratzig klingt. »Anni, ich …«

Plötzlich dreht sie sich auf dem Absatz rum und funkelt mich an.

»Rosen. Frau Rosen für Sie, Herr von Greiffenberg, wenn ich bitten darf.«

»Aha, okay. Frau Rosen … Würden Sie mir freundlicherweise erklären, warum?«

Das Gefühl, sie einfach in meine Arme ziehen zu wollen, wird übermächtig. Um mich nicht hinreißen zu lassen, stecke ich die Hände in die hinteren Hosentaschen.

»Weil …« Ihre Stimme zittert. Und sie hat geweint. Das sehe ich deutlich. Was ist nur mit dieser Frau los?

»Weil Sie … Ach, das habe ich vorhin schon gesagt. Lassen Sie mich einfach in Ruhe, ja?«

»Jetzt hören Sie doch mal auf, sich aufzuführen, als wäre ich übergriffig geworden«, sage ich energischer als gewollt, ziehe die Hände wieder aus den Taschen und mache einen Schritt auf sie zu. Sie weicht zurück.

»Warum gehen Sie nicht wieder rein und lassen sich von Nascha weiter anglühen?«

»Anglühen?«

»Anbaggern, anflirten, anschmachten. Wie auch immer …« Sie weicht weiter zurück, obwohl ich stehen bleibe.

»Eifersüchtig?« Ich kann mir ein amüsiertes Schmunzeln nicht verkneifen.

»Pah!«, sagt sie und lacht laut auf. »Das hätten sie wohl gerne!« Mittlerweile steht sie zwischen Terrassendach und Pool, der nur etwa drei Meter von den Gartenmöbeln entfernt ist.

»Anni, du wirst nass. Das muss doch nicht sein. Komm her.«

Ich trete zurück, um ihr zu symbolisieren, dass ich sie nicht anrühren werde, und bemühe mich um einen sanften Tonfall. Gleichzeitig kämpfen zwei Seelen in meiner Brust. Die eine will den emotionalen Wuschelkopf zügellos an sich reißen und seine Proteste gegen mich einfach wegküssen, die andere möchte diese Frau in die Arme schließen und beruhigend auf sie einreden – und sie anschließend wild küssen.

»Komm her? Warum? Der Regen lässt gerade nach. Außerdem ist er schön warm.« Sie dreht mir schwungvoll den Rücken zu, kommt aus dem Gleichgewicht und braucht ein paar Schritte, um einen Sturz abzufangen.

»Pass auf!«, rufe ich und sprinte nach vorne, um sie packen. Doch zu spät. Mit einem Aufschrei plumpst sie in den beleuchteten Pool.

Und taucht nicht wieder auf.

Ohne lange zu überlegen, springe ich ihr hinterher.

Das Wasser schlägt über meinem Kopf zusammen und ich halte die Luft an.

Wo ist Anni? Ich blicke mich um, suche den Boden ab, kann sie jedoch nicht sehen. Doch, da sind ihre Füße. Na toll, sie hat es rausgeschafft und sitzt jetzt auf dem Poolrand.

Ich hole kurz Luft, unsere Blicke treffen sich, dann tauche ich wieder unter und schwimme zu ihr. Seitlich von ihr komme ich hoch, stütze mich mit einer Hand am Rand ab und wische mir das Wasser aus dem Gesicht.

Wie rücksichtsvoll vom Regen, dass er weitergezogen ist – jetzt, wo wir beide nass bis auf die Knochen sind.

Apropos nass … Himmel, das Shirt legt sich wie eine zweite Haut um ihre vollen Brüste. Ein Anblick, der keinen Mann kaltlässt.

»Hast du dir wehgetan?«, frage ich und mustere sie, kann jedoch nicht erkennen, ob sie sich verletzt hat oder nicht. Zeitgleich merke ich, wie sehr es mich zu ihr zieht. Und doch wünschte ich, wir wären nicht in dieser Situation, die mir eine gehörige Portion Selbstbeherrschung abverlangt. Mit aller Macht versuche ich zu verhindern, dass ich steif werde. Der Lümmel macht sich selbstständig, ich habe keinen Einfluss auf ihn. Ich probiere es trotzdem, tauche kurz unter und wieder auf.

»Nein«, sagt sie mit unerwartet versöhnlichem Klang in der Stimme, weicht meinem Blick aus und verschränkt die Arme, was ihre Brüste zusätzlich anhebt. Jesus! »Ich entschuldige mich für mein Verhalten. Ich …«

»Das musst du nicht. Aber ich bin neugierig und du bist mir eine Antwort schuldig. Immerhin bin ich auf Einladung hier und du hast mein Shirt ruiniert.«

Sie zieht die Brauen hoch, sieht mich herausfordernd an. »Gar nichts bin ich Ihnen schuldig! Und das mit dem Shirt tut mir leid. Schließlich habe ich den Regen nicht bestellt und dich … Sie, zur Hölle! Ich habe Sie nicht eingeladen! Hausrecht. Ich muss niemandem was erklären. Außerdem bist … sind Sie mein Boss. Und wenn ich geahnt hätte, dass *Sie* Herr von Greiffenberg sind, hätte ich niemals …«

»Gut, erkläre es mir, wenn wir zurück in Deutschland sind.« Ich tauche erneut unter, direkt vor ihr wieder auf und halte mich links und rechts von ihren Beinen am Rand fest. »Ich werde dir einen Termin geben. Dann können wir uns gerne über Hausrecht unterhalten.« Das sollte scherzhaft rüberkommen. Ist misslungen. Anni schnappt nach Luft und ist wie erstarrt.

»Das …«, gewinnt sie ihre Worte wieder und macht Anstalten, aufzustehen. »Das ist echt frech!«

»Ach komm, Anni. War nicht so gemeint. Wenn du nicht willst, ist das okay für mich. Ich bin nicht dein direkter Vorgesetzter, das ist die Haferfleck.«

»Du kennst ihren Spitzna…? Oh!« Im nächsten Augenblick rudert sie mit den Armen und platscht neben mir ins Wasser.

Hustend und japsend taucht sie wieder auf, strampelt hektisch zum Rand, hält sich fest und streicht sich mit einer Hand die nassen Locken aus dem Gesicht. Ich kann mir ein Lachen nicht verkneifen.

»Das hat man davon, wenn man zu abrupt an Beckenrändern aufstehen will.«

»Sehr witzig! Wissen Sie, was Sie sind? Sie sind …«

»Charmant, offen, von dir hingerissen?«

»Ach, Sie amüsieren sich köstlich, was!? Moment, wie war das eben?«

Ihre blauen Augen versprühen Blitze in meine Richtung, die mich höchstwahrscheinlich auf der Stelle tot umfallen lassen sollen. Und doch schimmert eine Unsicherheit heraus. Dabei sieht sie zum Anbeißen sexy aus, sodass es mich fast übermenschliche Kraft kostet, sie nicht an mich zu ziehen und ihren süßen Mund mit meinen Lippen zu verschließen. Mich zu beherrschen und vorzugeben, ich wäre äußerlich ruhig, obwohl in mir ein Feuer lodert … Das ist echt hart. Sie ist wirklich zu reizvoll mit ihren nassen Locken und den roten Wangen und ihrer Entrüstung.

Für die Dauer eines Wimpernschlages verharren wir und sehen uns an. Augenblicklich wird es eng in meiner nassen Jeans. Bevor ich nicht mehr Herr über meine Lust werden kann, wuchte ich mich mit einer kraftvollen Bewegung aus dem Pool.

Jetzt sitze ich auf dem Poolrand und sie ist im Wasser. »Hingerissen. Schon als ich dich das erste Mal sah. Weißt du noch, was du zu mir gesagt hast?«

Sie schüttelt wie paralysiert den Kopf. »Nein. Ist das wichtig?«

»Ja. Für mich schon. Denn damit hast du mein Interesse geweckt. Obwohl, nicht nur damit. Alles an dir …«

»Stopp!« Sie hebt die Hand. »Das sind Dinge, die will ich nicht hören, weil … Egal. Was habe ich denn gesagt?«

»Finden Sie es raus.«

»Oh.«

Überraschend geht die Tür auf. »Wir gehen was trinken. Bis nachher.«

Verblüfft sehen wir Nascha und Lia hinterher, wie sie untergehakt zum Cabrio gehen.

»Hey!«, ruft Anni hinterher. »Das könnt ihr doch nicht machen!?«

Sie bekommt keine Antwort. Kurz darauf rollt das Auto Richtung Tor.

»Du solltest jetzt auch gehen«, sagt sie entschlossen.

»Sollte ich das, ja? Warum wirkst du dann auf mich, als würdest du dir das Gegenteil wünschen? Ich sehe dir an, dass dir tausend Dinge durch den Kopf gehen, die du mir gern sagen möchtest. Bitte schön. Jetzt ist die passende Gelegenheit.«

»Okay …«, sagt sie gedehnt und blickt mich mit zusammengekniffenen Augen an. »Hilfst du mir raus?«

»Na, geht doch«, scherze ich und greife ihre ausgestreckte Hand, wobei ich mit meiner Aussage gleich zwei Dinge meine: Die kleine Kratzbürste wird langsam zugänglich und sie hat mich geduzt.

18

WADENHAARZÖPFE

Anni

O mein Gott!

Ich sitze hier neben einem halbnackten Mann, der es gewohnt ist, von Frauen umschwärmt zu sein. Einem, für den jede, ohne zu zucken, ein Ganzkörperwaxing auf sich nehmen würde.

Wir sind allein. Wir sind klatschnass. Und wir sitzen ziemlich dicht zusammen, jeder von uns die Hände neben sich aufgestützt. Ich müsste nur meinen kleinen Finger abspreizen, um seinen zu berühren. Ich will zur Seite rutschen, doch mein Körper nicht. Er bleibt wie festgeklebt an Ort und Stelle.

Über uns blitzen einzelne Sterne durch die sich immer mehr auflösende Wolkendecke, und vom Gebäude dringen langsame, spanische Gitarrenklänge zu uns. Irgendwo ruft ein Vogel in die Nacht hinein, von weit weg erklingt das Glöckchen eines Schafes und ich nehme das männliche Aroma von Josh wahr. Zu allem Überfluss weiß ich jetzt schon, dass ich den Anblick seines nackten Oberkörpers nie wieder aus meinem Kopf bekommen werde. Joshs Brust ist glatt wie ein Babypopo und scheint so hart wie

Stahl zu sein. Ebenso wie seine Bauchmuskeln, die sich deutlich unter der Haut abzeichnen.

Ich möchte etwas sagen, doch ich bringe kein Wort raus. Josh auch nicht. Seltsamerweise fühlt sich das nicht wie ein unangenehmes Schweigen zweier Menschen an, die sich nichts zu sagen haben, sondern eher wie eine genussvolle Stille. So ähnlich, als ob wir unsere Sinne aufeinander einstellen und die gemeinsame Frequenz suchen.

Huh, mein Gesicht ist heiß. Dabei bin ich heute nicht wirklich in der Sonne gewesen. Und aktuell ist es zwar warm, aber das erklärt eher nicht meine glühenden Wangen. Auch nicht das schnelle Hämmern meines Herzens und das hektische Flattern von Schmetterlingsflügeln in der Magengegend.

All das bringt mich völlig aus dem Konzept. Weil das eigentlich nicht sein kann. Weil es zu unwirklich ist. Weil ich mit allem gerechnet habe, aber nicht damit, dass Lia und Nascha einfach so die Kurve kratzen und mich mit diesem Mann allein lassen.

Haben sie sich gegen mich verschworen? Ich dachte, Nascha wäre scharf auf Josh? Ich verstehe ihr Verhalten nicht. Und überhaupt … Dass die beiden losziehen wie dicke Freundinnen, will mir auch nicht in den Kopf. Wie so vieles, was mir seit einigen Tagen nicht in die Birne will. Angefangen bei Tobi.

Was mich jedoch völlig irritiert, ist das spontane Gefühl von Freiheit. Das muss seit Jahren tief in mir geschlummert haben und klopft jetzt unvermittelt bei mir an. Ja, ich fühle mich seltsam frei.

Das ist wirklich komisch. Insbesondere, weil schlagartig alle trüben Gedanken bezüglich Tobias weggefegt sind wie loser Staub nach einem Wirbelsturm.

Jetzt gibt es nur noch Josh und mich. Und unsere Füße,

die im Wasser hängen und auf die ich starre, bis sie vor meinen Augen verschwimmen.

Bin ich normal? Es gibt Situationen im Leben, die bringen zwangsläufig bestimmte Reaktionen mit sich. Lampenfieber vor einem Auftritt, unwillkürliches Schreien beim Achterbahnfahren, fluchen im Stau. Und todunglücklich zu sein, wenn eine langjährige Ehe in die Brüche geht.

Wieso bin ich nicht mehr unglücklich? Wieso fühle ich mich plötzlich so unbeschwert, als ob sich unterarmdicke Seile um meinen Körper mit dem Sturz in den Pool einfach aufgelöst hätten.

»Und was geht dir so durch den Kopf?«, will Josh unvermittelt wissen.

»Hm, vieles«, antworte ich ausweichend.

Die Art, wie Josh mich mit seinen warmen, braunen Augen ansieht, schickt mir augenblicklich eine Herde Mustangs in die Magengrube. Ob er mir anmerkt, welche Wirkung er auf mich hat? Bitte nicht! Unwillkürlich wende ich den Blick ab und streiche über meine Haare.

Lieber Himmel, ich habe mir seit Tagen die Beine nicht rasiert und sehe wahrscheinlich aus wie eine unfreiwillig nassgewordene Perserkatze. Und was macht er? Er sieht mich an, als wäre ich schön.

Tobi hat mich nie so angesehen. Echt nie? Nein, selbst wenn ich eilig in der Erinnerungskiste krame … *So* hat er mich noch nie betrachtet.

»Und was ist vieles?«, hakt Josh nach.

Ich ziehe die Schultern hoch und blicke nach oben, als suche ich die Antwort auf den Wegen der Milchstraße.

»Der Abfluss in der Küche müsste gereinigt werden, Nascha kann echt toll Kopfstand machen, das Poolwasser ist nachts wärmer als tagsüber und wenn ich meine Beine nicht bald rasiere, kann ich mir aus den Wadenhaaren Zöpfe flechten.«

Hab ich das eben wirklich gesagt? Loch, tu dich auf, ich will in dich reinfallen.

Irgendwie erwarte ich wohl von mir selbst, die Situation mit Sätzen aus dem Bodensatz meiner Kreativität auflockern zu müssen. Josh lacht nicht mal.

Ich schiele zu ihm.

»Wadenhaare?«, sagt er amüsiert. Josh hat sich etwas vorgebeugt, seinen Oberkörper zu mir gedreht und in seinen dunklen Augen spiegelt sich das Blau des beleuchteten Pools.

»Du hast gefragt, was mir so im Kopf herumspukt. Und glaub mir, das ist längst nicht alles gewesen.«

Im Normalfall wäre das eine höllisch romantische Situation. In meinem ganz speziellen Fall ist mir alles einfach nur noch peinlich.

Ich schüttle den Kopf und lache leise und verzweifelt in mich hinein.

»Was mache ich bloß hier? Ich sollte …«, flüstere ich – und stocke, weil er plötzlich seine Hand auf meine legt. Ganz leicht, warm und sanft.

»Äh …«, wehre ich mich mit allem, was meine Entschlusskraft hergibt.

»Ist dir kalt?«

Macht der Witze? Ich glühe!

»Nö.«

»Mir auch nicht. Warte hier.«

Kurz darauf kommt er mit zwei Gläsern Rotwein zurück.

Oh, danke, daran kann ich mich gut festhalten. Mit zwei Händen.

»Erzähl doch mal, wo kommst du her, wo bist du aufgewachsen? Und warum macht eine junge Frau wie du ganz allein Urlaub in einer Finca?«

»Das weißt du nicht?« Irritiert sehe ich ihn an, glaubte

ich doch, Nascha und Lia hätten ihm bei der Shoperöffnung das meiste erzählt.

»Nein, sollte ich wissen, wo du herkommst?«

Wieder schüttele ich den Kopf. Noch zweimal mehr und ich bekomme ein Schleudertrauma.

»Als der Boss der Firma könntest du wissen, wo ich geboren bin, steht in meiner Personalakte.«

»Die ich nicht lese. Dafür sind Personalabteilung und Daniel zuständig. Magst du mir erzählen, wo du deine ersten Schritte getan hast?«

»Warum nicht?« Ich nippe am Rotwein und umschließe das bauchige Glas mit beiden Händen. »In Heidelberg-Ziegelhausen. Dort bin ich zur Welt gekommen, aufgewachsen und heute noch ab und zu zum Essen eingeladen. Meine Eltern leben noch, meine Oma nicht mehr, aber Opa Franz ist noch rüstig und liebt seine Truthähne. Und du?«

Während ich rede, sehe ich auf das sich sanft wiegende blaue Wasser vor mir. Als ich ende, drehe ich den Kopf – und versinke in seinen Augen. So sehr, dass mir kurz die Luft wegbleibt.

Joshs Blick liegt auf mir. Ein Lächeln umspielt seine Mundwinkel und in seiner Mimik ist nichts von Spott oder Überheblichkeit, nur unverhohlenes und glasklares Interesse. Ich hätte nicht gedacht, dass man das so deutlich spüren kann.

Dann geht ein kleiner Ruck durch seinen Körper und er räuspert sich. »Ich bin in Karlsruhe aufgewachsen. Meine Eltern sind viel auf Reisen. Sie verbringen ihre Winter meistens in ihrem Häuschen auf den Kanarischen Inseln. Ist besser für die Knochen, sagt meine Mutter. Ansonsten habe ich studiert, Daniel kennengelernt und wir hatten die Idee mit GrowDeLuxe. Ich bin Single und hin und wieder verbringe ich ein paar Stunden oder ein

Wochenende mit meiner Tochter. Felicia heißt sie. Du hast sie kennengelernt.«

»Tolles Mädchen, deine Fee. So jung und offenherzig.«

Er ist Single? Yeah, er ist Single!

Mein Herz macht einen Hüpfer. Gleichzeitig schimpfe ich mit mir, denn es ist völlig egal, ob er das ist, denn ich kann nichts mit dem Oberboss anfangen. Das geht nicht. Das ist ein ungeschriebenes Gesetz!

»Ja, das ist sie«, erwidert er lächelnd und dreht das Glas in seinen Händen. »Was machst du eigentlich bei GrowDeLuxe?«

»Das weißt du auch nicht?« Ich bin ehrlich überrascht, und muss mich insgeheim bei Lia und Nascha entschuldigen, dachte ich doch, sie hätten aus dem Nähkästchen geplaudert. »Nun, ab und zu Kaffee. Aber meistens bin ich zuständig für die Gestaltung von Websites, Werbegrafiken und so. Unter anderem auch Plakate für diverse Shoperöffnungen.«

»Die hast du gemacht?« Jetzt ist er erstaunt. »Tolle Arbeit.«

»Danke schön.«

»Anni?«

»Hm?«

»Darf ich …« Er macht eine Pause. Mein Herz auch. »… dir das Glas abnehmen?«

»Das Glas … äh. Warum? Da ist noch was drin.«

Er lacht leise, stellt unsere Gläser ein ganzes Stückchen neben sich ab und wendet sich wieder mir zu. »Nicht erschrecken, ja? Ich werde dich jetzt …«

Küssen?

»Auf gar keinen Fall! Ich …«

Und dann kann ich nichts mehr sagen, weil sein Zeigefinger so unglaublich zärtlich über meinen Nasenrücken streicht. Und sein Gesicht so nah bei mir ist, dass mich sein Aroma regelrecht einhüllt. Und das Braun seiner Augen so schön ist. Ach Gott, hat der Mann lange Wimpern. Und sein Atem riecht so gut. So, wie etwas, von dem ich täglich mehrmals eine Nase voll nehmen könnte. Eine wunderbare Duftmelange aus Sommer, Rotwein, Chlorwasser und dem ganz eigenen Wohlgeruch von Josh.

Jetzt sind es schon zwei Dinge, die sich auf ewig in mir einbrennen: sexy Oberkörper und unwiderstehlicher Duft.

Zwei zu viel.

Du liebe Güte, was macht er denn jetzt? Und warum springe ich nicht auf und beende das Ganze? Das läuft doch ganz klar auf einen One-Night-Stand unter Spaniens Sonne hinaus. Korrigiere: unter Spaniens Sternenhimmel.

Nein, geht nicht! Geht gar nicht!

Ich rücke von ihm ab. »Ähm, so eine bin ich nicht. Sorry.«

Er rückt nach. »Zum Glück. Sonst säße ich nicht hier. Mit dir. Du nasse Katze mit Wadenhaaren.«

»Okay, das war jetzt witzig.« Ich muss lachen und will nach dem Glas greifen, das neben Josh steht. »Gib mal den Rotwein her.«

Und irgendwie treffen sich unsere Münder.

19

DIE SACHE MIT DEM RING

Joshua

Anni ist die natürlichste Frau, die ich jemals kennengelernt habe.

Jede andere würde nicht durchnässt und ungeschminkt bei mir sitzen, sondern sich entschuldigen und ein paar Minuten später aufgehübscht zurückkehren. Nicht so Anni. Das imponiert mir.

Sie ist echt, unverfälscht und ohne aufgesetztes Gehabe. Sie ist einfach nur sie selbst und das macht sie aus.

»Das war jetzt witzig«, sagt sie lachend und wirft den Kopf in den Nacken und hält sich den Bauch.

Die Wassertropfen glitzern auf ihrer leicht gebräunten, samtweichen Haut, die nassen Locken umspielen ihr herzförmiges Gesicht und ihre Lippen sind voll und verführerisch. Verdammt, ich kann meinen Blick einfach nicht von ihr nehmen. Es drängt mich, sie an mich zu ziehen, sie zu berühren, ihr das Shirt auszuziehen und mich zu vergewissern, ob ihre Haut wirklich so zart ist, wie es den Anschein hat.

Sie kichert und beugt sich über mich. »Gib mal den Rotwein her.«

Und plötzlich ist sie so nah bei mir, dass ihre Haare

meine Wange kitzeln. Der geballte, köstliche Duft dieser Frau nimmt mich schlagartig gefangen, und noch bevor sie das Glas greifen kann, dreht sie den Kopf zu mir, lächelt und unsere Körper übernehmen die Regie.

Unversehens versinken wir in einem unglaublichen Kuss.

Zu meiner Verblüffung legt sie ihre Hände an meinen Nacken, erst zögerlich, dann bestimmter. Anni küsst mich mit einer Hingabe, die mich auf der Stelle hart wie einen Stahlträger werden lässt. Meine Hände wandern unter ihr Shirt und ich küsse sie mit einer Sanftheit, die ich so von mir nicht kenne.

Unsere Zungen spielen miteinander und wir öffnen unsere Augen und unsere Blicke verschmelzen miteinander. Dieser Kuss ist anders als alle Küsse, die ich bisher erlebt habe – und das sind weiß Gott nicht wenige. Ein kümmerlicher Rest meines Verstandes klopft von innen an meine vernebelte Scheibe und meint, ich solle das auf der Stelle abbrechen, sonst …

Ja, was sonst? Eigentlich ist das klar. Ich bin dabei, eine Mitarbeiterin meiner Firma zu vögeln – und somit einen meiner Grundsätze zu verletzen. Aber herrje, ich kann nicht anders, als Anni zu küssen und es zu genießen. Es ist so anders mit ihr. Ich muss unbedingt herausfinden, woran das liegen könnte.

Finden Sie es raus!

Mit diesem Satz hat meine Neugier auf sie angefangen. Und ich fürchte, diese Neugier erstreckt sich auf wesentlich mehr Punkte, als mir zu diesem Zeitpunkt bewusst gewesen ist.

Ich möchte so viel mehr von ihr wissen, so viel mehr herausfinden als nur ihren Namen.

Als sie mit den Händen an meinem Rücken hinabstreicht und sich an mich drückt, stöhne ich verhalten auf.

Mit dieser Geste nimmt sie mir ohne Umwege jede Hemmung. Ob sie sich darüber bewusst ist?

Mit einem erstickten Laut umschlinge ich sie und presse meine Lippen etwas fester auf ihre. Das scheint ihr nichts auszumachen, denn plötzlich löst sie ihren Mund von meinem, setzt sich rittlings auf mich und legt leise lachend den Kopf in den Nacken.

Was für eine Frau! Ich bin völlig hingerissen von ihrem Duft, ihrem weichen Körper, den schönen, runden Brüsten, deren Brustwarzen sich deutlich durch das nasse Shirt abzeichnen, von ihrem sinnlichen Mund, den vollen Lippen, der süßen Nase, den Sommersprossen und ihren wilden Locken. Kurzum: hingerissen von ihrer Natürlichkeit.

Mit einem Male verharrt sie, sieht mich an, atmet schnell. In ihren Augen steht Überraschung, so als könne sie nicht glauben, was wir hier tun. Meine Hände liegen an ihrem Hintern, ihre Schenkel umschließen mich wie ein Schraubstock – und wir bewegen uns nicht, sehen uns nur an.

»Scheiß drauf«, haucht sie leise und beißt mir zärtlich in die Unterlippe.

Der darauffolgende Kuss ist Sex pur. Und eine deutliche Ansage.

O Mann, wer hätte das vermutet?

Ich sollte das nicht tun! Nicht mit einer Frau, die … Egal! Jetzt zählen weder Bedenken noch Vorsätze oder Regeln! Es gibt nur noch uns beide, eine lauwarme Nacht, den Sternenhimmel und leise, betörende Musik im Hintergrund.

In diesem Moment verabschiedet sich mein Verstand endgültig. Ich muss diese Frau haben, daran geht kein Weg mehr vorbei. Und doch reißt mich meine klägliche Restmoral brutal aus dem Rauschzustand. Denn schlagartig springt mir die fehlende Antwort in den Kopf, was das mit Anni und mir ist.

Dieser Aha-Effekt trifft mich mit aller Macht und ist glasklar. Anni ist eine Frau, die mehr ist als nur eine von vielen, mit der ich für eine Nacht das Bett teile. Völlig unabhängig von irgendwelchen geschäftlichen Verknüpfungen. Letztere machen es nur kompliziert. Wenn ich Anni heute vögele, begehe ich einen Fehler. Mir wird klar, dass ich bisher nur Frauen abgeschleppt habe, in die ich mich nicht verlieben könnte.

Anni muss gespürt haben, was los ist, denn sie rutscht von meinem Schoß. Ihr Blick ist noch voll von fiebriger Erregung – wahrscheinlich genau wie meiner. Ihr Brustkorb hebt und senkt sich schnell im Rhythmus ihres Atems.

»Verzeihung«, murmelt sie verschämt, zupft ihr Shirt zurecht, und ich sehe, wie ihr die Röte in die Wangen steigt. »Ich weiß nicht, was in mich gefahren ist. Muss der Rotwein sein.«

»Geht mir auch so«, sage ich und reiche ihr das Glas. »Da hätten wir beinahe etwas sehr Unvernünftiges getan, hm?«

»Allerdings.« Sie wuschelt sich mit der Hand durch die Haare und nippt am Wein. Dabei lächelt sie so süß, dass ich kaum glauben kann, eben noch zwischen den Beinen einer blonden Wildkatze gefangen gewesen zu sein.

Dann muss ich schlucken, denn so, wie Anni lächelt und sich dabei die Haare aus dem Gesicht streicht, während sie den Kopf etwas zur Seite neigt, teilt sie mir durch ihre Körpersprache unbewusst mit, dass unser Kuss nicht nur auf der körperlichen Ebene stattgefunden, sondern ihr Herz erreicht hat.

Und meins auch. Anders kann ich mir nicht erklären, wo dieses Gefühl der Zärtlichkeit in mir herkommen soll. Für gewöhnlich hätte ich jetzt heißen Sex im Pool. Aber nicht mit Anni. Und das hat nur sekundär mit ihrer Position als Mitarbeiterin meines Unternehmens zu tun.

Mit einem Seufzen deute ich auf meine Jeans. »Schätze, die trocknet heute nicht mehr und ich muss nass nach Hause fahren.«

»Musst du nicht.« Anni steht auf und winkt mich mit sich. »Im größeren Bad stehen Waschmaschine und Trockner. Wir schleudern die Jeans einfach durch und stecken sie danach in den Trockner. In der Zwischenzeit wickelst du dir einfach ein Handtuch um die Hüften.« Sie nimmt ein größeres Handtuch von einem Regal an der Hauswand und streckt es mir hin. »Hier. Du ziehst dich aus und ich guck mal nach der Paella. Hast du Hunger?«

»Eigentlich nicht«, sage ich und öffne den Knopf der Jeans, was Anni blitzschnell erröten und zur Seite sehen lässt.

»Ich auch nicht. Aber die Paella muss in den Kühlschrank.«

Grinsend tausche ich nasse Jeans gegen trockenes Handtuch und gehe hinein zu Anni. Sie ist mittlerweile ebenfalls umgezogen, steht an der Spüle und säubert Gläser. Das einfache, hellblaue Shirtkleid steht ihr gut und betont ihre leichte Bräune. Sofort bekomme ich Lust, mit den Händen unter das Kleidchen zu fahren und sie um ihren festen Po zu legen. Doch ich beherrsche mich.

»Wo ist das Bad, Anni?«

»Oh.« Sie dreht sich zu mir um. Ihre Hände sind voller Schaum. »Ich mach das schon. Wenn du vielleicht weiter die Gläser spülen könntest?«

»Gern. Aber ich kann durchaus mit Waschmaschine und Trockner umgehen.«

»Das ist schön«, sagt sie etwas verlegen und trocknet sich die Hände ab. »Trotzdem, ich mach das schnell.«

»Okay, wie du willst.«

Kurz darauf kommt sie wieder, schnappt sich ein

Geschirrhandtuch und trocknet die Gläser ab. »Dauert eine halbe Stunde, denke ich.«

»Hm, was machen wir denn so lange?« Die Gläser sind alle gespült, bis auf unsere beiden.

Sie deutet auf eine große Schüssel mit Deckel und trocknet das letzte Glas ab. »Wenn du bitte die Paella dort hineingeben würdest? Die große Pfanne passt nicht in den Kühlschrank.«

Sie bemüht sich, mich nicht anzusehen, und wischt zum wiederholten Male über die bereits saubere Herdplatte.

»Anni«, sage ich leise und lege meine Hand auf ihre. Anni stockt in der Bewegung, versteift sich und schließt kurz die Augen, als müsse sie sich sammeln.

Ich bin so nah bei ihr, dass sich unsere Körper fast berühren. »Ich weiß, was dich belastet. Es ist die Tatsache, dass ich der Inhaber von GrowDeLuxe bin. Bitte glaube mir, wenn ich dir sage, dass ich normalerweise nichts mit meinen Mitarbeiterinnen anfange.« Ich seufze auf und drehe sie sanft an den Schultern zu mir. Sie sieht mir für einen Wimpernschlag in die Augen, dann heftet sie ihren Blick auf meine nackte Brust. »Das vorhin am Pool … Anni, ich konnte nichts dagegen tun. Du auch nicht, oder?« Sie schüttelt stumm den Kopf und unter meinen Händen spüre ich, wie ihr Körper vibriert. »Ich verspreche dir, dass niemand von dem heutigen Abend erfährt. Und wenn du möchtest, werden wir uns auch nicht wiedersehen, obwohl …«

Bei meinen letzten Worten nickt sie. »Ich … Sie …«

»Sind wir wieder bei der förmlichen Anrede?« Ich muss schmunzeln.

»Ach, nein«, haucht sie und vergrößert die Distanz zwischen uns, sodass meine Hände von ihren Schultern rutschen. »Aber es könnte helfen, falls wir uns zufällig in der Firma begegnen. Lieber nicht an das Du gewöhnen.«

Sie zieht einen Kochlöffel aus der Schublade und befördert den Inhalt der Pfanne in die Schüssel.

»Könnte funktionieren, ist aber unerheblich. Ich bin so gut wie nie in Frankfurt. Ich mag die Stadt nicht und die Fahrt dorthin ist nicht nur eine kleine Weltreise, sondern im Berufsverkehr der reinste Horror.«

»Sehe ich anders. Also nein, das mit der Fahrt nicht, das sehe ich genauso.« Sie hält inne. »Als die Firma noch in Heidelberg gewesen ist, fand ich es deutlich angenehmer, nicht nur vom Anfahrtsweg. Die Räume waren schöner und freundlicher. Zum anderen Punkt. Also dem von vorhin. Ich kann einfach nicht mit dir, mit Ihnen … O Mann. Es geht einfach nicht, weil erstens und zweitens und überhaupt.«

Energisch drückt sie den Deckel auf die Schüssel, als wolle sie den Abend ähnlich luftdicht einschließen wie die Paella.

»Das nenne ich mal eine schlüssige Argumentationskette.« Ich nehme ihr die Schüssel ab und stelle sie in den Kühlschrank. Dann drehe ich mich wieder zu ihr.

Anni wischt schon wieder irgendwas ab. Diesmal den Wasserhahn. »Ich will nicht drüber reden.«

»Aha. Über was genau? Über uns? Den Kuss? Die Anziehungskraft zwischen uns? Oder dass wir einfach in dein Schlafzimmer gehen sollten?«

Wie von der Wespe gestochen fährt sie herum und zielt mit dem Schwamm auf mich, als wäre er eine Pistole. »Bist du irre? Niemals würde ich …«

»… mit dem Chef vögeln. Schon klar. Deswegen haben wir vorhin am Pool auch unterbrochen.« Ich nehme ihr den Schwamm aus der Hand, was sie ohne Widerworte akzeptiert. Dennoch ist sie hochgradig aufgewühlt. Ihre Wangen glühen.

Plötzlich lässt sie sich auf den Stuhl fallen und fährt sich mit den Händen übers Gesicht.

»Im Moment will ich mit niemandem … du weißt schon. Nicht, weil ich nicht wollen würde, sondern weil … weil das einfach nicht sein kann. Auch wenn du nicht *der* Greiffenberg wärst.«

Ich ziehe mir einen Stuhl heran und drehe ihn so, dass ich ihr direkt gegenübersitzen kann.

»Es kann nicht sein, dass du mit mir schlafen möchtest? Magst du mir das erklären, ich kapiere es nicht.«

»Deswegen!« Sie spreizt alle fünf Finger vor meinem Gesicht.

»Oh.« Den Ring hatte ich bis eben nicht wahrgenommen. »Du bist verheiratet?«

»Jap, bin ich.«

»Das wusste ich nicht. Tut mir leid, dass …«

»Muss dir nicht leidtun!« Plötzlich ändert sich ihr Gesichtsausdruck von verlegen zu wütend. »Ich bin hier, weil ich allein sein wollte. Allein, verstehst du? Mein werter zukünftiger Ex-Mann hat mich nämlich betrogen und verlassen. Gerade erst vor wenigen Tagen. Und kurz vorher ist mein Hund gestorben und die Firma ist umgezogen und mein Auto pfeift aus dem letzten Zylinder und ich hasse Bahnfahren und …« Sie holt tief Luft, greift zu der geöffneten Weinflasche und setzt sie an die Lippen. Nach einem Schluck klemmt sie sie zwischen die Beine und hält sich daran fest. »Und dann kommst auch noch du!«

Ich bin so verblüfft über diesen Wortschwall, dass ich kein Wort herausbringe.

Sie hat mir gerade ihr Herz geöffnet.

»Vielleicht soll es so sein?« Ich nehme ihr die Flasche aus der Hand und stelle sie auf den Tisch.

»Wie meinst du das?«

»In deinem Leben auftauchen. Ist doch möglich, oder?« Ich zucke mit den Schultern. »Du hast nicht sehr verlassen gewirkt, als wir uns in Handschuhsheim das erste Mal getroffen haben.«

»Kunststück!« Sie lacht auf. »Da war ich es auch noch nicht. Am nächsten Tag schon.« Sie steht auf, umschlingt mit den Armen ihren Körper und geht hinaus.

Ich folge ihr. Sie bleibt in sicherer Entfernung zum Pool stehen und starrt in die Nacht hinein.

Von hinten lege ich die Arme um sie und meine Wange an ihr Haar. Anni zuckt zusammen, lässt meine Umarmung jedoch zu. Ich habe sogar das Gefühl, sie braucht jetzt genau das, denn kurz darauf entspannt sie sich, seufzt leise auf und lehnt sich sogar an mich.

Eine Weile stehen wir so schweigend da und zumindest mir wird in diesem Moment klar, dass wir überall so dastehen könnten und uns wohl miteinander fühlen würden. Nicht nur hier vor der Finca. Dieses Gefühl ist mit einer Klarheit verbunden, die mich erschreckt.

Ich habe mich in Anni verliebt.

»Anni?«, hauche ich leise und bin mir unsicher, ob ich wirklich jetzt das sagen soll, was ich empfinde. Der Zeitpunkt könnte der falsche sein.

»Sag jetzt nichts, okay?«

»Einfach nur halten?«

Sie nickt und flüstert: »Ja, bitte. Einfach nur halten.«

Kurz darauf hören wir das Lachen von Nascha und Lia, die aus dem Auto steigen.

20

DÖDELFOTOS

Anni

Immer noch gehe ich wie durch dichten Nebel.

Immer noch habe ich das Gefühl, mich kneifen zu müssen, um mich zu vergewissern, dass ich nicht träume.

Josh ist längst gegangen, ich sitze mit Lia und Nascha auf dem Poolrand. Ja, genau dort, wo ich vorhin mit Josh gesessen habe. Wir lassen die Füße ins Wasser hängen und nippen an unseren Mojitos, die Lia gezaubert hat.

Nachdem ich ihnen die Meinung gegeigt habe, wie sie es wagen konnten, mich mit dem Mann allein zu lassen, wollen sie alles wissen. Im Detail, bitte.

»Ihr habt euch nur geküsst? Komm, ehrlich?« Lia stupst mich an und zieht am Strohhalm.

»Ja, geküsst«, maule ich und bin hin- und hergerissen. »Ich hätte das nicht tun sollen. Mir ein Rätsel, wie das passieren konnte.«

»Ja, klar, ein Rätsel«, sagt Lia kichernd. »Du bist heiß auf ihn und er auf dich. So einfach. Nix Rätsel.«

»Ja, aber …«, werfe ich protestierend ein, werde jedoch von Nascha unterbrochen.

»Und? Trefft ihr euch in Deutschland wieder? Ach, Mensch, es ist so schade, dass er morgen schon abreisen muss.« Sie sieht mich mit großen Augen an und ignoriert das wiederholte Ping ihres Handys.

»Danke, dass du mich ausreden lässt. Macht es dir eigentlich nichts aus, dass du nicht bei ihm gepunktet hast? Dabei hast du dir solche Mühe gegeben.« Der Sarkasmus in meiner Stimme ist kaum zu überhören. Das ist nicht okay. Nur, weil ich mit mir unzufrieden und auf mich selbst wütend bin, muss ich das nicht an meiner besten Freundin auslassen.

Nascha stellt ihr Glas ab und lässt sich ins Wasser gleiten. Als sie wieder auftaucht, habe ich sofort die Szene von vorhin im Kopf, als Josh … Mist, mir zieht es ihm Bauch. Und ich bin irgendwie traurig. Und der Mojito ist eindeutig zu stark. Zu wenig Minze, zu viel Rum. Alkohol im Blut lässt Menschen entweder müde, aggressiv, albern oder sentimental werden. Auf mich trifft heute wohl Letzteres zu.

»Immerhin hat es funktioniert.« Sie hält sich an meinen Knien fest und grinst.

»Sorry, Freundin, aber für Denksportaufgaben ist es zu spät, zu warm und zu promillig im Blut. Was zur Hölle meinst du?«

»Sie meint«, sagt Lia mit schwerer Zunge und kichert leise, »dass wir dachten, ein bisschen Eifersucht könnte die Kämpferin in dir wecken.«

»Kämpferin?!« Ich lache laut auf, ziehe den Strohhalm aus dem Glas und trinke den Mojito direkt. So kommt mehr in den Mund. Allerdings auch Minze. Umständlich pule ich mir ein Minzblatt aus den Schneidezähnen und werfe es wieder ins Glas zurück.

»Das ist eklig«, bemerkt Nascha.

»Nur Minze, selbst gelutscht. Nicht eklig. Zurück zum

Thema.« Ich richte einen vernichtenden Blick auf meine Schwester. »Kämpfen ist grad nicht. Und weißt du warum? Weil ich noch …«

»… an Tobi denke?«, ergänzt Nascha.

»Genau.« Ich nicke wild. »Mir ist nach Heulen und Wunden lecken und …« *Ping!* Das nervt! »Nascha, kannst du bitte mal dein Handy ausschalten oder leise stellen oder einfach mal nachsehen, wer dir ständig Nachrichten schickt?«

Sie wuchtet sich aus dem Wasser und sitzt wieder neben mir. In ihren Augen blitzt es für einen Moment provokativ auf. Wieso? Keine Ahnung. Ich kann schon lange nicht mehr klar denken. Spätestens seit Joshs Kuss ist es damit vorbei gewesen. Sie nimmt ihr Handy, guckt aufs Display und lacht laut auf. Dann hält sie es Lia und mir hin.

»Na, wer ist das?«

»O Gott, Nascha, das ist …«

»Eklig«, sage ich und starre auf den riesigen Penis, an dessen Spitze etwas klebt, das bei mir einen Würgereiz provoziert. »Was ist das? Hat der Pilz? Igitt! Und so was schickt der dir?«

»Das ist Samuel.« Sie nimmt das Handy wieder an sich, liest und nickt. »Es ist ein Fussel von der Decke, schreibt er. Und er hat noch ein paar ohne gesendet. Wollt ihr mal sehen?«

»Nein, danke«, sagen Lia und ich fast wie aus einem Mund.

Nascha zuckt mit den Schultern, schaltet das Handy aus und legt es zur Seite. »Dann halt nicht.«

»Was bringen dir solche Bilder?«, will Lia wissen. »Und was denken Männer eigentlich, wenn sie Fotos von ihren steifen Schwänzen machen und sie an Frauen senden? Was machen die vor und nach der Aufnahme? Sich einen runterholen? Glauben die echt, das fänden wir anregend?«

Ich stimme meiner Schwester zu und finde es durchaus okay, dass wir auf ein anderes Thema gewechselt sind. »Ich finde so was eher abtörnend.«

»Ich manchmal auch«, sagt Nascha. »Aber ein bisschen macht es mich schon an. Lustig ist es trotzdem.«

»Nun ja.« Lia schaufelt sich Wasser auf die Beine. »Wenn du auf Oberflächlichkeiten stehst, ist es lustig. Kein Mann, der mehr von dir will, würde dir ein Schwanzbild schicken. Warum hast du so viele Typen, die das tun? Trägst du ein Fick-mich-Schild auf der Stirn?«

»Mir ist nur der Richtige noch nicht begegnet«, sagt Nascha und wirkt plötzlich sehr nachdenklich. »Oder vielleicht schon, aber das wird sich zeigen. Wer weiß schon, was morgen passiert.«

»Er ist dir *vielleicht* begegnet?« Jetzt bin ich neugierig. »Wann? Wo? Wer?«

Nascha winkt ab. »Daraus wird nichts, wir haben nur mal kurz miteinander geredet. Denke, er steht eher auf einen anderen Frauentyp. Und jetzt wieder zurück zu dir, Süße.« *Ich habs geahnt.* »Dir ist also nach Wunden lecken? Oder vielleicht doch eher nach Typen küssen, die wie Gerard Butler aussehen?« Nascha legt einen Arm um mich. »Oder wolltest du dir das mentale Aua lieber lecken lassen, anstatt das selbst zu übernehmen? Lenkt schön ab, kann ich verstehen.«

»Blödsinn!« Ich pflücke energisch ihre Hand von meiner Schulter. »Also wirklich, Nascha, du kommst auf Ideen? Ich würde nie jemanden wie Josh benutzen. Niemals. Außerdem lenkst du gerade von dir ab und … hey!« Nascha und Lia klatschen sich vor meiner Brust ab und ich weiche perplex mit dem Oberkörper zurück. »Was sollte das jetzt?«

»Sie verteidigt ihn«, sagt Lia.

»Sie ist verliebt«, ergänzt Nascha.

»Und ihr seid doof! Gute Nacht!« Ich stehe auf und

gehe hinein. Ich will nur noch schlafen. Und wer weiß, vielleicht öffne ich morgen früh die Augen und habe alles nur geträumt?

An Schlafen ist jedoch nicht zu denken. Ich sitze auf meinem Bett und kann es immer noch nicht fassen, dass Josh und ich tatsächlich beinahe miteinander geschlafen hätten.

Huh! Allein der Gedanke schickt mir ein sehnsüchtiges Ziehen in den Unterleib. Genau genommen weiß ich gar nicht mehr, wie es ist, mit einem anderen Mann zu schlafen. Dafür habe ich erfahren dürfen, wie es sich anfühlt, jemand anderes zu küssen als Tobi.

Verdammt gut fühlt es sich an!

Mist!

Ich hatte vor Tobi nicht viele Männer, aber erst seit heute weiß ich, dass Küssen nicht gleich Küssen ist. Mein erster Kuss ist mit einem Kerl gewesen, der meinte, er hätte einen Propeller statt einer Zunge. Gott, war das furchtbar. Der zweite dagegen hat seine Zunge dazu benutzt, um meine Zähne zu reinigen. Zumindest hatte ich den Eindruck. Und Tobi? Nun, seine Küsse haben mich nie wirklich vom Hocker gehauen. Sie sind immer sehr fordernd und wenig gefühlvoll gewesen.

Gewesen.

Ich ziehe die Beine an, umschlinge meine Knie und sehe zur Palme vor meinem Fenster. Die Vorstellung, meinen Ehemann nie wieder zu küssen, müsste mir eigentlich …

»Hey, Süße.« Lia setzt sich neben mich aufs Bett und nimmt die gleiche Sitzposition ein wie ich. Wie früher, als wir stundenlang nachts wach geblieben sind und uns im Dunkeln leise Geschichten erzählt haben. »Was denkst du gerade?«

Ich seufze lange auf. »Ich habe mich an Tobis Küsse

erinnert. Ich werde ihn wohl nie wieder küssen. Sollte mir das nicht einen Dolch durchs Herz treiben?«

Lia sieht aus dem Fenster. »Nur, wenn du ihn noch liebst.«

21

GEHT DA WAS?

Joshua

Seit gestern bin ich wieder zurück in Deutschland. Hier ist der Sommer endgültig vorbei. In der Nacht bin ich im Regen bei knapp unter zehn Grad Außentemperatur angekommen. Ganz schön frisch. Aber das macht mir nichts aus. Ich liebe den Herbst und seine Farben. Außerdem ist es wesentlich angenehmer, durch den Wald zu joggen, wenn es nicht so heiß ist.

Doch leider muss ich meine Joggingrunde auf später verschieben, denn im Kühlschrank herrscht gähnende Leere. Das ist der Nachteil, wenn man allein lebt. Während einer mehrtägigen Abwesenheit füllt niemand Lebensmittel auf. Der frühe Vormittag ist somit für Einkäufe reserviert. Dazu muss ich nach Heidelberg fahren. In Schlierbach gibt es kaum Einkaufsmöglichkeiten, außer einer Bäckerei und einem kleinen Laden im Studentenwohnheim.

Der kleine Vorort ist ruhig, sehr grün und besteht überwiegend aus exklusiven Villen und Einfamilienhäusern. Und ich bin in der Nähe meiner Tochter, schnell im Wald und in der Altstadt. All diese Faktoren sind der Grund gewesen, dieses Haus zu kaufen.

Zwei Stunden später trete ich aus der Metzgerei, in der

Hand eine Tüte mit zwei Steaks vom glücklichen Odenwälder Angusrind, schlage den Jackenkragen hoch und sehe auf den Einkaufszettel. Alles erledigt. Jetzt schnell nach Hause, alles verstauen und dann eine Runde durch den Wald traben.

Gedanklich gehe ich alle Punkte durch, die ich am Wochenende erledigen will: Einkaufen – erledigt. Wäsche waschen, das Panoramafenster müsste geputzt werden – ich hasse Fensterputzen, Unkraut bekämpfen, das Efeu zurückschneiden, mich auf ein Gespräch mit einer deutschen Produktionsfirma für Sportshirts am Montag vorbereiten. Der Vertriebler ruft einen viel zu hohen Stückpreis ab und ich gedenke, ihn um mindestens zwanzig Prozent herunterzuhandeln.

Letzter Punkt: Nicht an Anni denken.

Heute Morgen bin ich aufgewacht und mein erster Gedanke war, dass ich sie wiedersehen muss. Es ist mir unmöglich, nicht an sie zu denken. Sie ist permanent in meinem Kopf.

In Gedanken versunken tuckere ich hinter einem Lkw am Neckar entlang. Anstatt mich wie üblich zu ärgern, so langsam vorwärtszukommen, freue ich mich, dass die Sonne durch die Wolkendecke blitzt – und stelle mir vor, wie schön es wäre, wenn Anni jetzt neben mir sitzen würde. Oder noch besser, wenn ich heute neben ihr aufgewacht wäre. Alles in mir sehnt sich nach ihrem Lachen, ihrer süßen Nase, ihren Wuschelhaaren, ihrem Duft. Und ihren Küssen. So sehr, dass ich das Gefühl habe, nicht einen Tag länger ohne sie sein zu können.

Wahrscheinlich ist es keine gute Idee, demnächst in der Firma aufzutauchen, um sie zu sehen. Aber wie soll ich sie sonst erreichen können? Wir haben keine Telefonnummern ausgetauscht. Ich könnte Nascha fragen, ob sie mir Annis Nummer gibt, doch das wäre Anni unrecht, und wenn Nascha meiner Bitte nachkommt, würde das möglicherweise einen Streit zwischen den Freundinnen provozieren. Dass Anni mich von sich aus kontaktiert, bezweifle ich. Eine Frau, die gerade erst verlassen wurde, stürzt sich aller Voraussicht nach nicht gleich in eine neue Beziehung.

Ja, ich wäre bereit, mich auf Anni einzulassen. Mehr noch: Ich will es. Unbedingt. Lieber heute als morgen. Das verblüfft mich so sehr, dass ich die roten Bremsleuchten vor mir übersehe und beinahe auf den Laster aufgefahren wäre.

Endlich bin ich zu Hause. Samstagvormittag in Heidelberg unterwegs zu sein, wenn alle ihre Einkäufe erledigen, ist nicht unbedingt eine meiner Lieblingsbeschäftigungen.

Vollbepackt mit Tüten und einem Rucksack mit Kühlfach schiebe ich die Tür mit dem Fuß auf und gleichzeitig gibt mein Handy mehrere Töne hintereinander von sich. So viele Nachrichten so früh am Morgen? Nun, das muss jetzt warten. Die Pizza will ins Eisfach, bevor sie auftauen kann.

Wenig später ist alles verstaut, ich sitze mit einer Tasse frischgebrühtem Kaffee an der Küchentheke und sehe nach, wer mir so viele Nachrichten geschickt hat.

Leon fragt an, ob wir nächsten Samstag zusammen laufen gehen. *Machen wir. Freu mich drauf.* Daniel erinnert mich daran, dass ich ihn sogleich über die Preisverhandlungen und den eventuellen Vertragsabschluss informiere. *Hat der samstags nichts Besseres zu tun?* Nascha bittet um Rückruf und Fee schreibt: Papa? Kann ich kommen?

Mein Hirn priorisiert sofort und ich rufe meine Tochter an. Auch, wenn es mich brennend interessiert, warum sich Nascha bei mir meldet. Fee geht vor. Immer.

»Was ist los, Süße?«, melde ich mich, als sie das Gespräch entgegennimmt.

»Erzähle ich dir gleich. Kann ich das Wochenende bei dir bleiben?«

Sofort bin ich alarmiert, denn ihre Stimme klingt gepresst, so, als hätte sie geweint.

»Natürlich! Soll ich dich abholen? Was ist denn los?«

»Musst mich nicht holen, sitze schon im Bus. Bis gleich. Danke, Papa.«

Alles rückt in den Hintergrund, wenn es um das Wohl meiner Tochter geht. Das nimmt mir sogar die Lust auf Kaffee. Wie ein Raubtier im Käfig gehe ich im Wohnzimmer auf und ab, reibe mir den Nacken und überlege, was vorgefallen sein könnte und ob ich Steff kontaktieren oder erst mit Fee reden soll.

Kurz darauf wird mir die Entscheidung abgenommen. Steff ruft an.

»Joshua, deine Tochter ist abgehauen! Das Kind ist unmöglich! Un-mög-lich! Ich und Maximilian denken darüber nach, sie in ein Internat zu geben. Sie hat eine Fünf in Mathematik nach Hause gebracht! Ihr Notendurchschnitt ist unter aller Sau! Und sie weigert sich, Nachhilfe zu nehmen oder sich von Maximilian helfen zu lassen. Deine Tochter hält sich nicht an Absprachen, kommt später nach Hause als vereinbart und heute Morgen hat sie mir die Zunge rausgestreckt. Das. Geht. Nicht! Ich werde diesem störrischen Kind nicht mehr Herr. Und was ich dir außerdem noch sagen wollte. Der Urlaub nächstes Jahr mit dir über Ostern ist gestrichen. Sie muss lernen, dass sie sich an Regeln zu halten hat, wenn sie Vergünstigungen bekommen möchte.«

»Steff! Jetzt mach mal einen …«

»Erst die Arbeit, dann das Vergnügen! Wir sind es leid, sie ständig an ihre Pflichten erinnern zu müssen. Den ganzen Tag lang, sieben Tage die Woche! Was soll aus dem Kind nur werden? Kannst du mir das sagen? Wenn sie so weitermacht, hat sie kein Abi, und dann? Soll sie gleich von einem ihrer Loserfreunde schwanger werden? Was für eine Schande!«

»Ja, genau! Früh schwanger werden … So wie du damals? Das ist eine Schande? Kein Abi zu haben ist eine Schande? Sag mal, hörst du dir überhaupt zu?!«, fahre ich sie ungehalten an. Wenn ich eins weiß, dann ist es, dass Fee sich durchaus an Regeln hält. Außer, sie nimmt eine Protesthaltung gegen Ungerechtigkeiten an. Sie hat ein feines Empfinden für logische Abfolgen und ein Gespür für Menschen. Nicht nur sie kann diesen cholerischen Pomadenmax nicht ausstehen. Und ganz nebenbei ist Fee ein kleines Mathegenie. »Ein Internat kommt überhaupt nicht infrage! Wie kannst du nur so etwas in Betracht ziehen!?«

»Das wäre das Beste für sie!«

»Du meinst, das Beste für dich!«, sage ich scharf, doch sie geht nicht darauf ein.

»Maximilian hat einflussreiche Kontakte und sie könnte bereits nächstes Jahr an das internationale Oberstufeninternat Schloss Salem am Bodensee. Eine sehr renommierte Einrichtung. Sie würde im Campus Härlen unterkommen. Dort genießt sie eine hervorragende Schulbildung und eine den Altersphasen angemessene Erziehung.«

»Bist du von allen guten Geistern verlassen!?«, brülle ich ins Telefon. Mit meiner Contenance ist es jetzt definitiv vorbei.

»Maximilian und ich denken im Gegensatz zu dir vorausschauend. Im Übrigen hat Max dem Schulleiter eine großzügige Spende in Aussicht gestellt. Unsere Tochter ist dort in besten Händen, Joshua!«

»Sie ist bei ihren Eltern in besten Händen! Du bekommst meine Zustimmung nicht! Und wehe, dein toller *Maximilian* mischt sich weiterhin ein, dann rede ich mit dem feinen Zahnarzt zwei, drei unmissverständliche Worte! Der kann sich seine einflussreichen Kontakte gepflegt in die Kauleiste schieben. Im Übrigen wird Felicia gleich bei mir sein. Und ihr …« Ich muss mich wirklich beherrschen, nicht sofort ins Auto zu steigen, um die Dinge vor Ort zu regeln. »Ihr unternehmt gar nichts bezüglich Internat! Nichts! Ist das klar!?«

»Pah, du hast gut reden. Du hast sie nicht täglich am Hals und musst dich mit ihr herumärgern!«

»Bitte!?« Gott, ich bin so unglaublich wütend! »Vielen Dank, Stefanie! Somit hast du mir gerade die ultimative Antwort gegeben. Wie kann eine Mutter nur sagen, sie hätte ihre Tochter am Hals!? Fee zieht zu mir. Ende der Diskussion.«

Damit lege ich auf.

Meine Hände zittern. Ich muss mich beruhigen. Für Alkohol ist es jedoch viel zu früh. Tief durchatmen muss reichen.

Als ich vor meinem Einzug die Villa umbauen ließ, habe ich bereits eine kleine Einliegerwohnung im hinteren Bereich des Hauses vorgesehen, die ich irgendwann einmal vermieten könnte. Oder eben, um meine Tochter bei mir aufzunehmen. Zwei kleine Zimmer, eine Küche, ein Bad mit Badewanne und eine eigene, nicht allzu große Terrasse, die vom Rest des Grundstücks nicht einsehbar ist. Wenn Fee ein Wochenende bei mir verbringt, schläft sie dort. Jetzt wird sie dort wohnen. Das erfüllt mich mit großer Zufriedenheit, denn ich habe das deutliche Gefühl, das Richtige zu tun.

Ich hätte Fee schon längst zu mir holen sollen. Doch ich bin oft auf Geschäftsreise und einen Teenager mit zwölf oder vierzehn Jahren kann man nicht tagelang allein lassen. Außerdem sind Steff und Maximilian energisch dagegen gewesen. Fee hat von den damaligen Diskussionen nichts mitbekommen, um ihr keinen Floh ins Ohr zu setzen. Denn dass meine Tochter lieber bei mir als bei ihrer Mutter ist, wurde mir schon vor ein paar Jahren klar.

Die folgenden Minuten lenke ich mich ab, indem ich ein Frühstück für uns richte. Kaffee, Toast, Omelett mit

Tomaten, Gartenkräuter und Speck. Als ich das Omelett auf die Teller gebe, klingelt es auch schon.

Vor mir steht eine verheulte Felicia. Mein kleines Mädchen ist unglücklich. Das macht mich traurig. Und über alle Maßen wütend. Zugleich habe ich ein schlechtes Gewissen, denn ich hätte sie viel früher zu mir holen sollen.

Fee lässt den Rucksack im Flur fallen und wirft sich in meine Arme.

»Papa«, schnieft sie in mein T-Shirt. »Mama und ihr Typ wollen mich ins Internat stecken. Bitte lass das nicht zu. Ich will nicht auf so eine Eliteschule gehen, will nicht weg von Heidelberg, von dir und ich will nicht …«

»Scht, kleine Maus«, sage ich leise und schließe meine Arme fest um sie. »Alles ist gut. Du bleibst jetzt hier.«

»Bei dir?« Sie hebt den Kopf und sieht mich mit großen Augen an. »Übers Wochenende? Oh, danke, Papa.«

»Nein, nicht übers Wochenende.« Ich muss schmunzeln, als sich die Enttäuschung in ihre Mimik gräbt, und streiche ihr lächelnd über den Kopf. »Du ziehst zu mir. Heute noch. Das heißt, wenn du das möchtest.«

»Echt?« Sie stellt sich auf die Zehenspitzen und drückt mir einen festen, feuchten Kuss auf die Wange. »Und ob ich das will! Ich darf in die kleine Wohnung ziehen?«

»Jap.« Ich versuche, ernst zu bleiben. »Aber du wirst dich um die Wohnung selbst kümmern müssen. Glaube nicht, ich werde dort putzen, für dich waschen oder sogar eine Haushaltshilfe einstellen. Auch musst du dich dann um die Pflanzen rund um die Terrasse kümmern.«

»Logisch! O Mann, wie geil!« Sie löst sich von mir und lässt sich auf den Stuhl am Tisch plumpsen. »Hm, Omelett. Danke, Papa. Darf ich mir auch eigene Kräuter anpflanzen?«

»Natürlich.« Ich setze mich zu ihr, schenke uns Kaffee ein und bin erleichtert, dass Fee bei mir ist. Auch wenn das bedeutet, dass sie flüchtige Frauenbekanntschaften oder Beziehungsversuche zwangsläufig mitbekommen würde. Allerdings steht mir seit ein paar Tagen nicht mehr der Sinn nach One-Night-Stands mit irgendwelchen aufgetakelten Frauen, die schon in Begattungsstarre fallen, wenn ich nur ein dunkles Hallo hauche.

»Papa, das ist der …«

»Hammer?«

»Genau … Oh. Dein Handy. Du hast 'ne Nachricht.« Das Gerät liegt auf dem Tisch und Fee sieht die Benachrichtigung auf dem Display. Interessiert zieht sie die Brauen hoch und gleich darauf missbilligend zusammen. »Nascha … Ähm, Papa? Hast du was mit der?«

Ich ziehe das Handy zu mir. Nascha will mich gleich anrufen.

»Nein, habe ich nicht. Im Übrigen geht dich mein Liebesleben nichts an, Tochterkind. Alles klar?«

»Klar.« Sie schaufelt sich Ei auf den Toast und legt den Speck an den Tellerrand. »Und was ist mit Anni? Das wollte ich dich sowieso fragen. Wie war der Abend? Du wolltest mir doch …« Das Handy klingelt, Fee wedelt mit der Hand. »Geh ruhig dran.«

»Du magst Anni, hm?«

Sie hebt die Daumen, ich stehe auf, gehe quer durch den Raum ans Panoramafenster und nehme das Gespräch entgegen.

»Hi, Josh. Ich mach's kurz. Würdest du dich mit mir treffen? Es geht um Anni.«

Ich bin so perplex, dass mir spontan die Worte wegbleiben.

»Josh, bist du noch dran? Hallo?«

»Äh, ja, bin noch dran. Was ist mit Anni?«

»Sag ich dir dann. Manche Dinge sollte man nicht am Telefon klären. Hast du am Dienstagabend Zeit, eine Runde spazieren zu gehen. So um sieben? Wir könnten uns an der alten Brücke in Heidelberg treffen und den Philosophenweg hochlaufen. Oder am Neckar entlang. Ist egal.«

»Dienstag …«, erwidere ich und gehe gedanklich meinen Terminkalender durch. »Ja, das ist machbar.«

»Prima! Dann sehen wir uns. Tschau. Ich muss los, habe Anni versprochen, ihr beim Umstellen der Wohnzimmermöbel zu helfen.«

Als ich wieder an den Tisch zurückkehre, blickt mich meine Tochter mit gerunzelter Stirn an. An ihrem Mundwinkel klebt ein Stück Ei.

»Du hast da was.« Ich deute mit dem Finger auf meine Lippen und Fee leckt den Eikrümel an ihren mit der Zunge weg.

»Lenk nicht ab, Papa. Was ist mit Anni? Und triffst du dich mit ihr am Dienstag?« Meine Tochter hat Ohren wie ein Luchs. »Du triffst dich bitte nicht mit dieser Nascha, hörst du? Die ist nix für dich. Anni allerdings …«

»Schon gut, du kleiner Wadenbeißer«, sage ich lachend und nippe am Kaffee. Fee sieht mich gespannt an. »Ich treffe mich mit Nascha. Sie will mir was wegen Anni sagen.«

»Und was?« Fee lehnt sich zurück und verschränkt die Arme.

»Ich habe keine Ahnung.«

»Na, wenn das mal keine Masche ist. Dieser Nascha traue ich viel zu.«

Trotz aller Gedanken, die sich in meinem Kopf überschlagen, muss ich lachen.

»Liebe Tochter, ich bin kein junger Mann mehr und kann mich durchaus wehren, falls eine Frau übergriffig werden sollte. Mach dir mal keine Sorgen.«

»Wenn du willst, komme ich mit.«

»Danke, das ist nicht nötig. Isst du deinen Speck nicht?«

»Nein, ich mag kein Fleisch. Und bleib beim Thema, ja? Ich könnte …«

»An dem Abend deine Hausaufgaben machen und Mathe lernen. Keine Diskussion. So, und jetzt wird gefrühstückt. Danach fahren wir zu deiner Mutter und holen deine Sachen.«

»Die sind heute nicht da.« Fee zuckt mit den Schultern. »Irgendwo auf einem Schickimicki-Empfang.«

»Umso besser.« Ich greife nach dem Handy und informiere meine Ex-Frau mit knappen Worten.

Keine fünf Minuten später antwortet sie mit einem kurzen »Okay«. Aber das sage ich Fee nicht.

»War das Mama?«, will sie wissen.

»Ja. Sie ist not amused, aber einverstanden. Einer Mutter fällt es immer schwer, ihr Kind gehen zu lassen, Fee. Ich hoffe, ihr könnt euch im Laufe der Zeit wieder einander annähern.«

Kleine Notlügen müssen manchmal sein. Alles andere würde meiner Tochter wehtun. Und kein Vater möchte sein Kind leiden sehen.

»Vielleicht«, antwortet Fee. »Jetzt bin ich erst mal gespannt, was am Dienstag so abgeht mit dir und dieser Nascha.«

Ich schüttele lachend den Kopf. »Gar nichts wird abgehen.«

Aber gespannt bin ich ebenfalls. Hochgradig gespannt sogar.

22

PFAUENFEDERGESPREIZE

Anni

Der Koffer ist ausgepackt und ich stelle die Mitbringsel für meine Eltern auf die Kommode im Flur.

Mandeln, Manzanilla-Oliven, mallorquinisches Olivenöl, eine Flasche Angel d'Or, der berühmte Orangenlikör aus Soller, und zwei Flaschen Wein aus Binissalem, die ich nach einer Verkostung in der Bodega Bodegas José L. Ferrer mitgenommen habe. Und eine schöne, milchkaffeebraune Handtasche aus echtem Leder für meine Mutter, an der ich in einer der Lederfabriken in Inca nicht vorbeigekommen bin. Mehr konnte ich leider nicht mitnehmen, sonst hätte mein Gepäck die erlaubten 23 Kilo überschritten.

Nachdem ich den Koffer auf dem Speicher deponiert habe, gehe ich wie durch Watte hinaus in den Garten und schlinge fröstelnd die Arme um mich. Es ist kühl, das Gras ist feucht vom Regen in der Nacht und ich fühle mich ziemlich allein. Ich vermisse Bandit. Und meine Schwester. Sie wohnt eindeutig zu weit weg.

Vielleicht besuche ich sie im Winter auf ihrer Insel. Dort herrschen ganzjährig Temperaturen zwischen achtzehn und fünfundzwanzig Grad. Womöglich nehme ich Mama mit, damit sie sehen kann, wie Lia lebt. Sie wollte schon immer mal in ein Flugzeug steigen, hat es aber nie getan, weil Papa nichts von Flugreisen hält.

Ich merke, wie ich dem eigentlichen Gedanken in meinem Kopf ausweiche und mich bewusst ablenke. Den ganzen Rückflug und auch die Fahrt vom Frankfurter Flughafen mit dem Shuttleservice habe ich an Josh gedacht. An seine Küsse, seine schönen Augen – und an seine Worte. Kann es wirklich sein, dass er sich in mich verliebt hat? Und ich mich in ihn?

Ersteres scheint mir kaum fassbar. Was will ein so weltmännischer und reicher Kerl von mir? Einer, der jede Frau haben könnte? Jede! Bei der Shoperöffnung habe ich die Blicke der Damenwelt sehr genau bemerkt. Vielleicht ist er so begehrt, weil er der Inhaber einer erfolgreichen Firma ist, die Trends vorgibt. Klar, Geld und Einfluss wirken auf viele Frauen attraktiv. Und Josh ist nicht nur vermögend, auch verdammt gutaussehend. Er könnte sich einfach eine von denen herauspicken, die ihn mit ihren Augen verschlingen. Warum sollte er also ausgerechnet mich wollen? Weil immer nur Kaviar und Edeltussis langweilig sind?

In meinem Magen krampft sich alles zusammen. Ich sollte etwas essen, auch wenn ich keinen Hunger habe.

Schnell gehe ich hinein, schließe die Tür und schalte die Kaffeemaschine ein. Gleich kommt Nascha und bringt Brötchen sowie Käse und ein bisschen Obst mit.

Ich habe sie gebeten, mir zu helfen, die Möbel im Wohnzimmer neu zu arrangieren. Eigentlich wollte ich diese Möbelverrückaktion erst nächstes Wochenende in Angriff nehmen, doch Nascha ist bereits mit einem ihrer Penisfotografen verabredet. Meine liebste Freundin jedoch denkt mit und hat angeboten, für mich das Nötigste einzukaufen, damit ich das nicht erledigen muss.

Ich schalte Musik ein und blicke mich um. Der klobige Whiskyschrank hat das Ambiente mehr beeinflusst als gedacht. Die Lücke muss gefüllt werden. Gleichzeitig habe ich die Hoffnung, nicht immer an Tobi erinnert zu werden. Obwohl ich die letzten Stunden nicht wirklich an ihn gedacht habe.

Die Möbel stehen unverändert, seit Tobi bei mir eingezogen ist. Jetzt ist es Zeit, frischen Wind in die Bude zu bringen. Vielleicht streiche ich dieses Jahr noch die Wände neu? Mal sehen.

Als es klingelt, sehe ich irritiert auf die Uhr. Da hat Nascha aber Gas gegeben. Und das an einem Samstag, an dem die Läden proppenvoll sind.

»Du!? Was zur Hölle hast du hier zu suchen?«

»Da hat aber jemand wenig Sinn für Überraschungen«, sagt Tobi selbstbewusst lächelnd und streckt mir einen Blumenstrauß hin.

Wenn ich mit allem gerechnet hätte − vorzeitiger Winterausbruch, Lottogewinn, Josh … − aber in keiner Weise mit meinem zukünftigen Ex-Mann.

»Habe ich schon, nur nicht für Überraschungen, die dich betreffen.« Meine Stimme klingt selbst in meinen Ohren erstaunlich sachlich. Und mein Inneres … Nun, ich bin erstaunt, dass meine Emotionen bei seinem Anblick auch eher im neutralen Bereich bleiben. Noch vor zwei Wochen wäre ich wahrscheinlich in Tränen ausgebrochen und angesichts des üppigen Rosenstraußes dahingeschmolzen, obwohl ich Rosen mit Schleierkraut nicht wirklich mag. Mir gefallen eher bunte Sträuße in allen Farben oder Wildblumen. Das müsste Tobi eigentlich wissen. Wir sind ja lange genug ein Paar gewesen.

Gewesen …

Wie aus heiterem Himmel spüre ich plötzlich überdeutlich, dass meine Liebe zu Tobi weg ist. Einfach weg.

Ich sehe ihn an und empfinde eine Spur Verachtung

für das, was er getan hat. Dass er nicht mit offenen Karten gespielt und mich angelogen hat. Aber auch ein leises Bedauern mischt sich darunter, schließlich haben wir lange Zeit eine glückliche Ehe geführt. Seltsamerweise verspüre ich auch so etwas wie Mitleid mit ihm.

Das ist ja irre. Er hat mich betrogen und dafür tut er mir leid?

»Ich habe dir Blumen mitgebracht, Anni«, sagt er, weil er wahrscheinlich nicht weiß, wie er anfangen soll.

»Das sehe ich. Danke.« Ich lege die Rosen auf die Kommode und verschränke die Arme.

»Willst du mich nicht hereinbitten?«

»Nein, will ich nicht. Du hast mich auch nicht gefragt, ob ich will, dass du eine andere vögelst.«

»Das war jetzt hart.«

Ich lache auf. »Wenn das hart ist, hättest du vor zwei Wochen nicht in meiner Haut stecken dürfen.«

»Das tut mir leid.«

Wieso nehme ich ihm das nicht ab?

»Was genau tut dir leid?«, frage ich, winke jedoch gleich wieder ab. »Lass stecken, Tobi, ich will's gar nicht mehr wissen. Wo hast du eigentlich deine Möbel untergebracht.«

»In einer angemieteten Garage. Anni, ich bereue …«

»Ach, was du nicht sagst.« Seine Worte passen nicht zu seiner Mimik. Ich kenne Tobi zu gut, um das nicht zu bemerken.

Er sieht mir fest in die Augen und hat den Blick aufgelegt, den er immer draufhat, wenn er zum Beispiel die Waschmaschine anschalten oder das Bad putzen sollte. Plötzlich hat es immer einen Grund gegeben, der ihn just in diesem Moment an diesen Aufgaben hinderte. Und ein Mensch, dem etwas leidtut, der sieht einem nicht forsch in die Augen, der würde verlegen wirken.

»Hat sie dir den Laufpass gegeben? Weißt du jetzt nicht, wo du wohnen sollst, weil dir das Hotel zu teuer ist?«

»Das hat nichts mit uns zu tun.«

»Ganz falsch. Das hat *alles* mit uns zu tun.«

Während ich die Worte sage, spüre ich, dass es vorbei ist. Unsere Ehe, unsere Liebe, unsere gemeinsame Zeit gehört der Vergangenheit an. Die Uhr lässt sich nicht mehr zurückdrehen.

Diese Erkenntnis trifft mich, weil sie plötzlich so klar ist – und weil ich mir möglicherweise schon monatelang etwas vorgemacht habe. Ebenso wie Tobi.

»Anni.« Er tritt einen Schritt auf mich zu. »Wollen wir es noch mal probieren?«

Ich schüttele den Kopf. »Das hat keinen Sinn. Wenn du mal in dich einfühlst, wirst du es merken. Du hast nicht von ungefähr mit einer anderen etwas angefangen. Und mal ganz ehrlich, wir haben die Vorstellung geliebt, eine gute Ehe zu führen. Die Routine, das Planbare, die Gewohnheit. Du hast dich weiterentwickelt, ich mich auch. Vielleicht sind unsere Wege schon vor geraumer Zeit auseinandergedriftet. Es tut mir leid, Tobi. Ich glaube, ich liebe dich nicht mehr. Und wenn du ehrlich zu dir selbst bist, hast auch du aufgehört, mich zu lieben.«

Das auszusprechen fällt mir schwer, aber es ist das, was ich in diesem Augenblick empfinde.

Plötzlich verschwindet der flehentliche Gesichtsausdruck aus Tobis Mimik. »Was ist schon Liebe. Kannst du etwa sagen, was Liebe ist? Wir sind ein gutes Team, wir funktionieren perfekt miteinander und …«

»Ein Team, das funktioniert? Das reicht mir nicht. Ebenso wenig wie Sex nach Kalender. Wirklich, Tobi, mir fällt es echt schwer, aber …«

»Du hast einen anderen! Wusste ich es doch!« Er kneift die Lider zusammen, und ich finde nicht sofort eine

Antwort. Bin hin- und hergerissen. »Danke, dein Schweigen genügt mir!«

Ist er schon immer so egoistisch gewesen?

»*Du* hast mich betrogen, wenn ich dich daran erinnern darf. Und jetzt machst du mir Vorwürfe? Zu deiner Information, nein, ich habe keinen anderen Mann. Aber ich bin in jemand anderes verliebt.«

»Gut, mehr muss ich nicht wissen.« Tobi verzieht spöttisch das Gesicht. »Ich hoffe, er kann dir das bieten, was ich dir geboten habe. Ach so, du bist ja gar nicht mit ihm zusammen. Verstehe. Nun, nur mit deinem kleinen Gehalt wirst du keine großen Sprünge mehr machen können. Das Leben, wie du es mit mir gewohnt bist, ist vorbei.«

Er macht einen langen Schritt auf mich zu, ich weiche zurück. Unnötig. Er schnappt sich nur die Blumen.

»Wünsche dir noch ein schönes Leben.« Er nickt, wirft mir einen verächtlichen Blick zu und dreht ab.

Was war das denn für ein Machoauftritt? Spinnt der?

»Hör mal, Herr Schüttke!«, rufe ich ihm hinterher. »Ich sag dir mal was. Du hast dich verändert. Verdammt, wer bist du nur geworden? Aber wenn du künftig bei Frauen punkten willst, dann vergiss deine Kohle und deine vorgeschobene Coolness. Auch dein Auto, das Sixpack – okay, du hast keins –, Designerklamotten, teure Uhren und den sonderangefertigten Whiskyschrank. Das sind alles nur Dinge, die du besitzt, weil du glaubst, das macht dich attraktiver. Tut es nicht. Im Übrigen zieht das nur bei einer bestimmten Sorte Frauen. Allen anderen sind die Softskills wichtiger. Selbstsicherheit, zum Beispiel. Die äußert sich durch Gelassenheit und nicht durch permanentes Beeindrucken und Pfauenfederspreizen. Wem Selbstsicherheit fehlt, dem fehlt die innere Größe. Männer mit innerer Größe strahlen das auch aus und – glaub mir – die sind echt selten.«

Gerade will ich die Tür zuknallen, als es nebenan klatscht.

»Das war mal 'ne Ansage. Respekt!« Mike zieht die Zeitung aus dem Briefkasten, hebt noch mal den Daumen in meine Richtung und geht wieder hinein.

Aus dem Augenwinkel sehe ich, wie Tobi auf Nascha trifft, die ihm mit prall gefülltem Rucksack und einer Stofftasche entgegenkommt. Sie sagt etwas zu ihm, doch er beachtet sie einfach nicht, wirft den Strauß ins Auto, steigt ein und fährt mit quietschenden Reifen davon.

Ich gehe ihr entgegen und nehme ihr die Tasche ab.

»Danke. Sag mal, was wollte der denn hier? Etwa zu dir zurück? Und wieso bist du so rot im Gesicht?« Sie geht vor mir in die Küche und stellt den Rucksack auf die Küchenplatte. »Geweint hast du nicht, das werte ich als positives Zeichen.«

»Ich bin stinksauer.«, presse ich hervor und packe aus, was Nascha eingekauft hat. Käse, Marmelade, Trauben, Bananen, Kürbiskernbrötchen, ein Roggenbrot, Butter, ein Liter Milch. »Danke dir, du hast ja an alles gedacht.«

»Kein Ding«, sie zieht uns zwei Kaffee und drückt mir eine Tasse in die Hand. »Du bist mit der Gesamtsituation also unzufrieden?«

»Nein, eher im Gegenteil. Mehr mit mir selbst. Weißt du, ich glaube, es hat alles so kommen müssen.«

»Hat es, Süße. So, und jetzt lass uns frühstücken. Ich habe einen Mordshunger. Und danach legen wir los. Weißt du schon, wo du was hinstellen willst?«

Ich belege ein Brötchen mit Käse und streiche Erdbeermarmelade darüber. »Noch nicht wirklich.«

Am späten Nachmittag steht das Sofa im Erker und der Fernseher vorübergehend dort, wo Tobis Mahagonimonstrum bis vor meiner Abreise gestanden hat. Nur, bis ich einen Ohrensessel mit Fußhöckerchen und Leselampe gekauft habe.

»Jetzt muss ich mich aber sputen«, sagt Nascha und sieht auf die Uhr. »Ich will in einer halben Stunde bei einem Lauftreff sein.«

»Trainieren für den nächsten Marathon?« Ich halte ihr die Tür auf.

»Nicht wirklich. Einfach nur Menschen, die gemeinsam durch den Wald traben. Ich werde mal ein bisschen langsamer machen.«

»Langsamer?«, frage ich irritiert nach.

»Ja, in der Tat. Immer nur aufs nächste Ziel zu hecheln und an meine Grenzen zu gehen, nimmt die Sicht auf die kleinen, schönen Dinge des Lebens.«

»Das ist Lias Spruch.«

»Richtig. Und jetzt auch meiner. Deine Schwester ist ein toller Mensch.«

Was für ein Tag. Eine Überraschung jagt die nächste.

»Ich dachte, du kommst nicht klar mit ihr?«

»Tu ich auch nicht, aber so ein paar Sätze von ihr haben mich zum Nachdenken gebracht.« Sie drückt mir einen Kuss auf die Wange und nimmt mich kurz in den Arm. »Soll ich danach wieder zu dir kommen, damit du nicht so allein bist?«

Das ist meine Freundin. Ich liebe sie dafür. Trotzdem schüttele ich den Kopf. »Lass mal, ich bin heute ganz gern mal allein.«

»Gut, wie du meinst. Wenn du es dir anders überlegst, ruf einfach durch.«

»Mach ich.«

Nascha geht durch die Tür, dreht sich aber wieder um. »Ach, was ich dich noch fragen wollte.«

23

MANCHMAL KOMMT'S KNÜPPELDICK

Anni

Gut, ich bin frischgebackener Single, vermisse eine Kuschelschulter, Sex, die wohlige Wärme wohlgestalteter Männerwaden, und hin und wieder in den Arm genommen zu werden.

Körperkontakt zu dicht gedrängt stehenden und sitzenden wildfremden Menschen im völlig überfüllten Zugabteil gehört jedoch definitiv nicht zu den Dingen, die mir fehlen.

Warum habe ich dämliche Kuh am Wochenende nicht gecheckt, ob Möhre anspringt? Das hätte ich tun sollen. Am Samstag schon, denn im Zweifelsfall hätte ich den Wagen bis zwölf Uhr in die Werkstatt um die Ecke bringen können.

Hätte, hätte, Fahrradkette.

Fakt ist: Möhre hat heute Morgen keinen Mucks von sich gegeben. Nicht mal ein Muckselchen. Nur ein Klack, wenn ich den Schlüssel umgedreht habe. Herr Hornig von der Werkstatt meinte, wenn ich den Wagen vor achtzehn Uhr bringen könne, sieht er ihn sich gleich morgen früh an. Und wie soll ich das bewerkstelligen, wenn die Karre nicht anspringt? Schieben, ziehen? Wir haben uns darauf geeinigt, dass ich ihm Schlüssel und Fahrzeugschein in den Briefkasten werfe, und er lässt den Wagen im Laufe des Tages abholen.

Zu meinem Leidwesen ist mir nichts anderes übrig geblieben, als die einzige Alternative zu wählen, die ich habe: Zugfahren. Für mich das Unwort des Jahres!

Nach der Fahrt zum Bahnhof mit der morgens um diese Zeit total überfüllten Straßenbahn, bin ich in den nächsten Zug nach Frankfurt gesprungen. Ich bin genervt, verschwitzt, weil ich zum Gleis rennen musste und voller Sorge um Möhre.

Genau so muss ein erster Arbeitstag anfangen. Genau so!

Seit über zwölf Jahren habe ich nicht mehr in einem Zugabteil gesessen, und nun weiß ich auch wieder, wieso.

Keine Rede von der gepriesenen Entspannung und gelassen aus dem Fenster gucken, anstatt sich Stoßstange an Stoßstange über die vierspurige Autobahn zu quälen. Schon gar nicht von gemütlich die Füße ausstrecken oder – wie ich es im Auto zu tun pflege – lautstark Songs mitzusingen. Stattdessen sitze ich neben einem Mann, Typ ergrauter Buchhalter ohne Freude am Leben, der seine Aktentasche auf den Knien mit den Händen festhält, als säßen wir bei einem Tornado im Flugzeug und würden jeden Moment abstürzen. Außerdem müffelt er nach Mottenkugeln. Und wer sitzt am Fenster? Richtig. Ich nicht.

Der sichtlich genervte Banker vor mir packt sein Frühstück aus. Ich frage mich gerade, wie er bei dem Geruch essen kann, als er auch schon sein Käse-Schinken-Mayo-Sandwich mit mir teilt. Auf meiner Hose. Just in dem Moment, als er gerade in sein Frühstück beißen will, der Zug an der nächsten Haltestelle etwas ruckelig bremst und der hungrige Banker von einer stehenden und gleichgewichtverlierenden Frau angerempelt wird, deren

Unterarme behaart und kräftig sind wie die eines Mannes.

Bei der Weiterfahrt steigen noch mehr Menschen zu und ich bin froh, nicht unter Platzangst zu leiden. Da ich nichts weiter zu tun habe und mein Handy keinen Empfang hat, werde ich Zeuge eines Gespräches von zwei jüngeren Frauen. Marcel, falls du dies hier liest. Mandy will dich verlassen, sie hat sich bis jetzt nur noch nicht getraut, dir zu sagen, dass sie mit deinem besten Freund poppt.

Bei der Gelegenheit wird mir die Parallele zu mir, Blödmann Schüttke und Josh unsanft in Erinnerung gerufen, was dazu führt, dass ich nicht nur total genervt, sondern auch ziemlich verheult im Büro ankomme.

Ich bin noch nicht an meinem Schreibtisch angekommen, steht die Haferfleck vor mir wie aus der Unterwelt geschossen.

»Sie sind zu spät, Frau Rosen«, sagt sie scharf und sieht mich über den Rand der Brille an.

»Danke, weiß ich. Auto verreckt. Musste mit dem Zug fahren. Haben Sie mir etwa aufgelauert?«

Letzteres sollte humorvoll klingen. Ist misslungen.

»Bitte?!«

»War ein Scherz.«

»Das will ich doch schwer hoffen. Ich bin auf dem Weg in die Küche, um Herrn Ebeling einen Kaffee zu bringen. Wir haben gleich ein Meeting.« Sie nickt mir kühl zu und geht mit zackigen Schritten in die Abteilungsküche.

»Kaffee«, nuschele ich in mich rein und mache mich auf den Weg an meinen Arbeitsplatz. »Den brauche ich jetzt auch.«

»Was brauchst du auch? Einen Mann? Einen neuen Job?« Jan grinst, lehnt sich zurück und verschränkt die Hände am Hinterkopf. »Welcome back im Irrenhaus.«

»Dir auch einen schönen Tag, Lieblingskollege. Ich brauch Kaffee. Jede Menge.« Ich stelle die Handtasche unter den Schreibtisch, lasse mich auf den Stuhl plumpsen und frage mich, ob Jan nur Mandalashirts besitzt. Heute ist es ein grün-orange-gelbes. »Aber ich warte, bis die Haferfleck in der Küche fertig ist.«

Auf meinem Schreibtisch liegt ein Stapel Akten. Ich seufze schicksalsergeben auf.

»Du hast da einen Fleck auf der Jeans«, stellt Jan fest.

»Ist Mayo.«

»Ah, du willst nicht drüber reden. Schon klar. Wenn man noch nicht ganz wach ist, passieren solche Dinge. Hattest du einen schönen Urlaub?«

Ich schalte den Computer ein. »Geht so. Ja, war ganz nett. Und die Mayo ist von einem Typ im Zug, nicht von mir. Mein Auto hat den Geist aufgegeben.«

»Und das am ersten Tag nach dem Urlaub. Ist typisch. Übrigens …« Er deutet auf den Stapel. »Du darfst die nächsten medialen Auftritte für Prag, Hamburg und Belgien vorbereiten. Eröffnungen sind kommendes Frühjahr. Die Texte habe ich dir schon geschickt. Auch die für Social Media bezüglich der Spanien-Kampagnen. Dankeschön, Erfolgsgeschichte, Gewinnerfotos und so weiter. Du kennst das.«

»Ja, zur Genüge.«

Plötzlich überfällt mich eine ungewohnte Abneigung, Grafiken, Kampagnen und Homepages für dies und das und jenes zu erstellen. Es ist immer das Gleiche. Fest vorgegebene Farben sowie Layouts und Schriftarten. Ich muss mich strikt ans Corporate Design halten. Das ist alles nur semikreativ.

Aus dem Augenwinkel sehe ich Haferfleck mit Kaffeekanne, Tassen und Keksen auf einem Tablett ins Büro vom Ebeling stöckeln.

»Seit wann hat die hohe Schuhe an?«, denke ich laut.

»Hat sie?« Jan reckt den Kopf. »Tatsächlich. Sie sollte vielleicht eher bei ihrem Gesichtsausdruck anfangen, wenn sie den Ebeling von ihren weiblichen Reizen überzeugen will.«

»Weibliche Reize?«, scherze ich und fühle mich gleichzeitig gemein.

Die Haferfleck ist schon ewig Single. Oje, ich will gar nicht wissen, wie man sich nach Jahrzehnten ohne Mann fühlen muss. Ich stehe auf. »Auch einen Kaffee?«

»Einen doppelten. Wollen wir uns heute Mittag eine Pizza bestellen?«

»Gute Idee! Rufst du an?«

»Klar.«

»Danke. Für mich vierfach Käse, Rucola und Serranoschinken.«

Bis eben habe ich keinen Gedanken an Nahrungsaufnahme verschwendet und mir nur ein karges Frühstück in die Tasche geworfen. Erdbeerjoghurt und Apfel. Hunger verspüre ich jedoch keinen. Irgendwie sitzt da ein Kloß in meinem Magen, der immer dann von den Schmetterlingen angestupst wird, wenn ich an Josh denke.

Auf dem Weg in die Küche sehe ich mich unwillkürlich um. Josh ist der Boss des Ladens, und wer garantiert mir, dass er nicht jeden Moment um die Ecke kommt?

Wenn das passiert, will ich in ein Loch fallen. In ein ganz tiefes! In dem weniger tiefen bin ich ja schon.

Und weil mir heute irgendwie alles über die Hutschnur geht und ich ungern halbe Sachen mache, klopfe ich spontan bei der Haferfleck an und strecke den Kopf durch die Tür.

»Kann ich Sie was fragen?« Sie nickt und bedeutet mir, mich zu setzen. Erst da fällt mir das Tablett auf dem Schreibtisch auf. »Doch kein Meeting mit Herrn Ebeling?«

»Verzögert wegen eines dringenden Telefonats. Stellen Sie Ihre Frage, Frau Rosen. Ich habe nicht den ganzen Tag Zeit.«

Zuvorkommend wie immer, die Haferfleck.

Ich raffe meinen ganzen Mut zusammen. »Frau Haf… Haberbeck, ich möchte Homeoffice beantragen. Drei Tage die Woche, fünf wären ein Träumchen, aber drei sind auch okay. Die Fahrt hierher ist eine Weltreise, ich besitze ein altes Auto, habe kein Geld für ein neues und …«

Sie zieht eine Braue hoch. »Sie können mit dem Zug fahren.«

»Ist das ein Nein?«

»Nur ein Vorschlag. Viele pendeln und empfinden das als angenehmer als selbst zu fahren.«

Ich deute auf meinen Oberschenkel. »Mayo. Vom Sitznachbar. Zugfahren ist die Hölle. Frau Haberbeck, meine Arbeit kann ich größtenteils auch zu Hause erledigen.«

»Möglich, aber das kann ich erstens nicht so ohne Weiteres und zweitens leider nicht allein entscheiden.«

Sie sagt *leider*. Das ist ein gutes Zeichen!

»Könnten Sie mit Herrn Ebeling sprechen?«

Noch während ich das sage, geht die Tür auf und Ebeling kommt herein.

»Mein Typ ist gefragt, wie ich höre?«

Haferfleck setzt die Brille ab. »Frau Rosen beantragt Homeoffice für drei Tage die Woche. Ich sagte ihr, dass …«

»Kommt gar nicht infrage«, schmettert er mein Anliegen umgehend ab. »Homeoffice! Wo kommen wir denn da hin? Wenn das jeder machen will, herrscht hier gähnende Leere. Außerdem ist persönlicher Kontakt wichtig und notwendig. Die digitale Kommunikation kann das zwischenmenschliche Miteinander in der Realität nicht ersetzen und die Wahrscheinlichkeit steigt, dass wichtige Informationen verloren gehen und so Missverständnisse vermehrt auftreten. Unabhängig davon fehlt die digitale Infrastruktur. Oder können Sie einen ergonomischen Arbeitsplatz bei sich zu Hause vorweisen? Nein? Eben! Und letztendlich hat Homeoffice einen negativen Einfluss auf eventuelle Karriereambitionen.«

»Das ist dann wohl eine klare Absage, nehme ich an«, erwidere ich ziemlich desillusioniert.

»Tut mir leid, Frau Rosen, so ist es.« Er wendet sich an meine Vorgesetzte. »Wollen wir?«

Den restlichen Vormittag arbeite ich geistig unbeweglich vor mich hin und mit jeder Stunde mehr merke ich, wie ich zunehmend lustloser meine Arbeit verrichte.

Viel lieber würde ich zu Hause ein bisschen umdekorieren, die einfachen Glasvasen mit hübschen Bändern verzieren und Sprüche draufschreiben. Danach zu Ikea fahren und einen Ohrensessel kaufen. Stattdessen halte ich mich an die vorgeschriebene Farbgestaltung und an die Anordnung der Texte. Das ist so langweilig, dass mir der Kopf auf die Tastatur sinken will.

Was ist nur mit mir los? Dieser Widerwillen, meinen Job zu machen, und diese komische Null-Bock-Stimmung passen nicht zu mir und hatte ich auch noch nie.

Daran ist das Zugfahren schuld. Ganz sicher! Bitte, Möhre, lass mich nicht im Stich und halte noch ein paar Jährchen durch. Ich habe mich so an dich gewöhnt.

Wie ich mich an Tobi gewöhnt hatte.

Kurz vor Pizza stehe ich in der Küche und ziehe mir Kaffee No. 6, da taucht der Ebeling auf. Wie immer im müffelnden Polyesterstöffchen, unpassender Krawatte und Schweißperlen auf der Stirn.

»Ganz schön warm heute, was?«, versucht er, ein lockeres Gespräch anzuleiern. »Aber kein Vergleich zu Mallorca, denke ich. Hat Ihnen der Fincaurlaub gefallen?«

»War ganz nett«, erwidere ich, habe keine Lust auf ein Gespräch mit Homeoffice-Gegnern und will mit meiner Tasse an ihm vorbei.

Moment! Wieso weiß der Ebeling, dass ich eine Finca gemietet hatte? Ich habe es niemandem im Büro gesagt.

Niemandem!

Joshua muss geplaudert haben! Ich glaube, mir wird schlecht.

»Ja?« Er sieht mich leicht irritiert an. »Haben Sie noch etwas auf dem Herzen, Frau Rosen?«

Jede Menge Pflaster.

»Nein, wieso?«

»Sie starren mich an, als würden Sie etwas von mir erwarten.«

Höchstens einen Angriff auf meine Geruchsnerven. Der Mann schweißelt sich sein Polyesterhemd voll und müffelt wie drei Wochen nicht geduscht.

»Oh, Verzeihung. Ich hatte nur überlegt, ob ich Milch in den Kaffee geben soll oder nicht. Schönen Tag noch, Herr Ebeling.«

Ich drehe ab und will gehen.

»Ach, Frau Rosen. Wollten Sie mir noch etwas mitteilen?« Er kneift die Augen zusammen, als müsse er die Linsen scharfstellen.

»Äh, nein, nicht dass ich wüsste. Wie kommen Sie darauf?«

»Nur so.« Er winkt ab. »Sagen Sie, sind Sie Ende Oktober beim Teamday dabei?«

»Teamday?« Irritiert drehe ich mich wieder zu ihm um.

»Ja, die komplette Belegschaft Deutschlands trifft sich am ersten Samstag im November im Kletterwald in Speyer. Wenn das Wetter es zulässt, versteht sich. Wir verbringen dort den ganzen Tag. Für das Catering ist gesorgt. Lesen Sie Ihre Mails nicht? Wir warten noch auf Ihre Zusage.«

»Ich lese durchaus meine Mails. Dabei arbeite ich nach Priorität und Datum. Die ganze Belegschaft?«

»Ja, in der Tat. Premiere.« Er lacht schallend und sein Bauch wippt mit. »Sogar Herr von Greiffenberg wird anwesend sein.«

»Äh, das ist toll, aber …« Mist! Ich kann Joshua

unmöglich im Rahmen einer Firmenveranstaltung begegnen. Ausgeschlossen! »Ich habe Höhenangst!«

»Das macht nichts, der Trainer wird mit uns auch Teambildungsübungen am Boden machen.«

Aus der Nummer komme ich wohl nicht raus.

Und als ob der Tag immer noch einen draufsetzen will, erreicht mich der Anruf des Chefs der Autowerkstatt. Es ist eine neue Batterie fällig, in einem Reifen steckt eine Schraube, die Stoßdämpfer sind hinüber, die Kupplung hat auch schon mal mehr gekuppelt und die Bremsbeläge sind so gut wie nicht mehr vorhanden. Außerdem ist der TÜV abgelaufen. Abholung frühestens am Freitag, vorausgesetzt, die Karre geht durch die Inspektion.

Am Ende der Auflistung nennt er einen Betrag, der mich schwindelig macht, und ich kläre ihn auf, dass Möhre keine Karre ist und Corporate Design ein Arschloch.

Das Letztere versteht er zwar nicht, er tröstet mich trotzdem und meint, er sähe zu, dass die Rechnung vielleicht doch nicht so hoch wird. Er müsse mal nachsehen, was er an Gebrauchtmaterial rumliegen hat.

Fazit: Der Tag kann weg!

Die nächsten Stunden vertiefe ich mich in meine Arbeit. Lustlos zwar, aber so vergeht die Zeit wenigstens. Irgendwann sehe ich auf die Uhr. Oha, jetzt muss ich mich beeilen, wenn ich den Zug noch bekommen will.

»Tschüss, Jan. Wir sehen uns morgen.«

»Ja, tschau. Äh, warte mal. Ich muss nach Walldorf zu meiner Mutter, was reparieren. Ich kann dich mitnehmen und in Handschuhsheim absetzen, wenn du willst.«

Oh, Gott, es gibt dich! Danke!

»Das würdest du tun? Ist aber ein Umweg.«

Jan zuckt mit den Schultern. »Ich bin eben ein netter Kollege.«

· · ·

»Das ist aber schön hier«, sagt Jan, als ich ihn nach Handschuhsheim hineindirigiere. Sein Wagen ist uralt, ähnlich wie meiner, und besitzt ebenfalls kein Navi. Aber ich kenne ja den Weg. »Was ist das für eine Ruine?«

»Die Tiefburg. Wir sagen auch Handschuhsheimer Schlösschen. Ich bin sehr gern hier. Man kann im Café sitzen oder hinter dem Schlösschen im Grahampark spazieren. Und bei Ninos da vorne an der Ecke gibt es das beste Eis der Welt.«

»Wollen wir uns eins holen? Ich hätte jetzt voll Lust auf Pistazieneis.«

»Musst du nicht für deine Mutter etwas reparieren?«

Eigentlich will ich sofort nach Hause. Nach Zugfahrt, Homeoffice-Absage und der Tatsache, dass Josh dem Ebeling von mir und der Finca erzählt hat, ist mir prinzipiell nicht nach Small Talk mit einem Kollegen. Doch das Wetter ist schön, die Sonne strahlt warm von einem wolkenlosen Himmel und Eis ist schließlich auch eine Art Seelentrösterchen.

»Ja, warum nicht? Wer weiß, wie lange man noch draußen Eis essen kann.« Ich deute nach vorne. »Du kannst hier irgendwo parken.«

Wenig später schlendern wir mit unseren Eiswaffeln Richtung Tiefburg. Jan mit drei Kugeln Pistazie, ich mit zwei Kugeln Meloneneis.

»Du wohnst hier in der Nähe?«, will Jan wissen, und ich informiere ihn, dass mein Haus sozusagen am Ende des Vororts fast im Wald steht.

»Dein Haus? Respekt. Und dein Typ ist demnach ausgezogen?«

»Ja«, antworte ich knapp. Schade eigentlich, dass er das Thema hochholt.

»Oh, tut mir leid, dass ich davon angefangen habe. Ist ja noch ganz frisch. Und nach deinem Scheißtag heute …« Er legt einen Arm um mich. Das tut irgendwie gut.

Bei Jan weiß ich, dass nichts dahinter ist. Er ist ein Kollege, mehr nicht. Außerdem hat er eine ganz süße Freundin. Die lebt nur leider seit Neuestem in Köln, wo sie auf eine Schauspielschule geht.

»War echt ein blöder Tag. Nichts hat geklappt. Gar nichts! Wenigstens schmeckt das Eis«, sage ich.

»Und die Sonne scheint. Ist das nichts? Ja, ich weiß, manchmal kommt's knüppeldick und gebündelt. Mann weg, Auto kaputt, Job doof. Aber ab jetzt kann es nur noch besser werden, oder?«

»Na, das hoffe ich doch. Außer, das Schicksal hat einen Schalk im Nacken und die Würfel sind auf mich gefallen.«

»Rohrbruch fehlt noch.« Jan grinst.

»Um Gottes willen, ruf es nicht herbei, Jan«, sage ich lachend. »Bitte keine Rohrbrüche, Kabelbrände oder ein …« Abrupt verweigern meine Füße den nächsten Schritt nach vorne.

»Anni? Alles okay?« Jan sieht mich besorgt an. »Du bist plötzlich so weiß wie ein Joghurt.«

24

BLÖDER AFFE

Joshua

Schwarzwälder Kirsch, Linzertorte, Mocca-Eclair und zwei Cappuccino.« Die Bedienung notiert sich die Bestellung. »Das war's?«

»Und zwei Mineralwasser«, füge ich hinzu.

Sie nickt, wiederholt noch mal alles, als würde sie es vergessen, wenn sie das nicht tut, geht an den nächsten Tisch, und Fee greift das Thema von eben wieder auf.

»Zum Glück wohne ich jetzt bei dir. Was hat Mama gesagt, als du dort warst?«

»Nicht so arg viel. Deiner Mutter fällt es schwer, dich ausziehen zu lassen. Sei nicht so hart mit ihr, okay?«

Felicia verdreht die Augen. »Von mir aus. Aber ey, Papa, ich sag dir, wenn sie mich in diese Eliteschule gesteckt hätte, ich wäre abgehauen. Ich kann ja mal mit Mama was essen gehen. Vielleicht nächsten Monat. Jetzt will ich erst mal die Wände im Wohnraum streichen. Was hältst du von Grün? Ach, danke, dass du mit mir die Kräuter besorgt hast. Die pflanze ich gleich morgen ein. Hoffentlich gehen sie im Auto jetzt nicht ein.«

»Ich denke nicht, der Wagen steht im Schatten. Und Grün finde ich gut. Was für ein Grün?«

Sie zuckt mit den Schultern. »Vielleicht was Helles. So wie diese hellen Äpfel.«

»Delicious.«

»Ja, finde ich auch.«

»Das ist die Apfelsorte. Hellgrün«, sage ich schmunzelnd.

»Mensch, Papa …«

»Zwei Cappuccino, Schwarzwälder, Linzertorte, Eclair. Zwei Wasser.« Die Bedienung stellt alles auf den Tisch und geht wieder.

Fee schiebt mir den Teller rüber. »Linzer für dich, der Rest für mich.«

»Du schaffst das Riesenstück und dann noch ein Eclair dazu?«

»Aber hallo, ich kann mich nur nicht entscheiden, womit ich anfange.« Sie gibt zwei Stück Zucker in den Cappuccino und ich freue mich, dass meine kleine große Tochter jetzt täglich um mich ist.

Der Tag ist fast perfekt. Das Meeting heute Morgen hat zu einem Vertragsabschluss und einer vielversprechenden Geschäftsbeziehung geführt. Auch mein Preis für die Stückproduktion der Shirts wurde anstandslos akzeptiert. Und jetzt sitze ich an einem warmen Oktobertag mit Fee in der Sonne und esse Kuchen.

Gerade will ich mir ein Stückchen Linzertorte in den Mund schieben, als ich verblüfft die Kuchengabel sinken lasse.

Anni! Nicht weit von uns entfernt.

Was ist das für ein Typ, der da an Anni klebt, an einem Eis leckt und einen Arm um sie gelegt hat? Ist das ihr Ex? Sind sie wieder zusammen? Nein, das kann nicht sein, er sieht jünger aus als sie. Andererseits, wer sagt, dass Ehemänner immer älter sein müssen?

Wie auch immer, der Anblick eines Mannes an ihrer Seite treibt mir jäh den Dolch der Eifersucht in die Eingeweide. Er scheint sehr vertraut mit Anni zu sein. Sie schenkt ihm ein herzliches Lachen und ich muss zugeben, sie sehen glücklich miteinander aus. Sollte ich mir bis jetzt unklar gewesen sein, was ich für diese Frau empfinde, so wird mir das jetzt schmerzlich bewusst.

Plötzlich treffen sich unsere Blicke. Anni bleibt stehen und sieht mich entgeistert an.

Unschlüssig, ob ich ihr zunicken, zuwinken oder sogar aufstehen und zu ihr gehen soll, bleibe ich stocksteif sitzen. Die Gabel halte ich irgendwo zwischen Mund und Teller und bin zu keiner Regung fähig. Nur am Rande bekomme ich mit, dass Fee etwas sagt. An meine Ohren dringen die Worte: Eclair und Hammer.

Doch das ist jetzt unwichtig, denn Anni wirft mir einen vernichtenden Blick zu, sagt etwas zu ihrem Freund, sie geben sich Küsschen auf die Wange und laufen in unterschiedliche Richtungen davon.

»Hallo, Papa? Träumst du?«

»Was?« Nur unwillig wende ich meine Aufmerksamkeit von Anni ab.

»Ob du träumst?«

»Nein, ich habe nur gerade Anni gesehen.«

Was hat ihr Blick zu bedeuten? Warum ist er so hasserfüllt?

»Anni!?« Fee dreht sich um. »Wo? Ah, da. Sie geht weg. Hat sie dich gesehen?«

»Ja. Hat sie.«

»Äh …«, sagt sie stirnrunzelnd. »Und warum sitzt du noch hier? Los, hinterher! Ich wollte sowieso mit Lilli quatschen. Darf ich mir noch ne' Cola bestellen?«

»Ja, klar. Warte hier auf mich«, murmele ich, lege die Gabel an den Tellerrand und stehe auf. In diesem Moment verschwindet Anni um eine Häuserecke.

»Lass dir Zeit«, höre ich Fee noch, dann folge ich Anni mit langen Schritten.

Verdammt! Ich hätte nicht so lange zögern sollen, ich sehe sie nicht mehr. Angespannt erhöhe ich mein Tempo, renne fast.

Da! Da ist sie. Jetzt biegt sie wieder ab. Mein Herz rast und ich kann keinen klaren Gedanken fassen. Wieso hat sie mich nur so ablehnend angesehen? Habe ich etwas gesagt oder getan, was sie gegen mich aufgebracht hat? Ich kann mich nicht erinnern.

Zwischen uns liegen etwa hundert Meter. Anni geht zügig den Berg hoch. Oh, dieser Hintern! Ich will ihren Namen rufen, doch es kommt kein Ton heraus. Stattdessen drossele ich mein Tempo und behalte den Abstand bei.

So vergehen etwa fünf Minuten in strammem Tempo bergauf. Um Fee mache ich mir keine Sorgen. Wenn sie mit ihrer Freundin telefoniert, gehen manchmal Stunden ins Land. Und wenn ihr langweilig werden sollte, meldet sie sich bei mir.

Ich muss wissen, was mit Anni los ist. Ganz ehrlich hatte ich gehofft, ihr zu begegnen. Aus dem Grund hatte ich das Café in Handschuhsheim vorgeschlagen, als Fee meinte, sie hätte Lust auf ein großes Stück Kuchen. Nur hatte ich mir unser erstes Zusammentreffen nach Mallorca ein klein wenig anders vorgestellt. Ohne einen Kerl bei Anni und mit freudigem Gesichtsausdruck bei meinem Anblick.

Mittlerweile sind wir an den letzten Häusern der schmalen Straße angelangt, Anni bleibt stehen und holt etwas aus ihrer Tasche. Wahrscheinlich den Hausschlüssel.

Ich lege einen Zahn zu und bin bei ihr, bevor sie ins Haus gehen kann. Hübsches Häuschen. Alt, aber es hat Flair. Hellblau gestrichen, weiße Fensterläden, viele Blumen im Vorgarten, weiß gestrichener Lattenzaun, von dem die Farbe abblättert. Vor diesem bleibe ich stehen.

»Anni!«, sage ich mit ungewollt kratziger Stimme, als sie gerade den Schlüssel ins Schloss steckt.

Sie hört mich, verharrt einen Moment regungslos in ihrer Position, dann dreht sie sich langsam um.

»Du hast echt Nerven!« Ihr Blick ist eisig, ihre sonst so melodisch klingende Stimme dunkel und gepresst.

»Was meinst du?« Ich öffne das Gartentor und mache Anstalten, zu ihr zu gehen.

»Bleib, wo du bist! Komm ja keinen Schritt näher!«

»Okay …«, sage ich teils ungläubig, teils lachend und gehe wieder einen Schritt zurück. Dabei hebe ich die Hände auf Brusthöhe und zeige ihr meine Handflächen. »Aber warum? Ich bin doch kein Krimineller, der dich ausrauben will.«

Sie öffnet die Tür, ohne mich aus den Augen zu lassen, und stemmt eine Faust in die Hüfte. »Ach, was du nicht sagst. Aber weißt du was? Das wäre mir sogar fast lieber.«

»Anni, was ist denn nur mit dir los?« Ich kann nicht fassen, wie sie auf mich reagiert. Zudem kenne ich sie nicht so bissig und abweisend. »Ich weiß, wir haben vereinbart, dass wir uns eine Weile nicht sehen, um alles sacken zu lassen. Aber das rechtfertigt nicht dein Verhalten, nur weil ich mit meiner Tochter an der Tiefburg ein Stück Kuchen esse. Das ist ein öffentlicher Platz. Gut, zugegeben, ich habe gehofft, dich zufällig zu sehen, was ja auch geklappt hat. Aber ich habe mir unser Wiedersehen ein klein wenig anders vorgestellt. Hast du …?«

»Was!? Willst du fragen, wie viele Latten ich nicht mehr am Zaun habe? Antwort: eine weniger als gestern. Und daran bist du schuld!«, brüllt sie mich an und ich bin so baff, dass mir spontan die Spucke wegbleibt.

Fakt ist: Anni ist so außer sich, dass ich schlichtweg keine Chance habe, zu ihr durchzudringen. Ihr Gesicht ist gerötet und sie wischt sich verstohlen über die Wange. Tränen? Irgendwas scheint passiert zu sein, von dem ich keine Ahnung habe.

»Bitte, beruhige dich. Dann können wir …«

»Beruhigen! Guter Witz! Bist du eigentlich mit Absicht so drauf oder kennst du es nicht anders? Stopp, halt, nichts sagen. Das ist absichtlich, stimmt's? Hinter deinem dreisten Benehmen steht wahrscheinlich nur die Angst, dass dir irgendjemand zu nahekommen könnte. Scheißegal, was das für Auswirkungen auf mich und meinen Job hat. Scheißegal, wie ich mich fühlen muss.«

Ich unternehme erneut einen Versuch, zu ihr zu gehen. »Ich habe immer noch keinen Schimmer, was du …«

Sofort schnellt ihr Zeigefinger hoch. »Bleib!«

»Warum nicht gleich Sitz, Platz, bei Fuß!?«, erwidere ich und hoffe, die Situation so etwas aufzulockern. Geht schief. Anni wird nur noch ungehaltener.

»Du kapierst gar nichts, oder!?«, fährt sie mich an, und wenn Blicke töten könnten, wäre ich jetzt auf der Stelle umgefallen. »Hast du eigentlich noch alle Schrauben im Gewinde, Herrn Ebeling von mir und der Finca zu erzählen? Geht es noch offensichtlicher? Du … Du bist echt ein … eine Plaudertasche. Nein, Tratschtante. Auch nicht, das ist alles viel zu nett ausgedrückt, mir fällt nur kein passender Begriff für dich und dein Verhalten ein. In jedem Fall bin ich mit dir fertig. Heute weiß es der Ebeling, morgen meine Chefin und bald die ganze Firma.«

Anni ist mit jedem Satz lauter und atemloser geworden, jetzt muss sie Luft holen.

Wie kommt sie nur auf die Idee, ich hätte auch nur die kleinste Andeutung fallen lassen? Okay, ich habe mit Leon darüber geredet. Aber Daniel und Leon kennen sich nicht mal.

»Hoho!« Ich hebe die Hände, als wolle ich eine wildgewordene Stute beruhigen. Und irgendwie ist der Vergleich durchaus passend. »Ich habe Daniel …«

»Auch noch abstreiten? Ja, klar. Für wie blöd hältst du mich? Ich bin doch nur eine weitere Blondine in deiner

Sammlung! Und jetzt lass dich bloß nie wieder hier blicken!«

Rumms. Tür zu.

»… gar nichts erzählt.« Verdattert stecke ich die Hände in die Hosentaschen und kann nicht fassen, dass sie mich einfach stehen lässt. Mich hat noch nie eine Frau stehen lassen.

»Anni!«, rufe ich, gehe zur Tür und klingele. »Anni, mach auf. Ich …«

Meine Worte werden von lauter Musik verschluckt. Der dröhnende Bass lässt sogar die Fensterscheiben erzittern.

»Gut!«, brülle ich ohne Hoffnung, dass sie mich versteht. »Dann halt nicht!«

Soll sie doch denken, was sie will – ich mache mich auf jeden Fall nicht länger zum Affen.

25

FINGERSCHNIPS

Anni

Blöder Affe!

Der Moment ist so beschissen, ich möchte ihm einen Strick um den Hals legen und ihn von der Brücke schubsen.

Nein, nicht nur der Moment ist es, sondern die letzten Wochen. Seit Tobi ausgezogen ist, schüttet sich mein ganz persönliches Elend auf einen Schlag über mir aus. Tobi weg, Möhre krank, vielleicht Job weg, und obendrauf jede Menge dämliche Hormone, die in mir ein Chaos verursachen.

Unter dem Bass eines Rocksongs linse ich geduckt durch die Scheibengardine in der Küche, wische mir immer wieder die dämlichen Tränen von den Wangen und schwanke zwischen dem enormen Drang, Josh die Tür zu öffnen und ihm heulend um den Hals zu fallen oder alternativ meinen Kopf ins Eisfach zu stecken.

Endlich geht er!

Ich warte, bis ich ihn nicht mehr sehe, dann schalte ich die Musik aus.

War wohl alles ein bisschen viel heute. Können sich die negativen Vorfälle nicht auf mehrere Jahre verteilen?

Müssen sie unbedingt im Rudel auftreten, fühlen sie sich da stärker?

Was hat Jan gesagt? *Ab jetzt kann es nur noch besser werden.* Ich frage mich, wie das gehen soll.

Bandit ist wieder da, Josh ist nicht der Boss der Firma und kennt Ebeling nicht mal, meine Chefin bietet mir Homeoffice an und erhöht mein Gehalt. Möhre heilt durch bloße Handauflegung des Kfz-Mechanikers, der urplötzlich vom göttlichen Funken gestreift wird und als der Messias der Rostlauben in die Geschichte eingeht. Es ist ein Wunder, ich bekomme ein TÜV-Gratis-Abo und …

Mein Telefon klingelt.

»Hallo Fussel, wie war dein Urlaub? Konntest du dich erholen? Also ich würde eingehen, so ganz allein in einem Haus in einem fremden Land, in dem ich die Sprache nicht spreche.«

»Mama, ich war nicht in Usbekistan, sondern auf Mallorca. Das ist sozusagen deutschverseucht. Außerdem bin ich keineswegs allein gewesen, was ich zum Teil dir zu verdanken habe. Du hast mit Lia telefoniert.«

»Ach, Kindchen, ich habe mir solche Sorgen um dich gemacht. Ich bin eine Mutter, und Mütter machen sich immer Sorgen um ihre Kinder, selbst wenn diese schon in Rente sind. Eine Frau, die gerade verlassen wurde, sollte nicht mutterseelenallein auf sich gestellt sein.«

»Schon gut, Mama. Ich habe mich gefreut, dass Lia und Nascha bei mir waren.« Das ist nicht mal gelogen.

»Nascha auch? Jetzt bin ich erleichtert. Aber deine Stimme hört sich belegt an. Hast du geweint?«

Ich schalte den Lautsprecher ein und plumpse aufs Sofa. »Ach Mama, gerade geht alles schief.«

»Oh, mein süßes Fusselchen, es bricht mir das Herz, wenn du leidest«, sagt sie, begleitet von einem tiefen Seufzer, und ich sehe sie förmlich vor mir, wie sie im Flur steht und die Hand auf die Brust legt.

»Quatsch mit Soße!«, höre ich plötzlich Opa Franz. »Alles, was geschieht, hat seinen Grund und ist für irgendetwas gut.«

Offenbar hat Mama auch auf laut geschaltet.

»Ach ja?«, schniefe ich. »Meine Ehe ist hinüber, mein Job kotzt mich an und …«

»Du kommst jetzt her und ich koch dir was.«

»Marianne«, tönt Opa. »Du immer mit deinem Essen, das Leib und Seele zusammenhält. Das Mädel soll sich einen Schnaps hinter die Binde kippen und dann die Ärmel hochkrempeln.«

»Sag Opa, er hat recht.« Ich vergesse, dass er mich hören kann.

»Klar hab ich recht! Das Leben wirft dir keine Rosenblätter vor die Füße, das musst du schon selbst tun. Also jammer nich rum und mach was.«

»Und was?«

»Das musst du selbst wissen, kann dir keiner abnehmen.«

»Ich weiß, Opa«, antworte ich niedergeschlagen und umschlinge mit den Armen meine Knie.

»Fusselchen, ich habe noch Spaghettieis. Komm her, ja?«

»Mama, das geht nicht. Möhre ist in der Werkstatt und ich muss morgen früh arbeiten.«

»Ach du liebe Güte. Du musst mit dem Zug fahren?«

»Volltreffer.«

Nach dem Gespräch bin ich wütend. Auf mich, auf die Gesamtsituation, auf das Leben an sich. Ich will heute niemanden mehr hören oder sehen, nicht mal mich selbst.

Im Schlafzimmer knalle ich die Tür hinter mir so heftig zu, dass sie wieder aufschwingt. Ich gebe ihr einen Tritt und drücke mit dem Fuß nach. Dann falle ich bäuchlings auf mein Bett und heule mir die Augen aus dem Kopf, bis ich dabei einschlafe.

Am nächsten Tag ist mir schon auf der Fahrt nach Frankfurt schlecht.

Der Zug ist voll, die Luft ist stickig, irgendjemand hustet sich die Seele aus dem Leib und der Banker beißt wieder in ein Irgendwas-mit-Mayo-Sandwich, sitzt aber zum Glück nicht vor mir, sondern eine Reihe weiter.

Ich hocke mit dem Rücken zur Fahrtrichtung neben einem jungen Mann, der wie eine Marihuanahöhle riecht, Stöpsel im Ohr hat und mit dem Kinn nickt wie ein Huhn beim Laufen. Vor mir ein Geschäftsmann mit Laptop auf den Knien. Gut, das Teil macht wenigstens keine Flecken beim Runterfallen.

Fakt: Das halte ich nicht durch, ist nicht meins, kann in die Tonne.

Homeoffice wäre eine Option – gewesen.

Ich schlucke und halte immer mal wieder die Luft an, das hilft gegen Übelkeit. Hat mir Lia geraten. Auch sollte ich mir ein Mantra überlegen, was die Aufmerksamkeit bündelt und somit von der Übelkeit ablenkt. Prima, hab eins: Nicht kotzen. Nicht kotzen. Nicht kotzen.

Die Zeit bis zur Mittagspause verbringe ich damit, durch einen Tränenschleier hindurch die Farben des Corporate Design auf meinem PC-Bildschirm anzustarren. Jan wirft mir immer wieder irritierte und fragende Blicke zu. Ich ignoriere ihn so gut ich kann, einmal hebe ich den Daumen in seine Richtung und grinse verkrampft.

Bis jetzt habe ich die Übelkeit ganz gut im Griff. Das liegt vielleicht an der Banane, die mir Jan vorhin wortlos auf den Schreibtisch gelegt hat. Süßes hilft immer. Vielleicht sollte ich eine Wagenladung Zucker in den Kaffee geben, anstatt ihn schwarz zu trinken.

Das erste Mal an diesem Vormittag lehne ich mich im Stuhl zurück, atme tief durch – und sehe Ebeling in sein Büro gehen.

Also jammer nich rum und mach was.

Danke, Opa Franz.

Dieser spontanen Eingebung folgend, stehe ich so abrupt auf, dass mein Stuhl nach hinten wegrollt und gegen den Aktenschrank kracht.

Jan zuckt zusammen. »Was ist denn jetzt los?«

»Die Affen sind los. Überall um mich herum!«, spucke ich die Worte aus und merke, wie ich die Fäuste balle. »Und der Oberaffe ist gerade in sein Büro gegangen. Ich gehe jetzt Rosenblätter streuen. Drück mir die Daumen.«

»Aber sonst ist alles okay?« Jan sieht mich an, als wäre ich reif für die Zwangsjacke.

»Nichts ist okay. Gar nichts. Und ich hab jetzt die Schnauze voll.«

Kurz darauf klopfe ich an Ebelings Tür und öffne sie, ohne eine Antwort abzuwarten.

Ebeling beißt gerade in ein süßes Teilchen, verschluckt sich und muss husten.

»Frau Rosen! Können Sie nicht …«

»Ich habe geklopft«, unterbreche ich ihn, entschlossen, mich nicht ins Bockshorn jagen zu lassen. Auch Vorgesetzte lassen die Hosen runter, wenn sie aufs Klo gehen. Die Vorstellung hilft und hat sogar etwas Amüsantes. Bei Gelegenheit lache ich drüber. »Ich muss mit Ihnen reden. Jetzt.«

»Ich habe gleich einen Termin. Und den sollten Sie sich auch geben lassen, Frau Rosen.«

»Woher wissen Sie, dass ich eine Finca gemietet habe!?«, platzt es aus mir ganz ohne Terminvergabe raus. »Das können Sie eigentlich gar nicht wissen, denn ich habe es hier niemandem gesagt. Die einzige Schlussfolgerung ist, dass …« Nein! Nicht Josh erwähnen, bloß nicht! »… dass

Sie …« Mist, ich krieg die Kurve nicht. »Und überhaupt. Wieso sind Sie so ein antiquierter Erbsenzähler? Homeoffice setzt sich in der Geschäftswelt mehr und mehr durch und …«

»Machen Sie mal einen Punkt, Frau Rosen!«, donnert er plötzlich und ich presse die Lippen zusammen.

Mein Kopf ist heiß und das Herz schlägt mir bis in den Hals hinein, so eine Wut habe ich plötzlich im Bauch.

»Ich? Sie sollten einen machen!«

Bin ich irre?

Wie kann ich den Firmeninhaber nur Erbsenzähler nennen? Selbst Opa Franz würde sich jetzt fremdschämen. Glaube ich. Ach nein, er würde sich laut lachend auf den Oberschenkel schlagen. Genau. Denn der Ebeling ist ein müffelnder, selbstgefälliger Tyrann. Jawohl! Trotzdem … Das mit den Rosenblättern muss ich üben. Im Moment werfe ich Reißnägel.

Statt auf meine Frage einzugehen, kriecht ihm die Zornesröte durch den zu engen Hemdkragen in die Wangen. Er steht auf und stützt sich mit beiden Händen auf der Tischplatte ab.

»Verlassen Sie sofort mein Büro, Frau Rosen!«, brüllt er, ohne auf meine Frage nach der Finca einzugehen, was mich nicht wundert. Das habe ich mir selbst versemmelt. »Sie können sich einen Termin geben lassen oder kündigen. Sie haben eindeutig eine Grenze überschritten!«

Schlagartig schießen mir die Tränen in die Augen.

»Wissen Sie was!? Gute Idee! Hiermit kündige ich!« Dann stürme ich aus dem Büro.

Nur wie durch Watte höre ich, wie er mir hinterherruft, dass ich das nächste Mal die Ausdrucke nicht im Drucker liegen lassen sollte, wenn ich unerlaubterweise über das Firmennetz privat surfe und drucke.

Ich renne aufs Klo und bleibe schwer atmend am

Waschbecken stehen. O Mann, die Ausdrucke von den Fincas … die hatte ich völlig vergessen.

Nicht kotzen. Nicht kotzen!

Josh ist unschuldig! Er hat nichts erzählt. Gar nichts.

Und habe ich eben gesagt, dass ich kündige?

Das Mantra ist für die Füße. Ich haste zur Toilette, habe nicht mal Zeit, die Tür hinter mir zu schließen, da bricht es auch schon aus mir heraus. Zwar habe ich nur eine Banane im Magen, aber die kommt raus. Zusammen mit Kaffee. Uh, lecker. Dann kommt nur noch Galle.

»Ach du liebe Güte, was ist denn mit Ihnen los? Sind Sie schwanger?«

Die Haferfleck! Gott, ist das peinlich!

»Das fehlt noch …«, würge ich mit einem letzten Rest Gallenflüssigkeit hervor, angle nach dem Klopapier und wische mir den Mund ab. Dann stehe ich mit zittrigen Beinen auf.

»Gehen Sie nach Hause, Kindchen«, sagt sie plötzlich mit mütterlich weicher Stimme. »Sie haben sich vielleicht einen Virus eingefangen.«

Punktladung. Das ist der Das-Leben-stinkt-Virus. Garantiert hochansteckend und nur mit hochprozentigem Alkohol zu bekämpfen. Oder mit viel Spaghettieis.

Als ich endlich völlig fertig von der Zugfahrt, dem anschließenden Gedränge in der S-Bahn und mit dem Leben an sich nach Hause laufe, fällt mir ein großes Schild am Schaufenster der Tonwerkstatt auf: Geschäftsaufgabe. 70 % Rabatt auf alle Artikel.

»Loser«, nuschele ich und schleiche weiter.

Doch plötzlich weiß ich, was ich tun muss. Wie ein Blitz fährt mir die Idee durch den Kopf, ein Engel sitzt auf einer Wolke und schlägt jubelnd die Harfe an.

Und ein kleiner schwarzer Hund kackt vor mir auf den Weg.

Das ist das ultimative Zeichen!

Bitte gehen Sie nicht weiter. Minengefahr! Drehen Sie um und machen Sie was draus.

Mit einem Schlag ist meine latente Übelkeit wie weggeblasen und in mir ist ein Hochgefühl, das so unerwartet kommt, dass ich fürchte, es hat sich verirrt.

Vor dem Hundehaufen mache ich kehrt und betrete den Laden.

Sofort umfängt mich eine kühle Stimmung. Kein Wunder, dass die nicht überleben konnten, hier wirkt nichts heimelig und schon gar nicht kreativ.

Viel Glas, viel Schwarz und Weiß, hier und da was Handgetöpfertes mit Farbklecksen auf Glassockel. Ich betrachte einen Weinverschluss mit aufgeklebtem Koboldkopf aus Ton und komme zu dem Schluss, dass selbst die Kids von Sabina das besser hinbekommen hätten. Aber egal, das ist dann wohl Kunst und kostet nach Abzug der 70 % immer noch sechzehn Euro. Für mich sieht das eher aus wie der gescheiterte Versuch, hässliche Flaschenstöpsel aus Ton avantgardistisch in Szene zu setzen.

»Sind Sie Frau von Krembach? Hatten wir nicht erst in einer halben Stunde einen Termin?« Vor mir steht eine hochgewachsene, schlanke Frau im schwarzen Anzug, darunter ein bis zum Hals zugeknöpftes Hemd. Die Krawatte hat die gleiche hennarote Farbe wie ihre streng zurückgebundenen Haare.

Ich versuche einen Moment lang, tönerne Koboldfratzen mit dem Extrem-Business-Outfit der Dame in Gleichklang zu bringen, gebe es dann aber auf.

»Nein, mein Name ist Rosen.«

Die Erleichterung steht der maskulinen Frau ins Gesicht geschrieben. Sie lächelt und wirkt doch tatsächlich etwas weiblicher. »Gut, die Bestellung wird gerade erst gerichtet. Kann ich Ihnen helfen? Haben Sie Interesse an einem der Ausstellungsstücke?«

»Eher weniger, tut mir leid. Ich wollte fragen, ob das Geschäft noch zu verpachten ist?«

»O ja! Das ist es!«, stößt sie plötzlich aus und wirkt gar nicht mehr distinguiert. »Wissen Sie, wir inserieren schon seit einigen Wochen, aber niemand hat sich bisher gemeldet und wenn wir keinen Nachfolger finden, müssen wir die Pacht bis Ende des Jahres übernehmen. Darf ich Ihnen etwas anbieten? Kaffee, Wasser? Ein Glas Champagner?«

Sie eilt hinter einen hüfthohen Klotz aus milchigem Acrylglas und stellt ein Glas auf die blitzblanke Oberfläche. Aha, das ist eine Art Tresen und doch kein Ausstellungspodest ohne Exponate.

»Nein, danke, sehr freundlich. Ich bin auch eher spontan hier. Wie hoch ist denn die Pacht?«

»Wir zahlen siebenhundertsechzig Euro im Monat. Exklusive Nebenkosten, versteht sich.«

Ich schlucke. »Klar.«

Im Geiste überschlage ich die Kosten, um täglich nach Frankfurt zu fahren, fürs Mittagessen, den Verschleiß von Möhre und die gefühlten Unsummen, die meine Nerven tagtäglich für die Zeit auf der Autobahn oder – noch schlimmer – im Zug verbrennen.

»Das ist viel Geld.«

Zu viel für mich. Wie sollte ich das stemmen? Ein halbes Jahr müsste ich mich mit meinen Ersparnissen über Wasser halten können. Aber dann?

Die Dame kritzelt eine Telefonnummer auf einen Zettel. »Hier, das ist der Vermieter. Sie können sich mit ihm in Verbindung setzen.«

Als ich wieder zu Hause bin, trinke ich erst mal ein großes Glas Wasser, setze mich an den Tisch in der Küche, lege die Beine hoch und starre auf den Zettel. H. Greininger. Heidelberger Vorwahl.

Was hab ich zu verlieren?

Ich wähle durch, nach zwei Freitönen wird abgenommen und ich stelle mich und mein Anliegen vor.

»Rosen?«, fragt er. Seine Stimme klingt warm und dunkel und so, als wäre er schon älter.

»Ja, Anni Rosen. Also eigentlich Annalisa. Wieso?«

»Ach Gott, der Fussel! Kenschd mich nimmer, Anni? Ich bin's, der Herbert. Der ehemalige Arbeitskollege vom Franz, deinem Opa.«

»Onkel Herbert?«, stoße ich verblüfft aus und erinnere mich an einen großen, dunkelhaarigen Mann, der mit seiner Frau – klein, mollig, blond – öfter mal bei Opa und Oma gewesen ist. Sie haben mir immer was mitgebracht. Eine Barbie, Malstifte, Gummitwist, Lutscher.

»Ja, genau der. Wie schön, mal wieder was von euch zu hören. Wie geht's dem Franz? Ich hab ewig nix mehr von ihm gehört. Lebt er noch, der alte Haudegen?«

»Mehr denn je, Onkel Herbert. Er ist fit wie ein Turnschuh und hackt sogar noch Holz.«

»Sag doch net Onkel, nenn mich Herb.«

»Ähm, okay. Alles klar. Also … Herb. Ich wusste gar nicht, dass dir das Ladengeschäft im Ort gehört. Was kostet denn die Pacht?«

»Mir gehört das ganze Haus. Schon immer. Früher haben meine Eltern über dem Laden gewohnt, bis sie das Haus gebaut haben. Jetzt ist alles vermietet. Willst den Laden etwa haben?«

Die nächste Stunde plappere ich wie ein Wasserfall und erzähle ihm alles. Angefangen von meinem Hund, der eingeschläfert werden musste, meinem zukünftigen Ex-Mann, dem Job, der mir Magendrücken verursacht, von Mallorca und von Möhre.

Und ehe ich mich's versehe, bin ich ab November

stolze Pächterin eines kleinen Ladens in fußläufiger Entfernung. Für fünfhundert Euro im Monat.

»Und wenn's mal net so läuft mit den Umsätzen, isses auch net schlimm, gell Fussel?«

»Ja, Onkel Herbert. Herb. Danke. Ich weiß gar nicht …«

»… was du sagen sollst?« Er lacht laut und bassig. »Nix. Freu dich einfach. Ich freu mich auch. Ich sag gleich der Berta Bescheid, wenn sie vom Friseur kommt. Die wird sich freuen. Ich kann aber nicht versprechen, dass sie nicht permanent bei dir im Geschäft auftaucht und dir ihren Kuchen aufschwatzt.«

Bertas Kuchen. Ich erinnere mich, dass sie die beste Käsesahnetorte der Welt macht.

»Den Kuchen nehme ich mit Handkuss.«

»Und wir dich als unsere Pächterin, Fussel. Komm uns doch nächste Woche besuchen, wir quatschen eine Runde, essen was und machen den Vertrag.«

Nach dem Gespräch will ich aufspringen und jauchzend durch die Wohnung hüpfen, bleibe jedoch wie paralysiert sitzen und sortiere erst einmal alle Gedanken nach Priorität.

Schon ab November …

Meine Kündigungsfrist ist vier Wochen zum Monatsende. Also Ende November, wenn ich gleich morgen meine schriftliche Kündigung abgebe. Wie viel Resturlaub habe ich eigentlich noch? Der Laden muss erst einmal renoviert werden. Warme Farben an die Wände, Tapeten mit Blümchen, Holzboden. Ich brauche einen Verkaufstresen, alte Tische, Shabbyregale und vor allem Dinge, die ich verkaufen kann.

Augenblicklich packt mich die Lust, sofort loszulegen, den Laptop aufzuklappen und diverse Firmen zu kontaktieren. Bridgewater, Schulthess Kerzen, Sergio Engel, Hultquist, Le Blanc Seifen, Bukowski Kuscheltiere, Au Maison,

The English Tea Shop, Ava & Yves, Coppenrath auch? Clairefontaine, Vanilla Fly und natürlich GreenGate aus Dänemark. Ich sehe alles vor meinem inneren Auge.

Ich muss Nascha Bescheid sagen. Und Opa!

Moment … Welcher Tag ist heute? Dienstag! Nachher treffe ich mich mit Nascha. Sie will mit mir den Philosophenweg hochlaufen und mir etwas erzählen, das mit den Schwanzbildern zu tun hat. Vielleicht hat einer von denen mal ein Foto von seinem Gesicht geschickt? Ich bin gespannt. Auch, was sie sagt, wenn sie erfährt, dass ich meinen Job schmeiße und mich selbstständig mache.

Mir bleiben noch ein paar Stunden Zeit. Ich könnte zum Friseur gehen. Aber erst muss ich etwas essen, denn mein Magen hängt auf kurz vorm Kollabieren.

Aber vorher ruf ich beim Friseur an, ob sie einen kurzfristigen Termin freihaben. Waschen, schneiden, föhnen. Mehr nicht. Danach meine Eltern. Ach, Opa Franz wird sicher gleich einen Schnaps auf die Neuigkeit kippen. Und einen zweiten, wenn ich Onkel Herbert erwähne.

Nascha muss mir nachher unbedingt Joshs Telefonnummer geben. Ich muss mich bei ihm entschuldigen, auch wenn mir das schwerfällt. Gott, ich habe mich wie eine Furie benommen und ihn nicht ausreden lassen. Er muss mich für völlig bekloppt halten.

Ich merke, wie ich bei diesem Gedanken unbewusst die Schultern hochziehe. Ja, es wird unangenehm sein, aber da muss ich durch. Ob er mir überhaupt zuhören will? Ich hoffe es so sehr, denn schon bald wird er nicht mehr der Boss der Firma sein, in der ich arbeite. Und nicht nur das. Ich werde mein eigener Boss sein – und das ist ein saugutes Gefühl.

An die Tatsache, dass Josh nur mit dem Finger schnippen müsste und jede Frau sich zu seinen Füßen werfen würde, denke ich jetzt lieber nicht. Ein aktuell vorherrschendes Hochgefühl muss man ja nicht mit aller Macht vertreiben.

Ich greife zum Telefon und habe Glück. Beim Friseur ist eine Lücke, in die ich passe. Prima!

Jetzt eine Dusche. Schön lang, schön warm, schön pfirsichduftend.

Ich ziehe mich aus, tänzele ins Bad – und sehe mich im Ganzkörperspiegel.

Frauen und Spiegelbilder sind ja so ein Thema für sich. Der Unterschied zu Männern ist, dass wir uns nicht seitlich davorstellen, uns lobend den Bauch tätscheln und sagen: Geiler Typ! Nein, wir drehen uns, versuchen, uns von hinten zu betrachten – notfalls mit Handspiegel –, schieben mit beiden Händen die Haut an den Oberschenkeln zusammen und brechen heulend über dem Waschbecken zusammen, weil wir möglicherweise Ansätze von Orangenhaut entdecken. Und waren die Falten über den Knien schon immer da?

Um kurz nach sechs am Abend schlendere ich durch Heidelbergs Fußgängerzone. Ich muss sie vom Bismarckplatz aus komplett durchqueren, denn unser Treffpunkt liegt am Ende auf Höhe der Heiliggeistkirche. Aber ich habe Zeit und fühle mich so beschwingt wie lange nicht mehr.

Haare sind ausgedünnt, Brauen gezupft und gefärbt. Jetzt sieht man sie wenigstens wieder. Durch die Mallorcabräune sind die hellen Härchen fast unsichtbar geworden. Tobi hat mich immer daran erinnert und gesagt, ich solle mal wieder die Brauen nachfärben lassen. Josh hat mich auch mit hellen Brauen hübsch gefunden.

Was für ein schöner Herbsttag. Die Sonne steht bereits tief und verbreitet ein angenehmes Licht. Es geht kein Wind und mir ist in meinem gefütterten Parka fast ein bisschen warm. Ich hole mir eine Mohn-Streusel-Schneckennudel, schlendere an Schuh- und Klamottengeschäften vorbei. Im Depot kaufe ich mir einen hübschen, hellgrünen Frühstücksteller mit Ornamenten. Ich liebe besondere Einzelstücke und bunt gedeckte Tische. Für Nascha nehme ich spontan ein kleines, auf alt getrimmtes Metallschild mit, auf dem steht: you make me smile.

Punkt sieben stehe ich in der Mitte der alten Brücke. Nascha ist noch nicht da. Ich stütze mich auf die Brüstung, sehe auf den Neckar, auf die Ausflugsschiffe und genieße die letzten Sonnenstrahlen auf meinem Gesicht. Ich atme tief durch und … bin glücklich. Kaum zu fassen, aber in diesem Moment spüre ich es klar und deutlich und wünschte, ich könnte dieses Gefühl festhalten. Ich bin so energiegeladen, dass ich den Philosophenweg hochjoggen könnte − was ich natürlich nicht tun werde. Der Teller könnte zu Bruch gehen.

Zum wiederholten Male sehe ich auf die Uhr. Zehn nach Sieben.

Nascha ist doch sonst immer pünktlich?

Ich rufe bei ihr durch.

The person you've called is not available.

26

HERZSCHMEICHELEIEN

Joshua

Auf dem Gang läuft mir Frau Haberbeck über den Weg.

»Guten Morgen, Frau Haberbeck«, begrüße ich sie gut gelaunt.

Schlagartig überzieht eine leichte Röte ihre Wangen, sie sieht mich mit großen Augen durch ihre schwarzumrandete Brille an und zupft verlegen an ihrem mausgrauen Blazer herum. Anschließend streicht sie sich mit einer fahrigen Geste über die streng zurückgebundenen Haare.

»Herr von Greiffenberg, Sie hier? Haben Sie …« Ihre Stimme kippt kurz, sie räuspert sich und ich wundere mich, warum sie sich so sehr um Contenance bemüht. »Haben Sie einen Termin mit Herrn Ebeling? Ich meine, sind Sie zum Mittagessen verabredet? Er hat gar nicht erwähnt, dass Sie kommen?«

»Das könnte daran liegen, dass ich mich nicht angekündigt habe. Ich bringe nur ein paar Unterlagen vorbei.« Zur Bekräftigung meiner Worte hebe ich kurz meine Aktentasche an. Anstatt die unterzeichneten Vertragsunterlagen im Original wie üblich ins Büro nach Frankfurt zu senden, bringe ich sie heute selbst vorbei. »Ist Daniel im Haus?«

Sie nickt und deutet hinter sich. »Ja, ja natürlich. Er ist in seinem Büro. Möchten Sie einen Kaffee?«

»Sehr gerne. Hübsche Bluse übrigens. Das zarte Grün steht Ihnen ausgesprochen gut.«

Haberbeck wird noch einen Touch röter. Sie lächelt sogar. Eine seltene Gefühlsregung, wie ich von Daniel weiß. Ich habe die Frau ja nur einmal auf einem der Führungskräftemeetings gesehen.

»Danke, war gar nicht teuer. Ich richte dann jetzt den Kaffee.« Sie nickt mir zu und eilt in die Küche.

Auf dem kurzen Weg zu Daniels Büro lächle ich in mich hinein. Die meisten Frauen reagieren verschämt auf Komplimente und setzen sie herab. Womit sie auch sich selbst entwerten. *War gar nicht teuer. Nur ein Sonderangebot auf dem Wühltisch. Ach, der Fetzen? Habe ich aus dem Second-Hand-Shop.*

»Du hier?« Daniel wirkt überrascht und schließt die oberen zwei Knöpfe seines Hemdes.

»Spontan. Habe in der Nähe was zu erledigen und dachte, da kann ich die Unterlagen persönlich vorbeibringen. Heute keine Krawatte?« Ich setze mich auf einen der beiden Sessel am Fenster, ziehe den Vertrag aus der Tasche und lege ihn auf den Tisch.

»Doch, doch …«, antwortet er, streicht sich kurz über den Hals und sein Blick flattert zur Seite. »War mir heute nur ein bisschen zu eng. Keine Ahnung, warum.«

Die Tür geht auf und Frau Haberbeck erscheint mit zwei Tassen Kaffee. »Bitte schön. Zucker und Milch stehen ja schon auf dem Tisch.«

»Danke, Frau …«, sage ich, doch da ist sie schon wieder draußen. »Was ist denn mit der Haberbeck los? Sie ist ein bisschen durch den Wind.«

»Ach, das ist nichts. Vielleicht hat sie einen wichtigen

Abgabetermin oder ein Personalgespräch mit einem ihrer Mitarbeiter.« Er zieht den Vertrag zu sich heran. Seine Hände zittern leicht und auf seiner Stirn glänzen ein paar Schweißtropfen. »Schön, schön. Wie ich sehe, hast du den Preis heruntergehandelt. Sehr gut. Sehr gut.«

Ich nippe am Kaffee und komme zum eigentlichen Thema. Ich muss es nur ein bisschen verpacken.

»Wie ist eigentlich der Stand bezüglich des Webauftritts der neuen Niederlassungen in Belgien, Prag und Hamburg?«

Daniel verzieht das Gesicht. »Das könnte ein Problem werden. Frau Rosen wird uns verlassen. Bis wir einen Ersatz gefunden haben, übernimmt Herr Weber die grafische Komponente. Ist nicht unbedingt seine Stärke.«

»Sie hat gekündigt?« Ich stelle verblüfft die Tasse ab und richte mich gerade.

»Ja, heute Morgen. Mündlich. Sie war ziemlich ungehalten, ist in mein Büro geplatzt und hat sich aufgeführt wie eine Furie. Ich habe ihr nahegelegt, dass sie gehen könne, wenn sie wolle. Und unter uns: privat surfen und dann so blöd sein, Ausdrucke von Ferienhäusern auf Mallorca im Druckerfach des Gemeinschaftsdruckers liegen zu lassen? Das geht einfach nicht. Zumindest hätte sie es cleverer anstellen können. Hab die Blätter entdeckt, als ich Kopien machen musste. Wer sie wann gedruckt hat, steht ja oben links drauf.«

Ich kann nicht fassen, was ich da höre. Da liegt also der Hund begraben! Hat Anni geglaubt, ich hätte Daniel von unserem Treffen erzählt? Das erklärt so einiges.

»Wann hast du ihr das mit den Ausdrucken gesagt? Auch erst heute?«

»Ja. Gestern hatte ich sie gefragt, wie der Urlaub auf der Finca gewesen ist. Spätestens da hätte sie merken müssen, dass ich von den Ausdrucken weiß.«

»Du hast ihr eine Kündigung nahegelegt, weil sie privat surft und was ausgedruckt hat? Dein Ernst?«

»Um Gottes willen, nein! Sie ist zornig gewesen, weil ich ihr kein Homeoffice genehmige, und hat mich einen antiquierten Erbsenzähler genannt, da habe ich ihr gesagt, sie könne ja kündigen. Das hat sie dann auch getan.« Er hebt die Hände wie Pilatus, der sich vor dem Volk die Hände wusch, um seine Unschuld zu beteuern.

»Nun ja, mit dem Erbsenzähler hat sie vielleicht nicht ganz unrecht, hm?« Ich kann mir ein Grinsen nicht verkneifen, werde jedoch sogleich wieder ernst. »Aber gut, da hätte sie sich etwas zurückhalten sollen. Aber was spricht gegen Homeoffice? Dass du keine Kontrolle mehr über deine Mitarbeiter hast?«

»Unter anderem, ja.«

In der Folge höre ich mir die Nachteile von Homeoffice an, halte mit einigen Vorteilen dagegen und wir einigen uns, dass wir das Thema bei Gelegenheit vertiefen. Dann komme ich wieder auf Anni zurück.

»Vielleicht kann ich ja mal mit Frau Rosen reden. Man sollte gute Mitarbeiter nicht einfach so gehen lassen. Wenn Fachwissen abwandert, ist das immer ein Nachteil für die Firma.«

»Du? Seit wann kümmerst du dich um die Angestellten?« Er zuckt mit einer Schulter. »Sie ist nicht mehr da. Hortense hat sie nach Hause geschickt. Das Mädel hat sich die Seele aus dem Leib gekotzt. Ist nicht sehr belastbar, wenn du mich fragst.«

»Hortense?«, frage ich süffisant nach.

Daniel steht auf. »Wollen wir was essen gehen? Ist zwar etwas spät für ein Mittagessen, aber ich hatte heute ein karges Frühstück.«

»Sorry, ich habe noch was zu erledigen.« Ich sehe auf die Uhr. »Muss dann jetzt auch los.«

Zu Anni!

Eine halbe Stunde später wird mir klar, warum ich so selten nach Frankfurt fahre.

Mit keiner Zelle meines Hirns hatte ich den Feierabendverkehr auf dem Schirm. Und jetzt stehe ich natürlich im Stau!

Irgendwo weit vor mir hat es einen Unfall gegeben, Krankenwagen und Feuerwehr rasen durch die gebildete Rettungsgasse und ich werde es aller Voraussicht nach nicht schaffen, vor dem Treffen mit Nascha um 19 Uhr bei Anni vorbeizufahren.

Immer wieder sehe ich auf die Uhr, als ob ich sie dazu bewegen könnte, langsamer zu ticken. Ich telefoniere mit Fee, die mich fragt, ob Lilli bei ihr übernachten kann. Sie wollen für den Mathetest morgen lernen und sich danach einen Film anschauen.

»Wann kommst du nach Hause, Papa? Wir kochen was Ayurvedisches. Sollen wir für dich mitkochen?«

»Bei mir wird es heute möglicherweise später. Ja, heb mir gern was auf. Seit wann interessierst du dich für ayurvedische Mahlzeiten? Und was kocht ihr?«

»Nicht ich, Lilli. Die fährt da voll drauf ab. Gefüllte Zucchini. Wir haben schon alle Zutaten eingekauft. Ist doch okay, dass ich mir dafür zehn Euro aus der Haushaltskasse genommen habe?«

»Klar, das haben wir ja so abgesprochen. Was ist denn an gefüllter Zucchini ayurvedisch?«

»Die Zubereitung, glaub ich. Lilli?«, wendet sie sich an ihre Freundin und gibt meine Frage weiter. »Hast du gehört, Papa? Die Gewürze und die Zubereitungsart. Ingwer und Knoblauch werden in Ghee statt in Butter oder Öl warm gemacht, erst dann kommen alle anderen Zutaten.«

»Was ist Ghee?«, frage ich nach und stelle erleichtert fest, dass die Blechschlange vor mir sich langsam in Bewegung setzt.

»Geklärte Butter. Aber hey, Papa, wir müssen jetzt lernen.«

»Alles klar, Süße. Bis nachher.«

Als Nächstes klingele ich bei Nascha durch, denn es ist mittlerweile ausgeschlossen, dass ich pünktlich am Treffpunkt sein werde. Vielleicht können wir unsere Verabredung verschieben, dann würde ich direkt zu Anni fahren.

Leider springt nur die Mailbox an. Ich hinterlasse ihr eine Sprachnachricht, dass es bei mir unter Umständen ein paar Minuten später werden könnte. Absagen via Sprachnachricht möchte ich nicht, das ist stillos.

Um kurz nach sieben parke ich im Parkhaus Kornmarkt. Das liegt am nächsten zur *Alten Brücke*, die mit der Schlossruine des Heidelberger Schlosses zu den Sehenswürdigkeiten und Wahrzeichen Heidelbergs gehört. Ich brauche nur knappe zehn Minuten bis zum Brückentor, das von zwei schönen weißen Türmen mit spitz zulaufenden, barocken Turmhelmen gerahmt wird, und lasse suchend meine Blicke schweifen.

Keine Nascha. Und ans Telefon geht sie auch nicht.

Vielleicht wartet sie ja nicht vor, sondern auf der Brücke? Ich überquere das Kopfsteinpflaster – und bleibe wie angewurzelt stehen.

Ungefähr in der Mitte der Brücke steht Anni.

Ihre Haare sind so hell, dass ich sie unter einer Traube von Menschen jederzeit herauspicken könnte. Sie lehnt an der Mauer und hat die Hände tief in den Taschen ihres grünen Parkas vergraben. Auch sie sieht immer wieder auf die Uhr.

Sofort wird mir klar, warum ich Nascha nicht erreiche, und muss grinsen.

Langsam gehe ich auf Anni zu. Mit uns sind noch mehr Menschen hier. Pärchen, eine Gruppe japanischer Touristen, Radfahrer, die zum gegenüberliegenden Stadtteil Neuenheim wollen. So falle ich nicht besonders auf und Anni sieht mich nicht, obwohl sie einmal den Kopf dreht und in meine Richtung blickt.

Hübsch sieht sie aus in dem Parka und dem hellblauen Pullover darunter. Dazu trägt sie Jeans und hellbraune, flache Lederstiefel. Das helle Blau steht ihr unheimlich gut, es lässt die blonden Haare leuchten. Nur der skeptische Gesichtsausdruck passt nicht zum Gesamtbild.

»Hallo, Anni«, sage ich leise, als ich sie erreiche.

Sie zuckt zusammen, ihr Kopf schnellt zu mir herum und sie sieht mich mit großen Augen an. »Josh? Was … was machst du denn hier?«

»Eigentlich bin ich um sieben mit Nascha verabredet.«

»Du auch!?« Anni runzelt die Stirn. »Aber das ist doch … Wieso hat sie sich mit uns beiden verabredet und sagt uns davon nichts? Und warum ist sie nicht erreichbar?« Sie hält das Handy kurz hoch und lässt es dann zurück in die Tasche gleiten.

»Weil sie vielleicht gar nicht erreichbar sein will?« Ich ziehe die Schultern hoch und muss schmunzeln.

Anni ist offenbar ein Mensch der grundehrlichen Sorte. Ihr würde vermutlich niemals so ein kleiner gutgemeinter Kniff einfallen, wie der von Nascha, um zwei Menschen zu einem Wiedersehen zu bringen.

»Ja, aber wieso? Ich meine …« Sie stockt für zwei, drei Wimpernschläge. »Nein, oder? Sie hat sich mit mir *und* mit dir verabredet und kommt dann nicht. Das heißt ja, dass sie …«

»… will, dass wir beide uns treffen.«

»O Gott sei Dank.«

Jetzt bin ich an der Reihe, mich zu wundern. »Gott sei Dank? Du hättest mich nur fragen müssen, dann wäre ein Date auch ohne Naschas Kupplungsversuch drin gewesen.«

Anni winkt ab. »Nein, das meine ich nicht. Ich hatte

die Befürchtung, ihr wäre was passiert. Ein Unfall. Oder im besten Fall wäre sie nur durch einen Stau spät dran.«

Ich lache auf. »Den Stau hatte ich vorhin zwischen Frankfurt und Heidelberg. Nun, ich schätze, Nascha geht es hervorragend und sie ist hochgradig gespannt, wie unser Treffen verläuft.«

»Das bin ich allerdings auch.« Anni steckt ihre Hände tief in die Manteltaschen. »Josh, ich … ich habe mich benommen wie eine Idiotin und möchte mich bei dir entschuldigen. Ich dachte, du hättest Herrn Ebeling von uns erzählt.«

Ich lehne mich neben sie an die Mauer, die Hände wie sie in den Taschen vergraben. Nur unsere Oberarme berühren sich, aber das reicht aus, um in mir das Gefühl zu wecken, diese Frau umarmen und festhalten zu wollen.

»Das ist mittlerweile auch klar geworden. Ich bin heute in der Firma gewesen und habe mit Daniel geredet. Anni, du hast vergessen, die Ausdrucke von Ferienhäusern aus dem Druckerfach zu nehmen, wo sie dann auch entdeckt und einfach nur auf die Seite gelegt worden sind. Blöd, dass Daniel zufällig selbst Kopien am Gemeinschaftsdrucker machen musste und deine Fotos mit Username und Zeitstempel entdeckt hat.«

Anni seufzt lange auf. »Ja, dumm gelaufen.«

Ich muss schmunzeln, weil sie einfach nur niedlich ist, wenn sie so schuldbewusst guckt. »Du hast ihn einen Erbsenzähler genannt.«

»Einen antiquierten.« Sie schlägt beide Hände vors Gesicht. Weint sie jetzt?

»Hey, Anni«, sage ich leise, lege einen Arm um sie und bin erleichtert, dass sie sich nicht dagegen wehrt. Im Gegenteil, sie schmiegt sich in meine Armkuhle hinein, als wäre diese extra für sie gemacht. »Ist nicht schlimm. Es gehört sich zwar nicht, so etwas zu einem Vorgesetzten zu sagen, aber ein Funken Wahrheit steckt schon drin.«

Erst als sie die Hände vom Gesicht nimmt und den Kopf hebt, merke ich, dass nicht Tränen an dem Zucken der Schultern schuld sind. Sie lacht.

»Danke, dass du das sagst. Und Verzeihung, Josh. Aber irgendwie kann ich jetzt drüber lachen. Du hättest sein Gesicht sehen sollen, es ist noch röter als sonst geworden.«

»Das hätte ich wirklich zu gern gesehen. Er hat dir gesagt, dass du gehen kannst und … Du hast wirklich gekündigt?«

»Hm, heute nur mündlich.« Plötzlich tritt ein Strahlen in ihr Gesicht. »Morgen hole ich das Schriftliche nach. Wollen wir den Philosophenweg hochlaufen oder lieber am Neckarufer entlangspazieren?« Sie stößt sich von der Mauer ab und streckt mir ihre Hand hin. »Dann erzähle ich dir alles.«

Ich bin irritiert über den freudigen Ausdruck in ihrer Mimik. Er erinnert mich an Fee, als sie noch klein gewesen ist und sich auf das Auspacken ihrer Geburtstagsgeschenke gefreut hat. Noch mehr verwirrt mich allerdings, dass wir jetzt Händchen haltend wie ein Liebespaar über die jetzt beleuchtete Brücke und hinab ans Neckarufer schlendern.

Und Anni erzählt. Von ihrem Haus, ihren Hobbys und der Liebe zu romantischer Dekoration und kleinen Herzschmeicheleien, mit denen sie sich umgibt und die ihr täglich ein Lächeln ins Gesicht zaubern. Von ihrem Wagen, der Möhre heißt und für sie mehr als ein altes Auto ist. Von dem Gefühl der Begrenzung ihrer Kreativität und dem latenten Bedürfnis, etwas ganz anderes zu tun. Etwas, das sie erfüllt. Von ihrem zukünftigen Ex-Mann und dass sie ihn möglicherweise schon eine Weile nicht mehr geliebt hat.

Als sie endet, bleiben wir stehen und sehen in die Nacht hinaus. Auf das Wasser, in dem sich die Lichter der Ausflugsschiffe spiegeln, und das hell erleuchtete Heidelberger Schloss auf der gegenüberliegenden Seite. Es ist weder wohlig warm, noch zirpen Grillen, noch haben wir einen Pool, in den wir fallen könnten. Und doch ist dieser Moment der schönste in meinem Leben. Gut, der zweitschönste. Aber er kommt gleich nach der Geburt meiner Tochter.

Die Anziehungskraft zwischen Anni und mir ist körperlich spürbar und so stark, dass ich nicht anders kann, als den Arm um sie zu legen und sie fest an mich zu drücken.

Sie seufzt und legt etwas zögerlich ihren Arm um meine Hüfte. Das erfüllt mich augenblicklich mit Glück.

Warum Worte, wenn Gesten völlig genügen?

»Und was hast du jetzt vor?«, frage ich leise. »Also ich meine, nachdem du deine Kündigung abgegeben hast.«

Anni lächelt. »Ich mache mich selbstständig. Mit einem kleinen Lädchen in Handschuhsheim. Im November geht es los.«

»Das ist mutig. Ich weiß, wovon ich rede. Aber letztendlich ist entscheidend, wie man sein Geld verdienen möchte. Vorausgesetzt, man traut sich, diesen Schritt zu gehen. Die wenigsten tun das. Viele wissen auch nicht, was ihnen entspricht, wo ihre Talente liegen und vor allem, wofür sie brennen. Nur wenn du für etwas brennst, kannst du auch das Feuer in anderen wecken.« Ich drehe mich zu ihr und sie schlingt ihre Arme um meine Mitte.

»Genau! Seit ich das weiß, kann ich es kaum erwarten, die ersten Schritte in diese Richtung zu tun.«

»Was ist es, für das du brennst, mit dem du dein Lädchen zum Leben erweckst?«

Sie löst sich von mir, strahlt wie die Sonne, hebt die Arme und dreht sich einmal im Kreis. »Alles, was schön ist. Tassen, kleine Schüsseln, Picknickzubehör, Vasen, Seifenhalter, Topflappen, Decken, Untersetzer, hübsch verzierte Notizbücher und passende Stifte dazu. Bettwäsche aus Leinen oder Hanf mit Spitzenbordüren. Postkarten und Schilder mit schönen und lustigen Sprüchen. Teelichthalter, Döschen für alles Mögliche, Kissen, Decken … Oh, es gibt so viel. Einiges werde ich einkaufen, manches selbst gestalten. Warme Farben, Pastelltöne. Beblümt, spitzenverziert, mit Flausch. Holz, Schilf, Bast. O mein Gott, es gibt unzählige Herz- und Handschmeicheleien, ich muss mir unbedingt eine Liste machen und Prioritäten setzen!«

»Okay«, sage ich lachend. »Das kann nur ein Erfolg werden. Du brennst. Und wie!«

Und ich brenne für dich!

»Meinst du?« Völlig außer Atem lässt sie die Arme sinken, die sie zur Untermalung ihrer Worte geschwungen hat wie ein Dirigent den Taktstock.

»Nein, das weiß ich.«

27

REGENKÜSSE

Anni

Josh zieht mich unvermittelt in seine Arme.

»Hey«, sage ich lachend, so überrascht bin ich.

»Wenn du nicht möchtest, musst du das jetzt sagen. Dann lasse ich sofort los.«

»Ähm … also … Nein, ist okay. Nicht loslassen.«

O Gott, soll ich ihn jetzt auch umarmen? Klar, warum nicht? Es besteht überhaupt kein Grund, meine Arme abzuspreizen oder den Körper zu versteifen. Gar keiner. Ich könnte mich fallen lassen. Einfach so. Oder? Mannomann, ich sollte mal den Denkapparat ausschalten.

Am ganzen Leib bebend schlinge ich meine Arme ebenfalls um ihn.

»Du brennst und ich ebenso, Anni«, sagt er mit rauer Stimme nah an meinem Ohr. »Ich habe noch nie für eine Frau so sehr gebrannt wie für dich. Und das meine ich genauso, wie ich es sage.«

Unsere Körper sind sich so nah, dass kein Blatt Papier dazwischen passt. Mein Herz klopft wie wild und mein Inneres vibriert so heftig, dass ich fürchte, mir würden die Beine wegsacken, wenn er mich nicht halten würde. Ich versinke in Joshs Augen, atme tief seinen Duft ein, der mir vertraut und gleichzeitig absolut neu ist. Sprechen unmöglich!

Wo Gefühle die Herrschaft übernehmen, ist kein Platz für Worte. Und sie sind auch gar nicht nötig. Ungläubig und hingerissen sehen wir uns an. Ich bin überwältigt von dem plötzlichen und untrüglichen Wissen, dass in diesem Augenblick etwas mit uns passiert, das Auswirkungen auf unser beider Leben haben wird. Ich habe keine Ahnung, woher diese Gewissheit kommt, sie ist einfach da. Glasklar und eindeutig.

»O Anni …«, haucht er leise.

Und dann küsst er mich mit einer Zärtlichkeit, die sich wie samtiger Balsam um mein Herz legt. Josh hält mein Gesicht in seinen Händen, sieht mich immer wieder an, küsst meine Stirn, wandert mit seinen warmen, leicht rauen Lippen über die Augenbrauen, hin zu meinen Lidern, küsst meine Nasenspitze, die kleine Stelle unter meinem Ohrläppchen, pustet leise lachend eine Strähne von mir aus dem Weg, wandert mit seinem Mund wieder zu meinem.

An diesem Abend bekomme ich den Kuss aller Küsse und will nie wieder damit aufhören.

Eine mir völlig neue, noch nie dagewesene Empfindung stellt sich ein und legt sich wie eine warme Decke um uns. Alles, was war, alle Zweifel, alle Bedenken bleiben draußen und zerfasern wie Nebel in der Sonne. Mir ist, als wäre alles in meinem Leben, alles, was vor Josh gewesen ist, nötig gewesen, um für ihn bereit zu sein. Dieses Bewusstsein springt mir nicht einfach so in den Kopf, es nimmt den Weg übers Herz und berührt mich so intensiv, dass mir plötzlich Tränen in die Augen schießen.

Josh küsst mir jede einzelne davon stillschweigend fort.

Und in jeder einzelnen salzigen Träne steckt ein trauriger Moment, der jetzt Flügel bekommt. Der Moment, als

Bandit seinen letzten Atemzug getan hat. Er ist ein Bindeglied zwischen mir und Tobi gewesen, unser Kind sozusagen. Der Moment, als ich erfahren habe, dass Tobi sich entliebt hat – und der Moment, als ich merkte, dies schon vor ihm getan zu haben. Der Moment, als Tobi die Blumen wieder mitnahm. Der Moment, als ich glaubte, nicht in Joshs Welt zu passen. Es ist unerheblich, aus welchem gesellschaftlichen Rahmen wir kommen oder uns bewegen. In diesem Augenblick schlagen unsere Herzen im Gleichklang.

Ich fühle mich leicht und frei und verliebt bis unter die Haarspitzen. Jede einzelne Zelle in mir ist angefüllt mit purem Glück.

Dann beginnt es zu regnen.

Widerstrebend schäle ich mich aus der Umarmung und schlage verlegen lächelnd die Kapuze hoch. »Schätze, wir sollten uns auf den Rückweg machen.«

Auch wenn mich mit Josh sehnsüchtige Träume, die ausgelebt werden möchten, und unglaubliche Küsse am romantischen Neckarufer verbinden, so bin ich doch nicht verzweifelt genug, um ihn sofort in der ersten Nacht mit zu mir zu nehmen. Zudem muss ich morgen sehr früh aufstehen.

»Willst du schon nach Hause? Wir könnten etwas essen gehen. Reden, den Abend genießen.« Er hebt den Arm, ich schmiege mich an ihn, und eng umschlungen schlendern wir durch den Nieselregen Richtung Altstadt.

»Nein, ich will nicht nach Hause, aber die Kündigung muss noch geschrieben werden und ich will das nicht im Büro tun.«

»Warum nicht?«

»Weil … Ach, eigentlich hast du recht. Ja, lass uns was essen gehen.« Erst jetzt merke ich, dass ich unbändigen Hunger verspüre. »Ich könnte eine Kuh verspeisen. Oder eine Badewanne voll mit Pasta.«

Josh lacht auf. »Das gefällt mir!«

»Was genau?«

»Dass du so frei von der Leber weg bist. Kein Salätchen mit kalorienarmem Dressing?«

»Nicht auf die Nacht. Salat verdaut sich so schwer.«

»Pasta auch.«

»Okay, ich gebe mich geschlagen. Ich hab's nicht so mit magerer Kost. Wollen wir zum *Hans im Glück*? Die Burger dort sind ein Gedicht. Und als Nachtisch was Süßes?«

Er drückt mir einen Kuss auf den Scheitel. »Ich hab doch schon mein Süßes bei mir.«

»Das war jetzt abgedroschen.« Ich kneife ihn liebevoll in die Seite.

»Stimmt, aber ehrlich gemeint.« Josh bleibt stehen, dreht mich an den Schultern zu sich und wir versinken in einem Kuss, der einen ganz anderen Hunger in mir entfacht.

Doch dafür ist heute nicht der passende Tag. Nicht, wenn ich am nächsten Tag früh raus muss. Um diesen Hunger zu stillen, möchte ich mir Zeit nehmen – und am nächsten Morgen in Joshs Armen aufwachen.

Es regnet wie aus Kübeln.

Und es stört uns kein bisschen.

Drei Tage später kann ich immer noch nicht fassen, was mir in den letzten Wochen passiert ist und was Tobi eigentlich erst in Gang gesetzt hat. Dafür sollte ich ihm dankbar sein. Irgendwann werde ich mich mit ihm treffen und Danke sagen. Mittlerweile tut er mir sogar ein bisschen leid und ich hoffe, es geht ihm gut.

Nascha hat sich krummgelacht, als ich sie am Mittwochmorgen angerufen und sie eine fiese Kupplerin genannt habe. Selbstverständlich nehme ich ihr diese kleine Finte nicht übel, ganz im Gegenteil.

Am Abend ist sie mit Sekt bei mir aufgetaucht und wir haben stundenlang mit Mike und Sabina zusammengesessen und einen entspannten Abend verbracht. Einen, der mit Tobi unter der Woche nicht möglich gewesen wäre, weil er nur am Wochenende länger aufgeblieben und meist schon um neun Uhr auf dem Sofa eingeschlafen ist. Und natürlich wusste Lia bereits von Nascha über mich und Josh Bescheid, bevor ich sie informieren konnte. Ich habe sie gebeten, unseren Eltern gegenüber nichts auszuplaudern, das übernehme ich am Sonntag selbst.

Am Mittwoch habe ich auch meine Kündigung abgegeben. Heute ist mein letzter Arbeitstag gewesen.

Ebeling hat mich großzügigerweise die letzten fünf Tage freigestellt, die ich noch ins Büro müsste. Die Haferfleck hat mir auf die Schulter geklopft, mir alles Gute für die Selbstständigkeit gewünscht und beiläufig erwähnt, dass sie vielleicht mal im Dezember im Laden vorbeischaut. In diesem Monat bräuchte man ja immer hübsche Kleinigkeiten für Weihnachten. Der Ebeling hat ein bisschen verkrampft danebengestanden, aber mir sind die Blicke zwischen den beiden nicht entgangen. Ob da was läuft? Nein, allein die Vorstellung … O Gott, das mag ich mir nicht vorstellen. Aber wer weiß schon, wo die Liebe hinfällt? Und er hat kein Polyesterhemd getragen. Sogar sein Rasierwasser hat sich dufttechnisch durchgesetzt und fast so gut gerochen wie der Blumenstrauß, den Jan mir mit Leidensmiene überreicht hat. Leider hat dieser auf der Heimfahrt mit dem Zug seine blühenden Köpfchen hängen lassen. Jetzt steht er im Wasser und ich hoffe, er erholt sich wieder.

Ich bin frei! Ich werde das tun, woran mein Herz hängt. Das fühlt sich verdammt gut an.

Natürlich wird es nicht leicht werden, das ist mir

bewusst. Vielleicht verdiene ich sogar weniger als bei GrowDeLuxe, aber auch das ist mir egal. Ich brauche nicht viel und werde schon über die Runden kommen. Ich habe mein Haus, ich habe Möhre wieder, die jetzt schnurrt wie ein Kätzchen und klaglos anspringt. Ich habe die besten Freundinnen der Welt!

Ich habe Josh!

Und heute werde ich ihn wiedersehen.

Der Dienstag ist gefühlte Wochen her und ich kann es kaum erwarten, seine Lippen wieder auf meinen zu spüren. Wir haben stundenlang im Restaurant gesessen, Burger gegessen, Händchen gehalten, uns immer wieder geküsst und über alles Mögliche geredet. Er hat mir von der Mutter seiner Tochter erzählt, und dass Fee seit Kurzem bei ihm wohnt. Dabei hatte er besorgt gewirkt und wissen wollen, ob ich damit ein Problem hätte. Sollte ich? Natürlich habe ich damit kein Problem. Warum auch? Ich bekomme nicht nur den Mann meiner Träume, sondern auch noch ein echt cleveres, gewitztes und cooles Mädchen mit dazu.

Joshs Küsse hallen noch immer in mir nach.

In weniger als einer Stunde wird er hier sein – und es wird nicht beim Küssen bleiben.

Diese Vorstellung lässt alle Schmetterlinge der Welt durchgängig in meinem Bauch Party feiern.

Der Zeitmesser des Backofens klingelt. Die Datteln im Speckmantel sind fertig.

Für heute Abend habe ich nicht groß gekocht, nur ein bisschen Fingerfood in Form von spanischen Tapas vorbereitet. Manzanilla-Oliven mit selbst gekauftem Aioli, Manchegokäse mit Serranoschinken, frische Sardellen, mariniert mit Essig, Olivenöl und Kräutern. Die »Boquerones en vinagre« gehören unbedingt zu jedem Tapasgericht dazu. Mein Favorit darf auch nicht fehlen: süße

Datteln in salzigem Speckmantel. Kalorientechnisch eine absolute Sünde, aber unvergleichlich köstlich.

»Uh, heiß, heiß, heiß!« Ich zucke zurück.

Dampf strömt aus dem Ofen, als ich die Klappe öffne. Das vergesse ich jedes Mal. Schnell schlüpfe ich in die wattierten Handschuhe, ziehe das Backblech heraus und platziere es auf dem Herd. Dann gebe ich die Datteln in eine flache, tönerne Schale und stelle sie zu den anderen Köstlichkeiten auf den Esstisch. Fertig. Jetzt nur noch das Weißbrot schneiden und den Rotwein öffnen, damit er atmen kann.

Atmen. Gute Idee. Ich bin höllisch aufgeregt.

Gerade öffne ich die Terrassentür, da klingelt es schon.

»Ich bin zu früh, ich weiß«, sagt Josh und hält einen kleinen Blumenstrauß hoch.

»Oh, schöne Blumen. Danke.« Ich nehme sie entgegen und mein Herz schlägt Purzelbäume. Nicht wegen des Straußes, sondern weil Josh so unglaublich gut aussieht mit seinen vollen, leicht verwuschelten Haaren, dem hellgrauen Sweatshirt und der Jeans, die vorne am Knie einen kleinen Riss hat. Das verwaschene Shirt bringt seine Restbräune zur Geltung und lässt seine haselnussbraunen Augen heller wirken.

Er sieht mich mit einer Intensität an, die mich den Strauß achtlos auf der Kommode neben der Tür ablegen lässt.

Josh kommt herein, schiebt die Tür zu und tritt langsam auf mich zu.

»Du ahnst gar nicht, wie sehr ich diesen Abend herbeigesehnt habe«, sagt er mit brüchiger Stimme und mein Herz klopft wie wild.

Als er seine Hände an meine Wangen legt, versinke ich in seinen Augen.

Dann küsst er mich. Und es ist nicht nur ein Kuss, es ist

eine Liebeserklärung. Dieser Kuss ist zart und weich und sagt mehr, als alle Worte der Welt es können.

Wir küssen uns, erst zart, dann mit unbändigem Verlangen. Mein Schoß pulsiert vor Lust. Schon lange ist mir in dieser Gegend nicht mehr so warm gewesen.

Gemeinsam taumeln wir ein paar Schritte rückwärts, bis ich im Rücken das Holz der Badezimmertür spüre. Überwältigt stöhne ich in Joshs Mund auf, fahre mit den Händen durch seine vollen Haare, den Rücken hinunter unter sein Shirt und flippe fast aus, so gut fühlt er sich an.

So fest, so stark, so muskulös.

Seine Haut ist heiß, genau wie meine. Joshs Lippen lösen sich von meinen und er knabbert mir zärtlich an einer Stelle unter dem Ohrläppchen, was mir Millionen kleiner Stromstöße durch den kompletten Körper schickt. Zeitgleich schiebt er mein Shirt hoch, streichelt meinen Rücken, meine Brüste und öffnet gekonnt den Verschluss meines BHs. Dann zieht er mir das Shirt über den Kopf, streift den BH ab und lässt beides achtlos zu Boden fallen.

Plötzlich bekomme ich Angst vor meiner eigenen Courage.

Heute ist es so weit!

O Gott!

Ich werde das erste Mal seit vielen Jahren Sex mit einem anderen Mann als Tobi haben.

Noch vor dem Essen.

Vor dem Essen? Was denke ich denn da?

Schlagartig überfällt mich ein Schamgefühl. Werde ich Josh auch gefallen, wenn ich nichts mehr anhabe?

Sein Blick ruht auf mir, folgt seinen Fingern, die über meine Wangen, meinen Hals wandern. Über die Schultern hinunter zu meinen Brüsten.

Ich atme zitternd aus und schließe die Augen, weil ich Angst habe, er könne bereits jetzt oder aber im Verlauf des Abends etwas an mir entdecken, das ihm missfällt.

Piksende Härchen im Schambereich, eine Orangenhaut-delle am Oberschenkel. So was eben. Tobi hatte das untrügliche Gespür, kleine Makel im schlechtesten Moment zu entdecken, sich daran zu stören und zur Sprache zu bringen.

»Hey«, flüstert Josh plötzlich und streicht mir eine Locke aus der Stirn. »Geht es dir zu schnell? Das kann ich verstehen. Ich … Es tut mir leid. Soll ich noch mal rausgehen, klingeln und wir fangen von vorne an?«

28

SO VIEL MEHR ALS ...

Joshua

Anni schüttelt lächelnd den Kopf.

»Nein, aber wir könnten was essen, bevor die Datteln kalt werden.« Sie bückt sich, greift nach ihrem Shirt und verharrt auf der Stelle.

»Du lieber Himmel«, höre ich sie leise nuscheln.

Meine Hose ist an einer bestimmten Stelle unverkennbar gewölbt. Ich weiß, dass ich ganz gut bestückt bin, aber Anni weiß es noch nicht. Der Anblick gibt ihr einen kleinen Vorgeschmack auf das, was sie heute Nacht erleben könnte. Doch ich will nichts übereilen, mir Zeit nehmen.

»Datteln?«, wiederhole ich belustigt, und sie kommt hastig in die Höhe.

Schwer atmend sieht sie mich an, ihr Blick ist fiebrig, die Wangen leicht gerötet. Sie ist erregt, ebenso wie ich. Aber warum hat sie sich eben so versteift, als ich mit den Händen ihren wunderbar weichen und wohlgeformten Körper erkundet habe? Nun, zumindest den Teil, der bis eben unbedeckt gewesen ist.

Jetzt presst sie das Shirt an sich, als würde sie sich schämen.

»Die werden kalt, die Datteln. Und warm schmecken sie besonders gut und …«

»Scht.« Behutsam lege ich einen Finger auf ihre Lippen. »Weißt du eigentlich, wie bildhübsch du bist? Wie unglaublich zart, weich und bezaubernd? Dein Gesicht braucht kein Rouge, keinen Lippenstift und kein Make-up, so natürlich schön ist es. An dir ist nichts aufgesetzt, nichts falsch, nichts berechnend. Ich habe noch nie so eine Frau wie dich getroffen, Anni.«

»Ähm …« Sie wird noch einen Touch röter, und ein unglaubliches Gefühl der Zärtlichkeit für sie durchflutet mich so unerwartet wie Schnee in der Wüste. Darüber hinaus bin ich verblüfft über meine eigenen Worte und überwältigt von meinen Empfindungen. In mir herrscht ein umfassendes Glücksgefühl. Und zwar in meinem Herzen, nicht wie die letzten Jahre vornehmlich unter der Gürtellinie.

»Fangen wir noch mal an, okay?«, flüstere ich in ihr goldenes Haar und nehme den Finger von ihren Lippen. »Ich frage dich jetzt ganz offiziell, ob ich dich küssen darf. Darf ich dich küssen?«

»Noch vor den Datteln? Ich weiß nicht …«, erwidert sie und ich sehe, wie sich ihre Mundwinkel zu einem Lächeln heben.

»Definitiv davor. Ein Kuss, nur einer. Versprochen. Wir haben Zeit.«

Als Antwort hebt sie ihren Kopf noch ein wenig weiter an und schließt die Augen.

Himmel, sie ist so betörend. Es ist nicht nur Sex, den ich mir mit ihr wünsche, sondern etwas viel Wertvolleres, Sanftes, Behutsames.

Sachte verschließe ich ihre Lippen mit meinen. Und Herrgott, ich schwöre, es ist der zärtlichste und gleichzeitig wunderbarste Kuss meines Lebens.

Heilige Scheiße, dass ich so etwas fühlen kann …

Das T-Shirt fällt.

Anni umschlingt mich mit ihren Armen, ihre Küsse werden wilder. Ein Kuss, der mir sagt, dass sie für mich bereit ist. Sofort, hemmungslos, mit Haut und Haar, und ohne Zeit zu verlieren.

Sie presst sich an mich, duftet verlockend nach Pfirsich und ihrem ganz eigenen berauschenden Aroma. Schlagartig übernimmt mein Körper die Regie, ich kann nichts dagegen tun. Jetzt existieren nur sie und ich und unser Verlangen, das gegen unseren Willen, es langsam angehen zu lassen, aus uns herausbricht. Wir kleben aneinander, küssen uns wild, bewegen uns durch den Flur bis ins Wohnzimmer. Sie stolpert über eine Teppichkante, kichert, ich drücke sie fester an mich und wir küssen uns einfach weiter bis zum Sofa.

Vorsichtig lasse ich sie in die Kissen gleiten.

Als ich mit fragendem Blick den Knopf ihrer Hose öffne, nickt sie mit leicht geöffnetem Mund, hebt ihre Hüften und ich ziehe ihr die Jeans aus. Zum Vorschein kommt ein süßer hellblauer Slip mit einem Einhorn darauf.

»Ein Einhorn?«, platzt es aus mir heraus. Aber nicht, weil ich es unpassend fände, sondern weil ich aus reiner Gewohnheit einen scharfen Spitzenslip erwartet hätte.

Diese Anni arbeitet nicht mit den Waffen einer Frau, das hat sie gar nicht nötig. Sie braucht nur sich, unverfälscht und natürlich.

Sofort versteift sie sich und bedeckt ihre Brüste. »Was gegen Einhörner?«, fragt sie mit erstickter Stimme.

»Überhaupt nicht. Ich hatte es nur nicht erwartet.«

»Was hast du denn erwartet?«

»Ähm, also … Wie soll ich sagen?«

»Reizwäsche, hm? Darauf stehe ich nicht. Ich mag eher …«

»Herzschmeicheleien? Ich auch.«

»Ich habe auch welche mit Feen drauf. Und ich

benutze Tierpflaster.« Sie schiebt die Unterlippe leicht vor wie ein trotziges Kind, gerade so, als wolle sie sagen: Wenn du mich nicht mit Tierpflastern magst, will ich dich auch nicht.

»Du bist wundervoll, Anni. Und besonders.« Ich streiche ihr sanft mit den Fingern über den Venushügel und gebe ihr einen zarten Kuss auf den Bauchnabel. Dann zupfe ich an ihrem Slip. »Darf ich dein Einhörnchen zur Seite legen?«

Anni lächelt, entspannt sich, ihre Lippen glänzen feucht und in ihren Augen steht jetzt eindeutig der Glanz der Lust.

»Du darfst.«

Jesus, diese Frau hat mich mit Haut und Haaren.

Ich ziehe ihr den Slip aus und bin überwältigt von ihrem weiblichen Duft. Anni krallt ihre Finger in meine Haare und ihr Körper bebt unter meinen Händen. Damit nimmt sie mir ohne Umwege jede Hemmung. Mit einem erstickten Laut rutsche ich hoch, presse meine Lippen auf ihre und irgendwie schaffen wir es, mich meiner Jeans und der Shorts zu entledigen.

Grenzenlos ergriffen von ihr, raune ich ihren Namen und als Antwort legt sie den Kopf in den Nacken, stöhnt kehlig und schlingt ihre Beine um meine Mitte.

Ich kann nicht genug von ihr bekommen, von ihrem Duft, ihrer wunderbar weichen Haut, ihren perfekten Rundungen, von ihrem sinnlichen Mund, den vollen Lippen und ihren wilden Locken, die sich um ihr hübsches Gesicht legen. Ich will sie nicht sofort nehmen, erkunde ihren gesamten Körper mit allen Sinnen. Verdammt, sie schmeckt und duftet so gut, dass ich nicht aufhören kann, jede Stelle von ihr mit meinen Lippen zu berühren. Gerade fahre ich mit der Zunge an der Innenseite ihrer Oberschenkel hoch, als sie leise auflacht.

»Komm hoch, bitte, ich halte es nicht mehr aus«, flüstert sie atemlos.

Ich begehre sie so sehr, dass es wehtut. Und ich will so viel mehr von ihr als reinen Sex. Dann kann ich nicht mehr an mich halten.

Wir sehen uns in die Augen, knabbern an unseren Lippen und ich lasse meine Hände unter ihren Po gleiten. Sie hebt ihr Becken und … Wow! Unsere Körper verschmelzen so mühelos miteinander, als wären sie füreinander geschaffen. Als hätten sie sich schon immer gesucht und jetzt endlich gefunden. Anni legt den Kopf in den Nacken, bäumt sich unter mir auf und aus ihrem Mund quillt ein Stöhnen, das mich alles vergessen und mich immer schneller in ihr bewegen lässt.

Ab jetzt gibt es weder Zeit noch Raum. Nur uns beide, versunken in der Faszination unserer Lust, in dem Rhythmus, den wir beide zu perfektionieren scheinen. Als wir gemeinsam einem langen, intensiven Orgasmus entgegenschweben, fühle ich mich wie der sagenumwobene Phönix. Ich verbrenne – und werde neu geboren.

Als mein Höhepunkt verebbt, bleiben wir eng umschlungen und miteinander verbunden liegen, küssen uns unglaublich zärtlich und sehen uns dabei in die Augen. Ich berühre mit den Lippen ihre Stirn, ertaste den sanften Schwung ihrer Augenbrauen, ihre süße kleine Nase mit den Sommersprossen, ihre weichen Lippen.

»Autsch!« Sie verzieht das Gesicht und zuckt mit der Schulter.

»Habe ich dir wehgetan?«, frage ich erschrocken nach.

Sie schüttelt den Kopf, hebt den Oberkörper leicht an und ich stütze mich auf die Hände.

»Da ist was Hartes. Och nö, ne?« Sie tastet mit der Hand unter das Sofakissen, zieht ein kleines Buch heraus und lacht.

»Hat dir das die ganze Zeit in die Schulter gedrückt?«

»Nein, nur eben. Oder ich habe es vorher nicht bemerkt.« Sie zwinkert mir zu und wir setzen uns auf.

»Kannst du mal gucken?« Sie legt das Buch auf den Tisch und ich begutachte ihren Rücken.

»Hm, nichts zu sehen. Keine Druckstelle, kein Blut. Nur ein kleines Muttermal.« Ich küsse es und sie kichert.

»Darf ich mal nachsehen, ob du auch an anderen Stellen Muttermale hast? Ich müsste dich nur auf den Bauch drehen, damit mir auch ja nichts entgeht. Oh, du frierst.« Ich sehe, wie sie fröstelt. Kein Wunder, sie ist erhitzt und jetzt kühlt sie ab.

»Ein bisschen«, sagt sie lächelnd, steht auf und will nach der Decke greifen, die vorhin zu Boden gerutscht ist. Ich komme ihr zuvor, lege sie ihr um die Schultern und schlinge von hinten meine Arme um sie.

»Besser?«

»Viel besser.« Sie dreht sich zu mir um und legt die Decke auch um mich. Unsere nackten, noch leicht verschwitzten Körper schmiegen sich aneinander. Sofort werde ich wieder hart, was sie mit einem leisen Lachen quittiert.

»Danke, Anni.« Ich lege meine Hand an ihre Wange und fürchte, ich kann meine tiefen Gefühle für sie nicht in Worte kleiden, weil es keine dafür gibt. »Ich danke dir, dass du in mein Leben getreten bist.«

»Ich in deines?«, sagt sie verschmitzt. »*Du* hast mich beinahe über den Haufen gefahren. Damit hat es angefangen. Du erinnerst dich?«

»Und wie ich mich daran erinnere. Schon zu diesem Zeitpunkt wusste ich, dass ich wissen muss, wer du bist.«

Ich taste nach ihrer Hand und verschränke meine Finger mit ihren. Sie legt ihren Kopf an meine Brust und ihr leises Seufzen klingt in jeder Faser meines Körpers nach wie die schönste Musik der Welt. Ich schmiege meine Wange an ihren Kopf. So möchte ich ewig mit ihr dastehen, deswegen bewege ich mich auch nicht. Ich fürchte, selbst die kleinste Regung könnte diesen Moment zerstören.

»Die Datteln sind kalt. Soll ich sie aufwärmen?«

Lachend vergrabe ich mein Gesicht in ihren Haaren. »Datteln? Jetzt fallen dir die Datteln ein?«

»Ja, was? Ich habe Hunger.«

29

KUSCHELSCHULTER

Anni

»ie ganze Nacht!?« Nascha verschluckt sich fast am Whisky Sour.

Es ist Montag, wir sitzen in der Max Bar, im Hintergrund läuft Leonhard Cohen und ich erkenne meine Freundin kaum wieder. Sie ist wenig geschminkt, trägt einen simplen, cappuccinofarbenen Rollkragenpullover, eine einfache Jeans und dazu lederne Stiefeletten. Ihre Haare will sie wachsen lassen, hat sie vorhin gesagt. Sollte es ihr nicht gefallen, kommen sie wieder ab.

»Freitagnacht, Samstag den ganzen Tag und Sonntag bis zum Mittag. Aber nur, weil ich bei meinen Eltern zum Essen eingeladen war.«

Nascha zwinkert mir zu. »Also eigentlich das ganze Wochenende.«

»Er ist nur am Samstag zwischendurch nach Hause gefahren, um sich umzuziehen und nach dem Rechten zu sehen. Seine Tochter lebt ja jetzt bei ihm.«

»Du lieber Himmel!« Sie lässt sich im Stuhl zurückfallen, fährt sich mit den Fingern durch die Haare und lacht.

Ich runzele die Stirn. »Wegen Fee?«

»Ach, was. Ich meine, dass ihr das Wochenende durch-

261

gevögelt habt. Bist du nicht wund? Sorry, wenn ich das so sage, aber deine Straße ist nicht sehr befahren.«

»Hä?«

»Süße, bei Tobi und dir ist die sexuelle Komponente ja eher zu vernachlässigen gewesen.«

»Hm, ja, bin schon ein bisschen wund. Ich glaube, ich kann erst Ende der Woche wieder«, gebe ich ertappt grinsend zu und lenke sogleich von mir ab. »Aber hey, nur um das mit der Straße nochmal aufzugreifen: besser jeden Freitag Liebe machen mit Gefühl als emotionsloses Gevögel und danach Schniedelfotos. Was ist eigentlich mit dem, der dir auch Ganzkörperbilder geschickt hat? Sogar angezogen?«

»Samuel?« Sie winkt ab. »Nix. Im Übrigen habe ich alle gelöscht.«

»Die Fotos?«

»Ja. Und die Männer auch, also aus meinen Gedanken.«

Ich stochere mit dem Strohhalm im Virgin Colada, ein alkoholfreier Piña Colada, ich muss ja noch fahren und frage mich, warum sie das mit einem solchen Strahlen im Gesicht sagt, als hätte sie einen Heiratsantrag bekommen.

»Sag jetzt bloß nicht, du stehst ab sofort auf Frauen. Sonst muss ich dich leider erdolchen«, sage ich halb im Ernst und drohe ihr mit dem Strohhalm.

Eine Frau am Nebentisch, etwa unser Alter, schwarze kurze Haare, Tattoo am Hals, dreht sich zu uns herum. »Unisexualität und gleichgeschlechtliche Liebe ist nichts Verwerfliches!«, blafft sie mich laut an, zieht die Blicke des halben Lokals auf sich und dreht sich wieder um.

»Äh … Tschuldigung. War nicht so gemeint, wie ich's gesagt habe.«

»Wer's glaubt«, höre ich sie zischen und will mich weiter verteidigen, als Nascha eine Hand auf meinen Arm legt.

»Lass doch. Wahrscheinlich hat sie das getriggert. Nicht dein Problem. Ich weiß, wie du es gemeint hast. Nein, ich bin nicht lesbisch geworden. Obwohl …« Sie stützt die Ellenbogen auf, legt einen Zeigefinger ans Kinn und sieht zur Decke. »… deine Schwester ist schon ein steiler Zahn.«

»Natascha!«

»Aber Leon ist steiler. Und ich meine, nicht nur unter der Gürtellinie, sondern …«

»Leon? Welcher Leon? Einer der Schwanzbi…«

Nascha schüttelt den Kopf, und wenn mich nicht alles täuscht, wird sie gerade rot. Könnte aber auch der Alkohol sein. Sie kann trinken, weil ich sie nachher nach Hause fahre. Ich nicht. Das Leben ist unfair.

»Kannst du dich noch an die Shoperöffnung in Palma erinnern? Da ist so ein blonder Mann mit am Tisch gewesen.«

Aus meinen Erinnerungen an Mallorca schälen sich langsam zwei Szenen hervor: Josh und ein anderer Mann, ein athletischer, blonder Hüne. Beide haben sie sich mit Nascha unterhalten und ich mir gewünscht, auch so einen eingebauten Lovermagneten wie meine Freundin zu besitzen. Und hat Josh bei dem Beinaheunfall mit mir am Paketshop nicht seinen Bikerfreund so genannt?

Auch erinnere ich mich an Fee, die mich aus ihren großen braunen Rehaugen so offen und herzlich angesehen und gesagt hat: »Komm doch mit rüber zu den anderen. Ich stelle dir meinen Vater und Leon vor.«

»Lovermagnet«, nuschele ich in den Cocktail.

»Bitte, was? Hab nur Magnet verstanden.«

»Ich hatte mir gewünscht, ich wäre wie du und die Männer würden auch auf mich so fliegen, wie die Motte zum Licht. Ja, ich erinnere mich an den großen Kerl. Typ sportlicher Sonnyboy. Ist das Joshs Freund?«

Nascha nickt und grinst bis zu den Ohren. »Und jetzt auch meiner, so wie es aussieht.«

»Was? Wie? Ich meine, wann? Warum hast du nichts gesagt? Das tust du doch sonst immer.«

»Ach, Süße. Du hattest genug mit dir selbst zu tun, da wollte ich dir einfach nicht mit Herzklopfen und Verliebtsein und Glücksgefühlen kommen. Außerdem ist bis vor drei Tagen nicht absehbar gewesen, was sich daraus entwickelt. Wer weiß schon, ob er sich nicht auch als ein weiteres Dödelfoto in meiner Galerie herausgestellt hätte? Das Potenzial hätte er …« Sie schmunzelt und ich merke, wie mir der Mund aufgeklappt ist.

»Verliebt, Herzklopfen? Du? Echt jetzt? Drei Tage? Moment, das war dann am … Freitag?«

»Seit Freitag bin ich mir sicher. Am Montag hatten wir uns das erste Mal getroffen. Am Dienstag gleich wieder.«

»Nicht wahr!« Ich stemme gespielt beide Hände in die Hüften. »Deswegen bist du nicht erreichbar gewesen, du Luder!«

Nascha grinst breit. »Wir sind laufen gewesen. Wir haben geredet, uns kennengelernt, Sonnenuntergänge vom Königstuhl aus betrachtet. Gevögelt haben wir erst gestern. Es ist übrigens Leon gewesen, der die Idee hatte, dass ihr beide euch trefft, ohne von eurem Date zu wissen. Himmel, war das ein Spaß. Und ich habe ganz schön gebibbert, ob das gut geht.«

Ich bin baff. Nascha hat sich verknallt. Hat sie?

»Bist du in ihn verliebt?«

»Glaube schon. Es kribbelt hier, wenn ich an ihn denke.« Sie legt ihre Hand auf den Bauch. »Und auch ein Stockwerk tiefer. Aber er ist der erste Mann, bei dem ich mir vorstellen kann, ihn öfter zu sehen. Ehrlich gesagt ist er sogar permanent in meinem Kopf und ich vermisse ihn jede Minute des Tages. Wir sehen uns erst am Mittwoch wieder und die Zeit bis dahin kommt mir unendlich lang vor.«

»Verliebt. Eindeutig«, stelle ich unumwunden fest. »Ist ein schönes Gefühl, hm?«

»Das weltbeste.«

»Am Mittwoch seht ihr euch also wieder? Wo?«

Sie grinst noch breiter. »Das wollte ich dir auch noch sagen. Wir fliegen für eine Woche spontan nach …«

»Mallorca?«

»Auf die Kanaren. Lanzarote. Wir sind beide noch nicht dort gewesen. Leon hat bereits ein paar Touren ausgesucht, die wir erlaufen oder mit Mieträdern erkunden können.«

»Hast du noch irgendeine Neuigkeit im Gepäck? Verlobung, Schwangerschaft, Fußpilz?«

»Letzteres kann ich ausschließen«, antwortet sie lachend. »Und an Kinder denke ich noch überhaupt nicht. Wir möchten uns besser kennenlernen. Und wie kann das besser funktionieren, als wenn wir jeden Tag die vollen vierundzwanzig Stunden miteinander verbringen?«

»Du musst die Schlafzeit abziehen«, erwidere ich, immer noch leicht verblüfft.

Sie zuckt verschmitzt mit den Schultern. »Wenn wir überhaupt dazu kommen. Aber jetzt zu dir. Wie geht es mit dir und Josh weiter?«

»Puh, darüber habe ich mir noch keine Gedanken gemacht. Die Ereignisse haben sich ein bisschen arg gebündelt. Ich bin noch nicht ganz fertig mit der Aufarbeitung der vergangenen acht Jahre und versuche zu genießen, was gerade ist. Alles andere würde mich überfordern. Man stolpert ja nicht allzu oft von einer Beziehung in die nächste.«

»Du hattest ja erst eine längere, Süße.« Sie nippt am Glas und leckt am Zuckerrand. »Aber du machst das schon richtig. Komisch, wie die Dinge sich entwickeln können, oder?«

Sie hebt ihr Glas und ich tue es ihr gleich. »Auf uns, Anni.«

»Auf uns und die Lie…«, setze ich an.

»Moment!« Nascha winkt den Kellner herbei, bestellt zwei Prosecco und deutet auf mein Cocktailglas. »Mit der Plörre mag ich nicht anstoßen.«

Dann strahlt sie, wie eine verliebte Frau nur strahlen kann, und ich stimme mit ein. Im Prinzip könnten hier jetzt die Lichter ausgehen und es wäre immer noch hell.

Plötzlich nimmt sie meine Hand und sieht darauf, als wolle sie mir aus den Linien meine Zukunft deuten.

»Du musst sie umdrehen. Auf dem Jahrmarkt lesen sie immer aus der Handfläche.«

»Sehr witzig.« Sie lässt meine Hand wieder los. »Aber ich finde, es ist ein gutes Zeichen, dass du deinen Ehering nicht mehr trägst.«

»Ich platze gleich! Großes Lob an die beiden Köchinnen, es hat hervorragend geschmeckt.«

Pappsatt lege ich das Besteck auf den Teller, auf dem noch ein Rest von Süßkartoffeln und mit Schafskäse gefüllter Aubergine liegt.

Eigentlich hatte ich erwartet, mein erster Abend bei Josh würde nur uns beiden gehören. Zumindest ist es so geplant gewesen. Fee wollte bei ihrer Freundin übernachten, hat es sich jedoch anders überlegt. Jetzt schläft Lilli bei ihr und die beiden haben sich sogar um das Abendessen gekümmert. Aber gut, so ist das, wenn Kinder mit im Haushalt leben. Damit habe ich kein Problem. Im Gegenteil, ich finde es ganz reizend, wie Vater und Tochter miteinander umgehen und wie selbstständig Fee ist.

Josh schenkt mir Weißwein und den Mädchen Mineralwasser nach. »Ich kann mich Anni nur anschließen. Absolut köstlich.«

»Danke«, sagt Fee. »Lilli hatte die Idee mit den Kräutern der Provence. Die restlichen Kräuter – Rosmarin, Oregano und der Thymian – sind aus meinem Terrassengarten.«

»Und ich habe die Süßkartoffeln mitgebracht«, ergänzt Lilli, die rein äußerlich das genaue Gegenteil von Fee ist.

»Sie passen wirklich genial zum Schafskäse. Prima Idee, Lilli«, lobe ich.

»Du und Papa passen noch viel besser zusammen«, platzt Fee unverblümt heraus und grinst uns an.

»So?« Josh lacht und wirft mir einen entschuldigenden Blick zu. »Besser als Käse und Kartoffel. Wahnsinn.«

»Ja, der Hammer, oder?« Fee fuchtelt mit der Gabel Richtung Josh. »Habe ich dir nicht gesagt, dass wir die richtige Frau für dich noch finden?«

»Felicia.« Josh seufzt auf. »Findest du nicht, dass …«

»Nein, lass sie ruhig ausreden«, mische ich mich ein. »Ich finde das hochinteressant. Erzähl weiter, Fee.«

»Darf ich, Papa?«

»Was, wenn ich Nein sage?«

Fee grinst. »Dann würde ich es trotzdem tun.« Sie richtet ihren Blick wieder auf mich. »Du kannst dir nicht vorstellen, was er mal für eine angeschleppt hat. Karla. Rothaarig und mit sooo langen Fingernägeln und sie ist immer so gelaufen.« Fee steht auf, geht ein paar Schritte wie ein Model auf dem Laufsteg und übertreibt dabei maßlos.

Ich verschlucke mich vor Lachen fast am Wein.

Josh ist sichtlich verlegen und zuckt mit den Schultern. »Seither passt mein kleiner Wachhund auf mich auf.«

Fee umarmt ihn von hinten und gibt ihm einen dicken Schmatz auf die Wange. »Der kleine Wachhund hat schon auf Mallorca einen guten Riecher gehabt.« Sie lässt Josh los, kommt zu mir und legt ebenfalls die Arme von hinten um mich. »Und ich habe Papa gesagt, du wärst nicht so ’ne hohle Nuss wie die anderen, die ihn anhimmeln oder nur abcashen wollen.«

»Das ist so was wie abzocken«, ergänzt Josh, und Fee flüstert mir ins Ohr: »Das hat er auch von mir. Wusste nicht, was abcashen ist.«

Ich auch nicht. Bis eben.

»Wer flüstert, lügt«, meldet sich Lilli und stellt die Teller zusammen. Ach, was für ein wohlerzogenes Mädchen.

Alle vier räumen wir den Tisch ab, und als Fee den Geschirrspüler einräumen will, nehme ich ihr den Teller aus der Hand. »Ihr habt gekocht, dein Vater und ich erledigen den Rest. Ab mit euch.«

»Ihr wollt allein sein. Kann ich verstehen«, sagt sie und umarmt mich so fest und so überraschend, dass ich beinahe den Teller fallen lasse.

»Hey, nicht so fest, ich krieg ja gar keine Luft mehr.«

»Wollte dir nur sagen, dass ich dich total gern mag, Anni.« Sie lässt mich los. »Dass du und Papa jetzt zusammen seid, ist echt der …«

»Hammer?«, sagen Josh, Lilli und ich fast wie aus einem Mund.

»Genau!«

Es ist schon fast zehn Uhr am Abend, als die Bässe nicht mehr aus Fees kleiner Wohnung durchs Haus schallen. An willenlosen Sex ist nicht zu denken, also begnügen wir uns damit, uns im weichen Leder seines Sofas gegenüberzusitzen und Riesling zu trinken. Lediglich unsere Schuhe haben wir ausgezogen.

»Die Mädchen sind offensichtlich zum gemütlichen Teil übergegangen«, sagt Josh. »Warum sie ausgerechnet heute den Tanz für die Schule proben müssen, ist mir schleierhaft. Sonst hätte ich das untersagt.«

»Hm …« Ich schwenke das Glas, als wäre Kognak darin. »Vielleicht war das geschwindelt und sie wollten nur keine Geräusche von oben hören? Also von uns?«

»Kann ich mir nicht vorstellen. Fee ist erst sechzehn, sie käme nicht auf solche Gedanken.«

»Ich hatte mein erstes Mal mit sechzehn, Josh. Ich denke schon, dass sie die Sache mit den Bienchen und Blümchen hinter sich hat.«

»Mal den Teufel nicht an die Wand.« Josh sieht mich an, als hätte ich ihm soeben erklärt, seine Tochter wäre schwanger und wird den Vater des Kindes nicht heiraten, weil er drogensüchtig ist und sich sein Geld als Stricher verdient.

»Tu ich nicht. Ich denke, Fee würde mit dir über alles reden, auch über einen Freund. Hat sie denn einen?«

»Noch nicht, aber sie schwärmt für einen Jungen aus der Schule. Er macht nächstes Jahr sein Abi. Und sie hat mich neulich gebeten, ihr Tampons und Slipeinlagen mitzubringen.«

»Manchen Töchtern wäre es peinlich, ihre Väter darum zu bitten. Ich hätte mir lieber einen Zeh abgehakt, als meinen Vater so etwas zu fragen. Ihr habt ein starkes Vertrauensverhältnis. Das ist beneidenswert.« Ich stelle das Glas ab, strecke mich und gähne in meine Hand. »Verzeihung, ich bin wohl etwas müde.«

»Du bist beschwipst«, bemerkt er schmunzelnd und sieht mich mit einem Blick an, der mir durch und durch geht.

»Ich hatte doch nur zwei Gläser. Kann nicht sein.«

»Drei.«

»Du zählst mit? Das ist fies. Ich bin nicht die Spur angesäuselt. Wenn ich müde bin, fühle ich mich immer ein bisschen weinselig.«

»Grandios. Demnach muss ich dich nie abfüllen, wenn ich was von dir will, nur müde machen. Merke ich mir.« Er grinst und ich werfe ihm eines der kleinen Sofakissen an den Kopf.

Dann rutsche ich zu ihm rüber und kuschele mich an ihn. »Du kannst von Glück reden, dass du so eine bequeme Kuschelschulter hast, sonst …« Wieder muss ich gähnen. »Verzeihung.«

Wohlig seufze ich auf. Gott, ist der Mann gemütlich. Und er duftet so unglaublich gut.

Josh lacht leise und streicht mir über die Haare. »Was sonst?«

»Hm?« Ich habe die Augen geschlossen und Mühe, seine Frage in meinem Kopf sortiert zu bekommen.

»Du hast mit *sonst* aufgehört.«

»Ach so, ja. Sonst gibts Sexentzug.«

»Was allerdings dramatisch wäre.«

»Sehr. Darf ich dich was fragen?«

»Klar.«

»Wieso ich? Ich meine, du kommst aus einer ganz anderen Welt als ich.«

»Aus welcher Welt komme ich denn?«, fragt er leise und streicht mir in wohltuender Gleichmäßigkeit über den Rücken.

»Aus der Welt der …« Mist, ich muss schon wieder gähnen. »… Reichen und Schönen. Die Frauen bei der Eröffnung auf Mallorca waren fast alle solche Karlas. Wie sie dich angesehen haben …«

Josh seufzt auf. »Möglich. Aber solche Damen können mir gestohlen bleiben. Weißt du, ich hatte mich damals in Steff verliebt und …«

»Fees Mutter.«

»Richtig. Wir waren beide jung und hatten keine Kohle. Den Rest der Geschichte kennst du ja schon. Im Laufe der Zeit, also in meiner Zeit als Single, ist meine

Firma immer erfolgreicher geworden, und Geld zieht eine bestimmte Sorte Frau an wie der Honig die Bären.«

»Bienen.«

»Auch das. Nun, das gefiel mir natürlich. Ich habe mich geschmeichelt gefühlt, doch mit keiner von ihnen verbanden mich tiefere Gefühle. Mein Leben war oberflächlich und bis auf die Zeit mit Fee und meine Arbeit eigentlich recht inhalts- und emotionslos.«

»Das ist schade«, nuschele ich mit geschlossenen Augen und genieße das sanfte Streicheln auf meinem Rücken und den Klang seiner Stimme. Sie ist so warm und dunkel und weich.

»Ja, allerdings. Mir ist in dieser Nacht klar geworden, dass mir etwas Essentielles fehlt. Etwas, das du mir gegeben hast, ohne groß darüber nachzudenken. Tiefe, Lockerheit, das Gefühl, bei einem anderen Menschen so sein zu können, wie man ist. Das habe ich erst erkannt, als ich am Pool neben dir saß. Du warst völlig ohne Make-up und hast auch sonst keinen Wert darauf gelegt, mich irgendwie zu beeindrucken. Das hast du im Übrigen auch gar nicht nötig. Du hast mich umgehauen, einfach weil du bist, wie du eben bist. Du bist anders, Anni. So unverfälscht, ungezwungen, ehrlich und … Sag mal, schnarchst du etwa?«

Ups!

»Ach was, ich schlafe doch nicht. Bin hellwach. Wir waren bei den Bienen.« Meine Lider sind aber auch verdammt schwer heute. »Rede weiter.«

»Wie nennen dich deine Eltern immer?«

»Fussel.«

»Puh, Gott sei Dank. Ich dachte schon, ich hätte den falschen Kosenamen. Denn als ich gestern bei deinem Vater um deine Hand angehalten habe, da …«

»Was!?« Mit einem Schlag bin ich hellwach, setze mich auf und starre ihn ungläubig an. »Du hast was getan?«

»Scherz. Ich kann dich an deinem ersten Abend bei

mir doch nicht so einfach wegdösen lassen. Du kennst mein Schlafzimmer noch nicht.«

»Oh, du …«, antworte ich gespielt entrüstet. Wo ist das Sofakissen?

»Suchst du das?« Er hebt es lachend hoch und ich zwicke ihn liebevoll in die Rippen.

»Küsst du mich jetzt endlich?«

»Wenn dich das wach hält?« Er legt seine Hand an meinen Nacken und ich werde weich wie Gummibärchen in der Sonne. Langsam nähert er sich mir, bis sein Gesicht nur wenige Zentimeter von meinem entfernt ist.

Wie gesagt, wenn ich müde bin, fühle ich mich beschwipst. Ich kichere. »Habe ich was von Hypnotisieren gesagt? Nee, oder? Ich sagte, küss mich, nicht: Mach mal auf Slow Motion.«

»Ich glaube, ich mag es, wenn du müde bist.« Er lacht leise und streicht mit einem Finger über meine Unterlippe. »Anni Rosen, du bist die natürlichste, witzigste und reizvollste Frau, die mir je begegnet ist.«

Endlich berühren sich unsere Lippen. Zärtlich, fast vorsichtig und so sacht, als wäre dieser Kuss eine zarte Kostbarkeit, die es zu behüten gilt.

Irgendwo hinter uns fällt etwas zu Boden, und eine helle Stimme zischt. »Kannst du nicht aufpassen? Die schöne Milch!«

Josh und ich fahren auseinander wie zwei Jugendliche, die man unerlaubterweise beim Knutschen erwischt hat.

»Sorry. Tut mir leid. Verzeihung. Wir wollten nur Milch holen«, sagt Fee und zieht schuldbewusst die Schultern hoch.

Lilli neben ihr zupft verlegen an ihrem Nachthemd herum. »Wir wischen das auch wieder weg.«

»Fein«, sagt Josh amüsiert. »Und ich denke über eine geschlossene Küche nach. Kommst du, Anni?« Er steht auf und nimmt meine Hand.

»Gute Nacht, ihr zwei«, sage ich über die Schulter und folge Josh durch den riesigen Wohn-Ess-Bereich zu einer Tür.

Bevor wir durch sie hindurchgehen, höre ich Lilli sagen: »Hihi, er zeigt ihr das Schlafzimmer.«

Fee schnauft. »Werd erwachsen.«

Ich kichere, Josh bleibt stehen und sieht mich ernst an. »Mein Schlafzimmer ist klein, nichts Besonderes. Ein Bett, ein Stuhl und ein Nachttisch. Der Schrank für die Kleidung ist in einem anderen Zimmer. Ich hoffe, das macht dir nichts aus?«

Wie süß. Er schämt sich für einen Raum.

Für zwei Wimpernschläge sehe ich ihn einfach nur an, dann seufze ich auf.

»Ich bin klein, nichts Besonderes. Zwei Beine, zwei Arme. In meiner Schublade für die Unterwäsche liegen Slips mit Einhörnern, und an meinen Oberschenkeln sind Dellen. Ich hoffe, das macht dir nichts aus?«

Er nimmt mich fest in den Arm. »Alles an dir ist wunderbar. Ich liebe jede einzelne Delle an dir. Du musst sie mir unbedingt zeigen, denn bis jetzt habe ich noch keine entdecken können.« Er küsst meine Nasenspitze. »Ich liebe deine Sommersprossen, deine unbezähmbare Haarpracht. Ich liebe deine Art, wie du die Nase krausziehst, wenn dir etwas gegen den Strich geht, deine Eigenart, beim Lachen den Kopf in den Nacken zu legen. Du bist erfrischend unverblümt und ehrlich, einfach geradeheraus, wie dir der Schnabel gewachsen ist. Und ich finde es süß, wenn du schnarchst.«

»Ich schnarche nie«, versuche ich mit einer flapsigen Bemerkung die Tränen der Rührung zu unterdrücken.

O Gott, wie sehr ich doch in diesen Mann verliebt bin!

»Schlafzimmer?«, holt er mich aus den Wasserfällen, die jeden Moment über die Lidklippe springen wollen.

Ich kann nur nicken. Mit Josh würde ich sogar auf eine

einsame Insel ziehen. Auch ohne Bett und Stuhl. Ich möchte mich schütteln und kneifen, um mich zu vergewissern, dass ich nicht träume. Mein ganzes Inneres ist erfüllt von einem kaum zu beschreibenden Glück, als hätte sich in mir ein Fenster geöffnet, um allen grauen Ballast raus- und klare Luft und Sonne reinzulassen.

Mit einem Mal weiß ich mit untrüglicher Sicherheit, dass alles richtig und gut ist, so wie es ist. In diesem winzigen Moment wird mir klar, dass ich all die Jahre zuvor die Liebe nur geübt haben muss, damit sie jetzt zu ihrer vollen Reife erblühen kann. Alles hat so kommen müssen, alles hat seine Zeit und seinen Vorlauf gebraucht, damit Josh und ich füreinander bereit sind.

Das ist das beste Gefühl der Welt. Und es benötigt keine atmosphärische Umgebung mit Sternenhimmel in einer lauwarmen Sommernacht, keine beleuchteten Pools, romantische Hintergrundmusik und das Zirpen von Grillen, kein gemeinsames Seufzen vor einer imposanten Landschaft. Es ist einfach da, berührt mich tief von innen heraus und öffnet mein Herz. Gewaltig, leuchtend, warm und mit einer Klarheit, die allen Nebel aus Zweifel, offenen Fragen und winzigen Unsicherheiten in Sekundenbruchteilen lichtet.

Sogar irgendwo zwischen Wohn- und Schlafzimmer.

»Anni?« Josh dreht sich zu mir um. »Alles okay?«

Ich muss stehen geblieben sein. Das merke ich erst jetzt.

»Mehr als okay.« Ergriffen schlinge ich meine Arme um ihn und lege meinen Kopf an seine Brust. »Josh?«

»Hm?« Er streicht mir über die Haare.

»Ich mag jetzt einen Moment mit dir hier sein.«

»Einfach nur halten?«

Ich nicke und flüstere: »Ja, bitte. Einfach nur halten.«

EIN NEUER FRÜHLING

EPILOG 1

Anni

»Die Schmetterlinge gehen, wenn Vertrautheit und Verbundenheit kommen.« Sabina bleibt an einem Schuhgeschäft stehen und zieht eine hübsche Zehenstegsandale aus dem Fach. »Und mal ehrlich, ständig diese Insekten im Bauch zu haben, wäre ein bisschen anstrengend. Meinst du, die Schuhe stehen mir? Bisschen zu Rot, oder?«

Es ist Frühling, Ende April, und der Monat zeigt sich von seiner schönsten Seite. Überall blüht es und Menschen aus allen Nationen streben nach einem viel zu kalten Märzwinter mit viel Schnee ins Freie und füllen die Stadt mit Leben. Endlich wieder draußen sitzen, Sonne an die Haut lassen und warmen Wind auf dem Gesicht spüren. An einer Ecke steht ein Straßenmusikant mit seiner Gitarre und singt Lieder von Bob Dylan.

»Das dunkle Weinrot sieht auf brauner Haut super aus«, sage ich und schlüpfe in eine Sandale aus fuchsfarbenem Leder. Hübsch, wirklich hübsch, aber viel zu teuer. Bis mein Laden richtig anläuft, kann ich mir keine solchen unnötigen Extras leisten. Lieber stecke ich jeden zusätzlichen Cent ins Marketing statt in ein paar Schuhe.

»Meinst du?« Sie dreht den Schuh hin und her. »Ich weiß nicht. Ach nein, lieber nicht. Ist wie mit der Liebe. Wenn man sich unsicher ist und lange überlegen muss, ob man liebt oder nicht, ist die Frage eigentlich schon beantwortet. Dann soll man es lassen.«

Wir schlendern weiter, ich werfe zwei Euro in den Becher des Musikanten und hake mich bei Sabina unter.

»Da ist was dran«, sage ich. »Hatte mir mal 'ne Bluse gekauft, um die ich ewig rumgeschlichen bin. Habe sie anprobiert und gedacht, dass sie ja eigentlich ganz nett aussieht und das Tannengrün ist ja gerade total gefragt und überhaupt. Das Ende vom Lied: gekauft, in den Schrank gehängt, nie angezogen und irgendwann einer Kollegin geschenkt. Ich finde es übrigens toll, dass du heute mal Zeit hast. Kommt echt selten vor.«

Sabina lacht. »Allerdings. Mike ist mit den Kids und den Großeltern heute im Märchenpark am Königstuhl. Da muss ich nicht unbedingt dabei sein, ich kenne den Park inzwischen so gut, dass ich ihn blind ablaufen könnte. Du hast es gut, du hast eine fast erwachsene Tochter geerbt. Aber ich will mich nicht beschweren. Ich liebe meine Mädchen. Sie werden so schnell groß. Manchmal kann ich es kaum erwarten, manchmal wünsche ich mir die Zeit zurück, als sie noch Babys waren und mich aus ihren großen, unschuldigen Augen angesehen haben. Und heute? Du kannst dir gar nicht vorstellen, wie zickig die beiden sein können.«

»O doch«, sage ich lachend. »Ich wohne direkt nebenan und bekomme so einiges mit. Wenn ich mal Kinder habe, gibst du mir Tipps, ja?«

»Sowieso. Aber …« Sie sieht mich prüfend an. »Du bist doch nicht etwa schwanger?«

»Was? Nein. Jetzt noch nicht. Aber irgendwann.«

»Gut so. Ich freu mich auf heute Abend. Wir haben ja sturmfreie Bude – die Mädchen übernachten bei Oma und

Opa. Es wird also kein Kind heute Nacht in der Bettritze liegen. Bin gespannt, wie dieser Leon ist. Oh, da fällt mir ein, hast du schon die Steaks eingekauft?«

»Josh und Leon holen sie heute nach ihrer Joggingtour. Steaks von Angusrindern im Odenwald.« Ich sehe auf die Uhr. In einer halben Stunde ist meine Mittagspause vorbei und ich stehe wieder im Laden. Nascha will kommen und mir helfen, die neue Lieferung aus Dänemark auszupacken und in den Regalen zu platzieren. Jetzt sitzt sie noch beim Friseur und lässt sich die Spitzen schneiden. Ihre Haare fallen ihr mittlerweile bis fast auf die Schultern. Die Länge steht ihr gut, macht sie weiblicher und weicher. Vielleicht liegt ihre neue Ausstrahlung aber nicht nur an der Frisur, sondern auch an ihrer Liebe zu Leon. Die beiden sind unzertrennlich, sporteln fast täglich miteinander und denken darüber nach, zusammenzuziehen. Sie haben sich auch nicht gesucht, aber gefunden.

So wie Josh und ich.

Ich kann kaum glauben, dass wir mittlerweile über ein halbes Jahr ein Paar sind.

Die Schmetterlinge flattern zwar immer noch ein bisschen, wenn ich an ihn denke oder ihn sehe, aber sie sind ruhiger geworden. Besser ist das, denn diese ständigen Adrenalinschübe überleben die kleinen Flattermänner ja nicht auf Dauer. Es beruhigt sich alles und das ist gut so.

Wenn ich mit Josh zusammen bin, fühle ich mich glücklich, entspannt und irgendwie leicht. Es fühlt sich nicht mehr wie Achterbahn an, sondern wie ein Zuhause.

»Warte mal.« Sabina bleibt stehen. »Siehst du die Tücher da drüben? Der Laden ist neu. Sieht marokkanisch aus. Die Farben sind ja irre!«

Sie zieht mich mit sich zu mehreren Ständern, an denen bunte Schals, Sarongs und Wandbehänge mit Mandalamuster hängen. Ich ziehe eines der Riesentücher heraus und überlege, an welche Wand im Wohnzimmer ich es aufhängen könnte, als ich plötzlich aufhorche.

Nicht weit entfernt von mir höre ich eine Stimme, die mir noch sehr gut in Erinnerung ist.

Ich drehe mich um und traue meinen Augen kaum.

Vor dem Bistro neben dem marokkanischen Laden sitzt ein Pärchen, das sich rege unterhält.

Das ist doch die Haferfleck?!

Kein Zweifel, das ist sie. Die Stimme, die Brille. Aber sie hat die Haare offen und wirkt so … feminin. Ich muss echt zweimal hinsehen. Auch vermisse ich ihr übliches, maskulines Büroutfit. Sie trägt ein weichfließendes, langes, taubenblaues Kleid und ein weißes Strickjäckchen dazu. Ihr Begleiter sitzt mit dem Rücken zu mir. Senffarbenes Sweatshirt mit Kapuze, Jeans, wenige Haare, breites Kreuz, männlich, bisschen übergewichtig. Meine Ex-Chefin himmelt ihn an, redet wie ein Wasserfall, lacht und fasst sich immer wieder ans Ohrläppchen. Es ist nicht zu übersehen, dass sie verliebt ist.

Ob ich mal Hallo sagen soll? Ja, warum eigentlich nicht? Sie ist sicher nicht oft in Heidelberg unterwegs und irgendwie war es ja auch eine ereignisreiche und prägende Zeit bei GrowDeLuxe.

Ich hänge das Tuch wieder zurück und will gerade rübergehen, da sehe ich, wie der Kellner kommt, der Mann mit einem Schein zahlt und er und die Haferfleck aufstehen.

Ach du liebe Güte, das ist ja der Ebeling!?

Verblüfft sehe ich den beiden hinterher, wie sie Arm in Arm die Fußgängerzone entlangschlendern, und lache auf, als meine ehemalige Chefin ihre Hand sinken lässt und dem Ebeling in den Po kneift. Sachen gibt's, die gibt's gar nicht. Und irgendwie finde ich Frau Haberbeck jetzt sogar richtig charmant.

»Anni?« Sabina stupst mich an. »Ich gehe mal rein, bezahlen. Kommst du mit oder bl…«

Mein Handy klingelt, Sabina zuckt mit den Schultern und tänzelt mit einem Berg aus bunten Tüchern in den Laden.

»Hallo, Josh«, nehme ich das Gespräch freudig entgegen. »Schon fertig mit joggen und Steaks kaufen?«

»Nur mit dem Joggen. Wir sind gerade auf dem Weg zu den Steaks. Hör zu, mir ist da gerade ein Gedanke in den Kopf gesprungen. Leon schwärmt immer noch von Lanzarote und ich frage mich, ob du in den Pfingstferien deinen Laden für zwei Wochen zumachen könntest. Kannst du? Ich meine, der Osterurlaub mit Fee ist ja ausgefallen, weil sie eine Grippe hatte. Wir könnten das nachholen. Willst du mit?«

»Klar will ich, aber meinen Laden für zwei Wochen schließen? Ich weiß nicht. Nach Lanzarote, sagtest du?«

»Es wäre in Casa Blanca ein Bungalow frei. Mit Pool und Meerblick. Nicht weit von den Playas de Papagayo entfernt.«

»Oh!« Von diesen Stränden im Naturschutzgebiet hatte Nascha in den höchsten Tönen geschwärmt. Heller Sand und türkisblaues Meer, eingerahmt von hohen Felsen, die den Wind abhalten. Sie sollen die schönsten Strände von Lanzarote sein.

Sofort schießen mir Bilder in den Kopf. Ich mit Josh nachts am Pool. Tapas bis zum Abwinken. Wir zwei mit Fee an einem Strand mit glasklarem Wasser, Wanderungen zu den Vulkanen der Insel, zu dem einzigartigen Wohnhaus des Künstlers Manrique, der zu seinen Lebzeiten aus der kargen Lava-Landschaft ein bewohnbares Architektur-Kunstwerk geschaffen hat. Das wollte ich schon immer mal besichtigen.

»Anni? Noch dran?«

»Klar. Ich überlege nur.«

»Wir mieten uns ein Cabrio. Was hältst du davon?«

Kanarischer Wind in meinen Haaren. Überredet.

»Lass mich noch eine Nacht drüber schlafen, bitte.«

»Wir hätten Zeit für uns, alle drei. Und wir könnten in Ruhe nachdenken und reden, in welchem Haus wir künftig leben wollen. So, ich muss Schluss machen, sind da. Wir sehen uns heute Abend bei Mike und Sabina.«

Wie bitte? Was hat er da gerade gesagt?

Bevor ich meiner Überraschung Ausdruck geben kann, gibt er mir einen Kuss durchs Telefon, sagt, dass er mich vermisst, er hätte mich schließlich schon fast acht Stunden nicht gesehen, und legt auf.

Völlig perplex stehe ich mitten in der Fußgängerzone und starre vor mich hin, bis Sabina mich erlöst.

»Hast du einen Geist gesehen?«

»Mit Josh telefoniert. Er will mit mir zusammenziehen«, antworte ich immer noch irritiert.

»Nun, dagegen ist nichts einzuwenden. Habt ihr etwa noch nicht darüber gesprochen? Okay, ihr seid noch nicht so lange zusammen. Aber das waren Mike und ich auch nicht.« Sie zieht mich einfach mit und plappert weiter auf mich ein. »Du kennst die Story. Drei Monate und wir haben es einfach keinen Tag länger ohneeinander ausgehalten, das Haus gekauft, Kinder bekommen. Was soll ich sagen? Wenn's passt, passt es einfach. Das fühlt man. Hier drin.« Sie legt die Hand auf ihren Bauch.

»Ja, aber … Ich liebe mein Haus, meinen Garten, den Ort. Bin hier verwurzelt.«

»Er kann mit Fee zu dir ziehen. Dein Haus ist groß genug. In einem von den fünf Zimmern findet sich bestimmt Platz für Fee. Idee! Er braucht ja ein Büro. Also müsste Fee ins Dach. Du hast doch die Option, das auszubauen, oder nicht? Mit zwei hübschen Gauben, wie wir sie haben, wird das bestimmt eine hübsche kleine Wohnung.

Außerdem liegt Handschuhsheim rein logistisch viel günstiger als Schlierbach.«

»Hm, ja, das wären alles gute Argumente«, denke ich laut, schwenke dann aber zu einem anderen Thema. »Ich habe jetzt Lust auf einen Cappuccino. Gehen wir zum Casa del Caffè?«

»Wo ist das? Du weißt, ich bin nicht mehr so oft in der Stadt unterwegs.«

»In der Steingasse. Draußen stehen drei, vier Tische und man hat einen wirklich schönen Blick durch die romantische Gasse auf die Alte Brücke.«

»Ach dort? Ja, das klingt gut.«

Die Alte Brücke. Seit letztem Jahr bin ich nicht mehr dort gewesen. Der Ort, an dem Josh und ich das erste Mal über das regennasse Kopfsteinpflaster gegangen sind. Hand in Hand.

Die Erinnerung an diesen Tag und dass ich gleich den Ort wiedersehen werde, an dem unsere Liebe begonnen hat, füllt meine Lider mit Wasser, so glücklich bin ich.

Und in jeder einzelnen Träne steckt ein wunderbarer Moment.

EIN NEUES LEBEN

EPILOG 2 - EIN JAHR SPÄTER

Joshua

Ich weiß nicht, wie lange ich schon so neben ihr liege und sie einfach nur ansehe.

Anni liegt mit dem Rücken zu mir, die Bettdecke bedeckt lediglich ihren süßen Po. Sie hält das Kopfkissen im Arm, ihr Mund ist leicht geöffnet und die Andeutung eines Lächelns liegt auf ihren Lippen, als würde sie etwas Wunderbares träumen. Ihr hübsches Gesicht ist eingerahmt von wilden Locken und beleuchtet von den ersten Sonnenstrahlen des Morgens, die sich durch den zarten Stoff der halb geschlossenen Spitzengardinen schieben. Ich habe noch nie so eine schöne und süße, schlafende Frau gesehen.

Anni ist der Mensch, den ich nicht mehr aus meinem Leben gehen lassen möchte.

Ich seufze leise auf, als ich das Tapsen von Hundepfoten auf dem Parkett wahrnehme. Es ist Zeit für Divas ersten Gassigang des Tages.

Seit einem halben Jahr bereichert die quirlige, kleine Hundedame unser Leben. Denn Anni wollte unbedingt wieder einen Hund. Ihre Wahl fiel auf ein Miniatur-Australian-Sheperd-Mädchen. Es ist Liebe auf den ersten

Blick aus Divas hellblauen Augen gewesen. Sie ist aber auch zuckersüß, selbst mich hat sie sofort um den Finger gewickelt.

Ich stelle fest: Ich bin eindeutig der Hahn im Korb.

Drei Frauen und ich unter einem Dach. Fee wohnt im ausgebauten Dachgeschoss, und sie hat sogar eine kleine Loggia. Als Anni und ich uns einig waren, dass ich mein Haus in Schlierbach verkaufe und wir alle zusammen in ihrem Häuschen leben würden, habe ich Protest seitens Fee erwartet. Der jedoch blieb völlig aus. Im Gegenteil. In Handschuhsheim wäre sie näher an ihren Freunden, den öffentlichen Verkehrsmitteln und am Waidsee.

Das Tapsen wird jetzt begleitet von einem Fipsen. Es hilft nichts, Diva muss raus, auch wenn ich noch stundenlang hier liegen und Anni beim Schlafen zusehen könnte.

Ich muss grinsen, als Anni leicht schmatzt, sich mit einem kleinen Grunzen zu mir umdreht und die Augen öffnet.

»Guten Morgen«, sagt sie lächelnd und streicht mir durch die Haare. »Gib mir fünf Minuten.«

»Für was?« Ich beuge mich zu ihr, gebe ihr einen Kuss auf die nachtwarmen Lippen und nehme sie in die Arme.

»Diva. Bevor sie noch auf den Teppich pieselt.«

»Ich kann auch allein mit ihr gehen und du machst Kaffee?«

»Kommt gar nicht in die Tüte. Ich will mit. Es ist Frühling, da ist es morgens im Wald herrlich.« Sie presst ihren Körper an meinen. »Fast so herrlich wie mit dir im Bett.«

»Hey«, sage ich lachend. »Wenn wir jetzt nicht sofort aufstehen, müssen wir auslosen, wer den Teppich reinigt.«

»Dann aber schnell!« Anni steht auf und verschwindet im Bad.

»Vier Minuten!«, rufe ich ihr hinterher. Ach, was hat sie doch für einen knackigen Hintern.

»Ich brauche nur drei!«

»Oh, schau mal. Überall Digitalis! Wie wunderbar!« Anni weicht vom Hauptweg in einen schmalen Pfad ein. »Komm, lass uns hier entlang gehen.«

»Digitalis? Was ist das?«, will ich wissen, und bevor ich Diva mit einem Pfiff abrufen kann, ist die wachsame Hündin bereits auf dem Weg zu ihrem Frauchen. Obwohl Diva mit zehn Monaten noch recht jung ist, hört sie erstaunlich gut. Offenbar haben wir mit der Erziehung alles richtig gemacht. Das geht weniger auf mein Konto, als auf Annis. Sie hat jahrelange Erfahrung mit Bandit sammeln können.

Anni deutet auf eine der leuchtend purpurn blühenden Pflanzen, die den Weg säumen. »Das ist der Fingerhut oder auch Digitalis. Die können bis zwei Meter hoch werden. Toll, nicht wahr? Aber sie sind ziemlich giftig.«

Nach wenigen Metern wird der Pfad breiter und wir schlendern Arm in Arm durch den Wald. Diva schnuppert mal hier, mal da, bleibt aber immer in unserer Nähe. Ein toller Hund.

»Ach Josh, ich kann es kaum erwarten, bis die Umrandung fertig ist. Dann muss nur noch Wasser ins Becken und …«

»… wir können in einer lauen Sommernacht nebeneinander auf dem Poolrand sitzen.« Eine schöne Erinnerung. Ich drücke Anni einen Kuss auf den Scheitel. »Wollen wir dann wieder mit Klamotten ins Wasser?«

Anni kichert und kneift mir zärtlich in die Seite. »Aber nur, wenn Fee über Nacht bei ihrer Freundin ist und Bine und Mike schon im Bett sind.«

»Du willst doch nicht etwa Sex im Pool, Frau Rosen?«, antworte ich lachend, bleibe stehen und drehe sie an den Schultern zu mir herum.

»Niemals!«, erwidert sie schelmisch, stellt sich auf die

Zehenspitzen und gibt mir einen Kuss. »Außer, du bestehst darauf.«

»Der Gedanke hat etwas sehr Verlockendes.« Ich streiche ihr eine Locke aus der Stirn. »Lass uns weitergehen, sonst muss ich dich noch im Wald vernaschen. Außerdem haben wir eine ziemlich neugierige Zuschauerin« Grinsend blicken wir zu Diva. Die sitzt vor uns und legt interessiert den Kopf schief, als ob sie versuchen würde, uns zu verstehen.

»Sag mal, ist Fee heute nicht auf einem Konzert in der Stadthalle?«, fragt Anni, als wir weiterschlendernd.

Ich nicke. »Ja, ich fahre sie heute Abend rüber. Wir könnten bei der Gelegenheit in Heidelberg bleiben und zu Abend essen?«

»Gute Idee. Ich habe Lust auf spanische Küche. Ach, ist es nicht irre, wie die Zeit vergeht? Bald schon hat Fee das Abi in der Tasche und fängt mit dem Studium in Darmstadt an.«

»Viel irrer finde ich, dass sie neuerdings einen festen Freund hat. Magst du ihn?«

Anni zuckt mit den Schultern. »Er ist erst ein einziges Mal bei uns gewesen, da kann ich noch nicht viel sagen. Aber ja, ich mag ihn. Er sieht ein bisschen aus wie Orlando Blum, ist höflich und er scheint Fee zu vergöttern.«

»Wer zur Hölle ist Orlando? Ah, Moment. Der Typ aus Fluch der Karibik? Also nicht Jack Sparrow, der andere.«

»Genau der.« Anni lacht, wird dann jedoch ernst. »Fee braucht ein Auto, wenn das Studium losgeht, finde ich. Was meinst du?«

»Eigentlich nicht. Sie kann mit dem Zug fahren. Das ist günstiger, entspannter und nicht so gefährlich. Die Autobahnen …«

»Oh nein! Das ist überhaupt nicht entspannter«, entrüstet sie sich. »Das ist die Hölle! Frag mich, ich weiß es.« In der Folge schildert sie mir ihre Erfahrungen mit überfüllten Zugabteilen, unter anderem die unfreiwillige Bekanntschaft ihrer Jeans mit einem Käse-Schinken-Mayo-Sandwich. »Das macht keinen Spaß, echt nicht.«

»Lassen wir Fee entscheiden. Wenn sie ein Auto möchte, gebe ich ihr etwas Geld dazu. Sie hat sich einiges angespart und muss sich selbst um einen fahrbaren Untersatz kümmern. Vorher müsste sie jedoch zuerst ihren Führerschein machen. Bisher zeigt sie in dieser Richtung jedoch keinerlei Tendenzen.«

»Stimmt«, lenkt Anni ein. „Wenn sie es möchte, wird sie sich melden.«

Wir treten aus dem Wald heraus und haben einen wunderschönen Ausblick auf die blühende Landschaft. Jetzt kenne ich mich wieder aus. Wir sind auf dem Weg zum Hellenbachbrunnen. Bei unseren Spaziergängen lassen wir Diva dort etwas trinken. Sie liebt es, das eiskalte Wasser direkt aus dem Trog zu schlabbern.

»Musst du heute nicht in den Laden?«, frage ich Anni, als wir Hand in Hand hinter Diva hergehen, die zielstrebig und etwas zügiger Richtung Wasserquelle strebt.

Anni lächelt. »Nein, heute nicht. Angelika übernimmt jetzt zwei Samstage im Monat alleine. Ich denke, ich habe mit ihr einen guten Griff gemacht.«

»Das hast du. Sie ist eine sehr gewissenhafte Frau und hat ein Händchen für Deko. Genau wie du.«

Im Spätherbst hat Anni nach langer Überlegung eine Hilfskraft eingestellt. Ihre Herzschmeicheleien finden so großen Andrang, dass sie noch vor dem Weihnachtsgeschäft Unterstützung brauchte. Und gleich die erste Dame, die sich vorstellte, ist ein Volltreffer gewesen. Angelika ist eine herzliche Mittfünfzigerin und kommt ursprünglich aus dem Bankenwesen. Sie hat eine Anstellung gesucht, die ihr mehr entspricht. Man hat nur ein Leben, sagt sie. Ihre Passion sind romantisch verspielte, witzige und außergewöhnliche Wohnaccessoires, sie besitzt ein Auge fürs Schöne und beweist ein untrügliches Gespür für aktuelle Trends. Für Anni ein absoluter Gewinn.

Wir setzen uns auf die Holzbank, ich hebe meinen Arm und Anni kuschelt sich an mich. Dabei legt sie ein Bein über meinen Oberschenkel.

»Ich liebe dich, Josh«, sagt sie so leise, dass ich es kaum höre, und wir verschränken unsere Finger ineinander.

»Das ist schön«, murmele ich nachdenklich, weil jetzt eigentlich der passende Moment wäre, um ihr die Frage aller Fragen zu stellen.

Annis Scheidung ist vor zwei Monate gewesen. Doch einen Gedanken trage ich schon länger mit mir herum: Wo soll ich ihr einen Heiratsantrag machen?

Klassisch im Restaurant mit Ring im Champagnerglas? Bei ihren Eltern, wenn wir das nächste Mal zum Essen dort sind? Vielleicht sollte ich eine Propellermaschine mit Banner mieten? Wäre eine Fahrt mit einem Heißluftballon nicht auch sehr romantisch? Oder warte ich, bis der Pool fertig ist, damit ich ihr in einer Nacht am Poolrand den Ring gebe? Dieser wartet seit zwei Wochen in seiner Schachtel gut versteckt in meiner Schreibtischschublade auf seinen Einsatz.

Jetzt habe ich ihn natürlich nicht dabei.

Und doch ist dieser Moment perfekt. Weil er aus dem Herzen geboren wird.

Anni rückt von mir ab und sieht mich gespielt empört an. »Schön? Das ist deine Antwort? Na, hör mal. Ich erwarte ein: Ich liebe dich auch. Ich liebe dich mehr als …«

»… mein Leben. O ja, und wie ich dich liebe, du wunderbare Frau. Bei der Gelegenheit fällt mir ein, ich bin noch nicht fertig mit Sommersprossenzählen. Aber vorher …« Ich atme tief durch und nehme ihr Gesicht in meine Hände. »Anni? Willst du mich heiraten?«

Anni klappt der Mund auf, wieder zu und sie sieht mich entgeistert an.

»Wie wäre es mit einem: Ja, ich will?« Ich umfasse ihre Taille und drücke ihr einen Kuss auf die süße Nasenspitze, doch sie starrt mich immer noch leicht ungläubig an.

»Joshua von Greiffenberg … Habe ich mich gerade verhört?«, haucht sie.

»Absolut nicht. Ich möchte dein Ehemann werden. Und weißt du warum? Weil ich eine wunderbare, naturverbundene, herzliche, ehrliche, süße und absolut heiße Frau kennengelernt habe. Und diese Frau hat mir gezeigt, dass sie für immer an meine Seite gehört.«

»Oh, Josh …« Völlig unerwartet fällt sie nach vorn, umschlingt mich mit ihren Armen und legt ihre Stirn an meine Brust. »Das kommt so unerwartet, ich weiß gar nicht, was ich sagen soll außer …« Sie richtet sich wieder auf und sieht mich an. In ihren Augen schimmert es feucht. »JA! Aber sowas von!«

Eine unglaubliche Zärtlichkeit für diese Frau durchströmt mich. Umso peinlicher ist mir, dass ich ihr keinen Verlobungsring an den Finger stecken kann. »Ich hoffe, du verzeihst mir, dass ich den Ring nicht dabei habe. Ich wollte einen passenden Zeitpunkt abwarten, den Moment planen und …«

»Solche Momente kann man nicht planen. Aber …« Kuss. »Wir gehen ja heute zum Spanier«, sagt sie und strahlt über das ganze Gesicht. »Moment! Du hast schon einen Ring gekauft?«

»Habe ich. Schon vor Monaten. Und ein spanisches Restaurant passt perfekt, um ihn dir zu geben.« Ich fahre mit dem Finger den Schwung ihrer Augenbraue nach. »Anni Rosen. Lange dachte ich, dass keine Frau mehr einen Platz in meinem Leben finden könnte, doch dann … Ach, Anni … Gibt es so etwas wie Liebe auf den zweiten Blick?«

»Bitte? Du hast dich nicht sofort in mich verliebt? Na, hör mal!« Sie grinst und zwickt mich in die Wange.

»Hm, doch, vielleicht schon. Nur wusste ich das zu diesem Augenblick noch nicht, aber als du damals sagtest …«

Sie legt mir einen Finger an die Lippen. »Herr von Greiffenberg, du redest zu viel. Ist es nicht egal, wann man sich verliebt? Auf den ersten, zweiten oder dritten Blick? Das *Jetzt* zählt, am Rande vielleicht das Morgen. Und wenn ich mir vorstelle, dass wir beide ganz viel Jetzt und Morgen haben werden, und …«

»Ich finde, jetzt redest du zu viel, zukünftige Frau von Greiffenberg.« Ich ziehe sie an mich und verschließe ihren Mund mit einem sehr langen, sehr zarten Kuss.

»Über den Nachnamen reden wir noch …«, nuschelt sie - und plötzlich springt eine klatschnasse Diva zu uns auf die Bank und schüttelt sich.

»Diva! Himmel! Warst du im Brunnen?« Anni springt von meinem Schoß, Diva wedelt und sieht aus, als würde sie lachen. Es ist das erste Mal, dass die Hündin komplett ins Wasser gegangen ist.

»Hier hat es nur die eine Möglichkeit, sich komplett das Fell zu durchnässen«, sage ich lachend und tätschele dem glücklichen Hund die Flanke. »Jetzt wissen wir wenigstens, dass sie nicht wasserscheu ist.«

Anni stemmt die Hände in die Hüften und schmunzelt. »Gut so. Passt zu uns.«

DANKE

Meine lieben süßen Herzmenschen. Tausend Dank und viele Liebdrücker für euch, die ihr meine Geschichten vor der Veröffentlichung inhaliert und so viel Spaß dabei habt. Danke für euren Einsatz, eure absolute Ehrlichkeit und Freude an meinen Romanen. Ihr seid ein absolutes Herzens-Must-have und eine unverzichtbare Bereicherung.

Lisa … Wenn ich dich nicht hätte, du Goldstück!

Danke, Sabine Albrecht für dein professionelles Korrektorat und deine humorvollen Anmerkungen. Ja, ich liebe Opa auch.

DankeDankeDanke an alle LeserInnen, dass ihr meine Romane suchtet und sie euch glücklich machen. Was wäre ein Schriftsteller ohne Leser? Einer, der Buchstaben in unterschiedlichen Kombinationen zusammenstellt, in den PC tippt − also die *Schrift stellt* - und da stehen sie dann untätig rum, anstatt die Welt ein kleines bisschen schöner zu machen. Ihr, liebe Leserinnen seid mit Euren Feedbacks, Postings, persönliche Nachrichten und Rezensionen meine Herzenssache, meine Motivation und mein Ansporn, Euch noch lange mit meinen Büchern zu bewegen, zu berühren und Euch ein Lächeln zu schenken.

Eure Jo

Bitte in Form einer Bewertung frei aus dem Herzen klöppeln, ob und wie dich Zitronenblau berührt, geflasht oder/und zum Lächeln gebracht hat.

WORTWECHSELEIEN

Bleib laufend auf dem Laufenden, mal ernst, mal mit Gefühl und mit Humor, mal ohne Sinn und Verstand, aber immer mit einem Lächeln.

Jo bei Facebook:
https://www.facebook.com/JoBergerAutorin
Mehr cooler Lesestoff & Gratis Lovestory im Newsletter :
www.jo-berger.com/newsletter
Quasseln bei Instagram:
www.instagram.com/jo.berger.autorin
Stöbern auf der Webseite: www.jo-berger.com
Beschwerden und Begeisterung richten an:
kontakt@jo-berger.com

»Das Leben ist bunt. Mach es mohnblumenrot, ozeanblau, giftgrün, lila, pink und zitronengelb. Und dann streu Glitzer drauf.«

Mascha wird bald heiraten. Doch will sich weder bei ihr noch bei ihrem Liebsten die Vorfreude auf die Hochzeit einstellen. Als Mascha von einer Stammkundin unerwartet auf eine Kreuzfahrt eingeladen wird, ist sie völlig aus dem Häuschen. Denn Adele von Grafensberg – ältere Dame & Paradiesvogel - Bunt geht immer – hat überzeugende Argumente.

Auf der Reise geht Maschas Gefühlschaos erst so richtig los. Nicht nur ein attraktiver Animateur zeigt Interesse an ihr, auch bringt der adlige Manager David Maschas Blut verbotenerweise in Wallung. Oder winkt ihr das Schicksal gerade heftig zu?

Noch während sie hin- und hergerissen ist, nimmt die Reise urplötzlich eine dramatische Wendung, mit der Mascha niemals gerechnet hätte.

E-Book exklusiv bei Amazon / Taschenbuch überall erhältlich.

GESAMTER LESESTOFF

Irland-Reihe (jeder Band beinhaltet eine in sich abgeschlossene Liebesgeschichte)

Irish Hope: Wer die Liebe nicht sucht. (auch als Hörbuch)

Irish Heat: Wohin die Liebe dich führt.

Irish Home: Weil es wahre Liebe gibt.

Highland Lovestory-Reihe (Jeder Band ist in sich abgeschlossen)

New Year Love – Nottingham Bad Boy

Spring Love Touch – Highland Dream Boy

Late Summer Hope – Highland Gentleman

Cold Winter Heart – Highland Hero

Summer Hope Passion – Ein Highlander zum Verlieben

Happy – In Love with a Highland Dad (auch als Hörbuch)

Prince – In Love with a charming Highlander (auch als Hörbuch)

Only since i love you: Highland Destiny

Weitere Romane

Zitronenblau – unverblümt verliebt

In the Arms of an Irish Man

Dear Mr. Stranger – Verliebt in einen Fremden

Ein Hauch von Schnee und Glück

Liebe auf Friesisch: Das Meer in unseren Herzen

Glück ist Liebe, Honey

Mit Mandelkuss und Liebe

Du und ich und das Haus am Meer
Schneeflockenküsschen
Himmelreich mit Herzklopfen
Summertime Feelings (Himmelreich-Band)
Ein Engel für Jule
Manhattan Millionär - Luxus oder Liebe?
Hummeln im Bauch

Zwei-Herzen-Reihe: Kurzgeschichten (je ca. 60 Seiten)
Zwei Herzen im Regen
Zwei Herzen für Mr. Cooper
Zwei Herzen auf der Suche
Zwei Herzen in Irland
Sammelband aus allen 4 Short Stories: Zwei Herzen
auf der Suche nach Liebe

Sonstiges
Das liegt am Wetter: satirische Kurzgeschichten aus
dem Frauenleben (auch als Hörbuch)

Anmerkung: Alle meine Romane sind in sich abgeschlossen
und mit Happy End. Das ist mir wichtig, denn als ich vor
gefühlt hundert Jahren Titanic gesehen habe, hätte ich das
Ende am liebsten umgeschrieben. Seitdem gilt für meine
Romane immer und ausschließlich: Happy Ends, bitte.

Okay, außer bei den kurzen Geschichten in »Das liegt
am Wetter«. Bei diesen Texten aus dem Leben einer crazy
Mom, Hundebesitzerin, Ehefrau und Baumarktliebhaberin
– also mir - kann es schon mal sarkastisch, selbstironisch,
entlarvend deutlich und verrückt zur Sache gehen.

ÜBER DIE AUTORIN

In meinen Romanen geht es um die ganz große Liebe, um Lebenslust, Sinnlichkeit, Glück und große Gefühle. Natürlich immer mit Happy End. Es geht um Frauen in den Achterbahnen des Lebens, um Traummänner, beste Freundinnen und Lebensträume.

Lachen, weinen, seufzen und wunderbare Bilder im Kopf.
Ganz einfach Bücher, die ein gutes Gefühl hinterlassen.